Jack Vance
De stille getuige

DE STILLE GETUIGE

JACK VANCE

VERZAMELD WERK **18**

John H Vance

Uitgegeven door Spatterlight, Amstelveen 2020
Oorspronkelijk verschenen als *The View from Chickweed's Window*,
Underwood–Miller, Columbia 1979
Deze vertaling is conform de gerestaureerde tekst van de
Vance Integral Edition © 2020 Karin Langeveld

ISBN 978-1-61947-248-8

www.spatterlight.nl

Jack Vance
De stille getuige

Hoofdstuk I

In het jaar 1907 maakte Harry Botham, vennoot in de handelsmaatschappij Botham en Brewer te Shanghai, een merkwaardig avontuur mee.

Botham was vroeger dan gebruikelijk teruggekeerd van een feest. Toen hij het huis binnenkwam, verraste hij een drietal inbrekers die bezig waren zijn huis leeg te halen. Zijn dochtertje Flora lag vastgebonden en gekneveld in een hoek, klaar om gekidnapt te worden, terwijl de *amah* in elkaar gedoken op de grond lag te kreunen. De huisjongen stond tegen de muur; zijn oor met een dolk vastgeprikt aan een houten paneel.

Botham overzag het geheel vanuit de donkere hal. Hij pakte zonder geluid te maken een grote cavaleriesabel van de muur en viel aan. De grootste van de bandieten ging met een enkele houw neer; de tweede, een jongen van een jaar of veertien, klom als een aap omhoog langs de voorkant van een kast, waardoor deze naar voren kantelde. Al Bothams porselein viel op de grond terwijl de jongen onder de kast klem kwam te liggen. De derde inbreker viel voor Botham op zijn knieën.

Hijgend bekeek Botham het tafereel. Zijn porselein lag aan scherven; er hing een zware geur van bloed en de stank van angst. Ting, de huisjongen, trok de dolk uit zijn oor, sprong naar voren en wilde op de nu gedweeë bandiet inhakken. Botham hield hem tegen. "Haal de politie. Laat de hele zaak maar aan hen over."

"Mijn heer," klonk de stem van de inbreker, "genade, alstublieft."

"Genade? Ha!" sprak Botham met hese stem. "Mijn porselein ligt aan diggelen! Mijn dochter is buiten zinnen van angst!" De *amah* was inmiddels begonnen om Flora van haar boeien te bevrijden.

"Wij zijn de slachtoffers van een wreed lot," sprak de inbreker, "zoals de gebeurtenissen van deze avond duidelijk bewijzen. De politie zal ons martelen, mij en mijn zoon, of we nu meewerken of niet: zo zijn ze nu eenmaal. Ons leven, onze toekomst ligt in uw genadige handen."

"Jullie verdienen het om gemarteld te worden," verklaarde Botham. "Ting, haal de —"

"Mijn heer, ik smeek u, luister naar mij," sprak de bandiet weer. "Uw dochter zal haar angst spoedig vergeten zijn. En wat dat porselein betreft — en ik spreek nu met de absolute eerlijkheid van een wanhopig man — dat is van een dusdanig slechte kwaliteit dat ik al besloten had het niet te stelen. U bent het slachtoffer geworden van gewetenloze handelaren. Uw verlies stelt niet alleen niet veel voor, maar zou zelfs goedgemaakt kunnen worden."

Iets in de toon van de man wekte de interesse van Botham. "Heb je zelf een collectie?"

"Ik ben slechts een eenvoudige inbreker; een dergelijke ambitie is meer dan ik zou durven dromen. Niettemin kan ik, met enig risico, een tweetal uitzonderlijk mooie vazen voor u bemachtigen: bijzonder oude, waardevolle objecten. Op die manier hoop ik niet alleen uw verontwaardiging te kunnen wegnemen, maar u misschien zelfs te kunnen overhalen om mijzelf en mijn zoon te laten gaan."

"Waar zijn die vazen nu?" vroeg Botham. "En van wie zijn ze?"

"De details zijn niet van belang. Zodra ik de vazen voor u kan neerzetten, zijn ze in praktische zin te beschouwen als mijn persoonlijk eigendom."

Er volgde nog enige discussie; uiteindelijk kreeg de inbreker toestemming om de vazen te gaan halen, terwijl zijn zoon als gijzelaar achterbleef. Met de hulp van de huisjongen verbond de gewonde man zichzelf met een poetsdoek en zat vervolgens half-verdoofd in elkaar gezakt.

Nog geen uur later was de inbreker terug, met een opgewonden schittering in zijn ogen. Hij droeg een pakket verpakt in krantenpapier. Botham liet hem zijn studeerkamer in, maakte voorzichtig het krantenpapier los en ontdekte een enkele vaas van ongeveer dertig centimeter hoog, met een rokerig mauve glazuur van een kwaliteit die Botham nog nooit eerder gezien had. Toen hij de vaas vol ontzag inspecteerde ontdekte hij op de voet het merkteken *Hai-lun-tse*, en realiseerde zich dat hij een van de meest waardevolle overblijfselen van de Song-dynastie in handen had. Het koste hem enige moeite om zijn stem normaal te laten klinken. "Dit is zeker een heel interessante vaas, minimaal van dezelfde waarde als een of twee van mijn eigen stukken, die nu helaas in scherven liggen. Maar je sprak over twee vazen. Waar is de tweede?"

"Ik mag van geluk spreken dat ik deze heb weten te bemachtigen," sprak de inbreker. "De beveiliging was veel strenger dan ik verwacht had, en ik had de keus om het bij één vaas te laten, of helemaal niets mee te brengen."

"Vooruit dan maar," sprak Botham, "Ik kan zien dat je je best hebt gedaan. Maak dat je wegkomt, en laat mij je gezicht nooit meer zien. Tenzij je natuurlijk meer stukken in je collectie hebt die je eventueel van de hand zou willen doen. In dat geval zal ik die met alle plezier inspecteren. Vooral natuurlijk de vaas die bij deze hoort."

"Ik begrijp u helemaal," verklaarde de inbreker. "Ik hoop dat de toekomst ons beiden veel voorspoed zal brengen."

De volgende dag hoorde Botham het nieuws dat Baron Iso Matsukoku, Voorzitter van de Japanse Buitenlandse Handelsmissie zich van het leven had beroofd. Volgens een artikel in de *Shanghai Daily Express* was aan deze Baron Matsukoku een ceremonieel geschenk toevertrouwd voor Keizer Meiji, van de Chinese Keizerin persoonlijk: een paar Song-vazen van onschatbare waarde, bewerkt met een uniek, mauvekleurig glazuur. Eén van de vazen was in de nacht verdwenen, en Matsukoku had op de traditionele manier uiting gegeven aan zijn vernedering.

Botham pakte de vaas in, sloot hem in een hutkoffer, en gaf iedere hoop op om ooit het tweede exemplaar te kunnen bemachtigen.

De hele affaire had nog een ander gevolg. Gedurende de worsteling had Botham een snee in zijn hand opgelopen en de wond was lelijk gaan ontsteken. In het ziekenhuis werd hij verzorgd door een jonge, frisse verpleegster, die pas kort daarvoor uit Engeland was aangekomen. Haar naam was Mary Higgins, en Harry Botham, die weduwnaar was, vroeg haar ten huwelijk zodra hij het ziekenhuis had verlaten. Mary Higgins nam zijn aanzoek aan, ze trouwden, en in het jaar 1909 werden ze de ouders van een mollig dochtertje met de naam Ruth.

Het ging de firma Botham en Brewer voor de wind; Flora en Ruth Botham groeiden op tot jonge kinderen, vervolgens tot tieners, en werden ieder op hun beurt geroemd als de grootste schoonheid van de internationale kolonie. Flora, die zeven jaar ouder was dan Ruth, was lang en donker, met verfijnde gelaatstrekken en een elegant voorkomen. In 1926, tijdens de meest spraakmakende bruiloft van het jaar, trouwde ze met Maurice Brewer, de zoon van Harry Bothams partner.

Als huwelijksgeschenk bood Harry Botham het paar een reis om de wereld aan. In 1932 werd hun zoon Kendall geboren, en in 1935 een tweede zoon, Oliver.

Ruth Botham was in bijna alles het tegenovergestelde van haar halfzus. Ze was blond, klein van stuk, rond, en zacht als een jong katje. Flora was geneigd om bevelend te zijn; Ruth overreedde. Flora's kleding was onberispelijk; ze baadde zich twee, soms zelfs drie keer per dag en kon nooit wennen aan de geur die aanwaaide vanuit de Soe-tjoe Kreek, of de diverse menselijke geuren die in Shanghai zelf, buiten de grenzen van de internationale kolonie, in de straten hingen. Ruth daarentegen nam het leven min of meer zoals het kwam, lachte snel en sloot vriendschap met allerlei personen die in de ogen van Flora ongeschikt waren. Eén van die vrienden was Kenneth Enright, een jonge missionaris van de Methodistenkerk die in Japan was gestationeerd. Ruth werd verliefd op Kenneth, zeer tot ongenoegen van haar zus. Kenneth Enright had niet alleen een gebrek aan vermogen en aan savoir-faire; hij was ook nog eens een Amerikaan. Ruth lachte om Flora's bezwaren en maakte Kenneth in 1929 dolgelukkig door met hem in het huwelijk te treden.

Hoewel Flora hem herhaalde malen verzocht om in te grijpen, bleef Harry Botham neutraal. Hij merkte op dat aangezien Ruth degene was die met haar echtgenoot zou moeten samenleven, zij daarmee ook de enige was die het recht had om die keuze te maken. Flora verzoende zich echter nooit bij het huwelijk en bleef altijd op Kenneth neerzien.

Op de dag voor het huwelijk nam Harry Botham Kenneth en Ruth apart, en onthulde dat hij van plan was om hen een reis om de wereld aan te bieden, net zoals hij dat voor Flora en Maurice had gedaan. Dit aanbod bracht Kenneth dusdanig in verlegenheid dat hij ervan ging stotteren. Hakkelend verklaarde hij dat hij het aanbod weliswaar enorm waardeerde, maar dat het helaas niet mogelijk was om zo lang van zijn werk weg te blijven. Ruth zette de opmerkingen van Kenneth kracht bij door te verklaren dat het gewoonweg niet gepast leek voor een missionaris om zich in luxe te wentelen terwijl de kinderen van zijn gemeente ondervoed waren. Ietwat vrijpostig voegde ze daar nog aan toe dat het haar vader uiteraard vrij stond om het bedrag dat de reis zou moeten kosten te doneren aan de Methodistenkerk van Japan, maar dit weigerde Harry Botham resoluut. Hij mocht Kenneth als persoon, maar had ernstige twijfels over het uiteindelijke nut van diens werk. Wat had het voor zin om het geloof van een obscure Arabische stam door de strot te duwen van een volk dat zelf zijn eigen, goed ontwikkelde culturele tradities bezat?

Kenneth antwoordde op milde toon dat hij uiteraard respect had voor de mening van Meneer Botham, hetgeen Harry Botham hogelijk amuseerde. Hij sloeg Kenneth vrolijk op de schouder, terwijl Ruth haar vader argwanend aankeek. "Goed dan," zei Botham, "in dat geval krijgen jullie een van mijn kostbaarste bezittingen: een vaas van zeventienhonderd jaar oud; beslist een van de mooiste vazen ter wereld."

"Papa!" riep Ruth geschrokken uit. Net als Flora wist zij ook wel iets van de geschiedenis van deze vaas.

"Ja, lieverd?"

"Vind je werkelijk dat die vaas een geschikt huwelijkscadeau is?"

"Natuurlijk. Waarom niet?"

Kenneth keek verwonderd van Ruth naar Botham, maar hield zich in. Ruth haalde haar schouders op en zei niets meer. Toen Flora van het geschenk hoorde, was ze witheet van teleurstelling. Zij had al heel lang een oogje op die prachtige vaas, en het frustreerde haar enorm dat deze nu in handen van haar zus was gevallen.

Kenneth en Ruth keerden terug naar Japan met de vaas achteloos in hun bagage gepropt. Ze betrokken de schilderachtige oude pastorie in Onomichi, met uitzicht over de Japanse Binnenzee, waar de vaas werd opgesteld in hun *tokonoma*.

De jaren gingen voorbij: gelukkige jaren voor Kenneth en Ruth. Op het continent klonken geruchten over een op handen zijnde oorlog: de eerste voortekenen van de verschrikkingen die komen zouden.

In 1930 overleed Mary Botham onverwacht, klaarblijkelijk als gevolg van voedselvergiftiging. Harry Botham overleefde zijn vrouw maar twee jaar en stierf op Eerste Paasdag in 1932, op een leeftijd van 60 jaar. Zijn bezittingen werden gelijk verdeeld tussen Flora en Ruth.

Tijdens de begrafenis begon Flora over de Song-vaas. "Weet je wat papa's laatste woorden tegen mij waren?"

"Ik geloof niet dat ik enig idee heb," reageerde Ruth op droge toon.

"Hij sprak over de vaas. Hij zei — heel zacht, want hij kon bijna niet meer ademhalen — tegen mij: 'Flora, mijn schat, die Song-vaas weegt zwaar op mijn geweten.'"

"Dat kan ik mij goed voorstellen."

Flora negeerde de onderbreking. "Hij zei: 'Ik had jou en Maurice die vaas willen geven; jullie zouden er zoveel meer van genieten dan Ruth en haar echtgenoot.' Denk erom," zei Flora met nadruk, "dat dit zijn laatste woorden waren: 'Vraag haar om de vaas, leg haar uit dat ik mij vergist heb; Ruth is vrijgevig; ze zal zeker begrip hebben voor de situatie.'"

"Ik begrijp het maar al te goed," zei Ruth. "En mijn antwoord is 'nee'."

"Ruth! Hoe kun je onze vaders laatste wens zomaar naast je neerleggen?"

"Blijkbaar ijlde hij."

"Ruth! Hoe kun je dat nou zeggen!"

Ruth gaf Flora een klopje op de arm. "Alsjeblieft, Flora, lieverd — laten we redelijk zijn. Jij hebt die vaas al willen hebben vanaf het moment dat vader hem aan ons cadeau gaf. Maar je krijgt haar niet. Begrijp je dat? Dus laten we het hier maar bij houden en er niet meer op terugkomen."

Flora beende weg in een boze wolk van ruisende zwarte zijden crêpe.

Ruth wendde zich tot Kenneth, die zich niet in de discussie gemengd had. "Mijn zuster," zei Ruth, "is een opmerkelijke vrouw. En naarmate de jaren verstrijken lijkt het dat ze steeds — hoe zal ik het zeggen? — hebberiger wordt."

Kenneth maakte een nietszeggend geluidje. "Het is vast haar gewone manier van doen."

"Kenneth," snauwde Ruth, "soms ben je echt onuitstaanbaar."

"Maar schatje," protesteerde Kenneth, "wat heb ik dan misdaan?"

"Ik besef dat jij in jouw beroep niet de vrijheid hebt om mensen te belasteren of te beschuldigen. Maar Kenneth, besef in vredesnaam nu eens dat er zoiets bestaat als eenvoudige, alledaagse boosaardigheid."

"Ik ben wel de laatste om dat te ontkennen," verklaarde Kenneth. "Desalniettemin ben ik ervan overtuigd dat de manier waarop iemand behandeld wordt een afspiegeling is van zijn of haar eigen gedrag."

Ruth slaakte een zucht. "Laten we maar naar binnen gaan voor een kop thee."

Eenmaal terug in Japan bespraken ze hun nieuwe rijkdom. "Ik laat het natuurlijk helemaal aan jou over," sprak Kenneth ietwat weemoedig. "Het is jouw geld, dus het is aan jou om te bepalen hoe je het uitgeeft."

"Welnu," sprak Ruth, "in de eerste plaats zullen we allebei nieuwe kleren kopen. Ik voelde me ronduit sjofel in vergelijking met Flora. En, Kenny, ik kan mijn gezicht zien in jouw jas."

"Ja, dat is waarschijnlijk wel een nuttige uitgave."

Ruth ging op ferme toon verder: "En ik denk ook dat we het ons nu kunnen veroorloven om een gezin te stichten." Kenneth mompelde iets over het ongemak van een zwangerschap. Ruth was het met hem eens. "En dan kunnen we een deel van het geld — een flink stuk — apart zetten zodat we onze kinderen een goede start kunnen geven in het leven."

"Ja, natuurlijk."

"En dan," zei Ruth terwijl ze Kenneth in de arm kneep, "gaat de rest naar jou, en dat is nog een heleboel. En daarmee kun jij dan al je geweldige ideeën en projecten uitvoeren."

Maar Kenneth reageerde lang niet zo uitgelaten als Ruth had verwacht. "Wat is er aan de hand?" vroeg Ruth. "Ben je er niet blij mee?"

"Onder normale omstandigheden zou ik er meer dan gelukkig mee zijn," zei Kenneth.

"Zijn dit dan geen normale omstandigheden?"

"Ik voel me de laatste tijd steeds onzekerder over de toekomst. Het nieuws is soms erg verontrustend…"

"Kenneth, hou op!" Ruth lachte nerveus. "Ik krijg er de zenuwen van."

Terug in Onomichi pakten de Enrights hun leven weer op. Ze hoopten op kinderen, maar toen Ruth in 1933 zwanger raakte, kreeg ze een miskraam. In 1935 beviel ze van een kindje dat maar drie uur leefde.

Rond deze tijd ontvingen de Enrights een brief van Maurice Brewer waarin hij de geboorte van zijn tweede zoon aankondigde, die Oliver gedoopt zou worden. Hij vertelde ook van zijn plannen om zijn eigen aandelen, en die van Flora, in de firma Botham en Brewer te verkopen. Dit was dus 75% van het totaal. Hij had een koper die ook interesse had in de 25% van de Enrights als die zouden willen verkopen. Hoewel het bedrag dat werd geboden niet gering was, was het heel wat minder dan wat het bedrijf werkelijk waard was. De koper kreeg een hele goede deal. "Maar," zo schreef Maurice, "dit zijn onzekere tijden en het financiële klimaat is heel ongewis. Flora en ik hebben besloten om ons — althans tijdelijk — in San Francisco te vestigen. Ik wil mij uiteraard niet bemoeien met jullie toekomstplannen, maar we weten allemaal hoe onstabiel de situatie hier en in Europa is. Ik denk dat het het verstandigst is om nu te verkopen en ons geld elders te investeren."

"Wel, wel," zei Ruth. "Dus de Brewers maken schoon schip."

Kenneth smeerde marmelade op zijn geroosterde boterham — ze zaten aan het ontbijt in de tuin van de pastorie, onder de dennenbomen. "Vanuit hun standpunt bezien heel verstandig."

Ruth bestudeerde de brief. "5.000 pond is het aanbod. Voor een inkomen van achthonderd pond per jaar. Allesbehalve een genereus aanbod."

"We moeten rekening houden met de omstandigheden," zei Kenneth. "Zoals Maurice aangeeft, wordt de sfeer op het wereldtoneel er niet beter op."

Ruth leunde achterover en keek Kenneth onderzoekend aan. "Jij denkt dus dat we moeten verkopen?" vroeg ze uiteindelijk.

"Jazeker," zei Kenneth. Op schertsende toon voegde hij eraan toe: "Voor ons ongeboren kind. Vijfduizend pond is een leuk appeltje voor de dorst. En als ons aandeel in het bedrijf plotseling niets meer opbrengt — dan staan we met lege handen."

"Goed dan," zei Ruth. "Ik zal Maurice schrijven en hem opdragen om te verkopen. Voor ons ongeboren kind. Als dat er ooit komt."

"We geven de moed niet op."

Na verloop van tijd ontvingen ze een cheque voor 5.000 pond, en de Enrights investeerden deze in VS Postspaarbankobligaties.

Er brak een heftige oorlog uit in China. In Europa marcheerde

Hitler Oostenrijk en Tsjechoslowakije binnen, en daarna Polen, maar het rustige leventje in de Methodistenkerk van Onomichi ging gewoon door zoals altijd.

In 1939 werd Ruth voor de derde keer zwanger, en in april 1940 schonk ze het leven aan een dochtertje dat ze Luellen noemden.

Op 7 december 1941 vond er een dramatische verandering plaats in het leven van de Enrights. De kerk werd gesloten; de Enrights werden geïnterneerd.

De omstandigheden in het kamp waren extreem bar; de Japanners lieten een geheel nieuw, onverwacht aspect van hun gecompliceerde aard zien.

In 1944 overleed Ruth als gevolg van ondervoeding in combinatie met longontsteking, en in het leven van Kenneth ging de zon voorgoed onder. Slechts de noodzaak om voor zijn dochtertje te zorgen hield hem nog op de been.

In 1945 was de oorlog afgelopen; weer veranderde de wereld drastisch, en de Japanse bevolking was weer even beleefd en correct als tevoren. Aangezien ze nergens anders heen konden, keerden Kenneth en Luellen terug naar Onomichi. Hoewel de herinneringen in en om de pastorie bijna meer waren dan Kenneth kon verdragen, heropende hij de kerk en deed hij een poging om zijn oude leven weer op te pakken.

Het werk bood echter geen uitdaging meer. Hij kon geen enthousiasme meer opbrengen, voelde geen voldoening. Het enige dat hem nog restte was de afmattende zekerheid dat hij gefaald had, dat hij jaren had verspild, dat zijn dromen in duigen waren gevallen en dat zijn jeugd, zijn vreugde en zijn liefhebbende vrouw voorgoed verdwenen waren.

HOOFDSTUK II

IN DE OCHTEND van 28 april 1948 arriveerde de SS *President Madison* vanuit het Verre Oosten in San Francisco. De zon was nog maar net op toen het schip onder de Golden Gate-brug doorgleed; de stad stond koel en wit op haar heuvel, elk architectuurdetail scherp afgetekend tegen de heldere lucht.

In een huis aan Pacific Heights was Maurice Brewer al opgestaan, en had zijn pak van zware, grijze tweed aangetrokken. Terwijl hij bij het raam van de zitkamer op de bovenverdieping stond, zag hij de *President Madison* langs de ronding van de Embarcadero glijden. Hij keek op zijn horloge, draaide zich om en liep de gang door naar de slaapkamer van Flora. Hij klopte, luisterde en klopte toen nogmaals. "Flora! Kom je nog? Of ga je niet mee? Het wordt behoorlijk laat."

Er kwam geen antwoord. Maurice klopte nogmaals. "Flora!"

Van achter de deur klonk de stem van Flora, die er op de een of andere manier in slaagde om zowel geïrriteerd als irritant zelfverzekerd te klinken. "Er is geen enkele reden om ons zo te haasten, Maurice, absoluut geen enkele."

"Het schip kan ieder moment aanmeren!" riep Maurice tegen de gesloten deur, maar Flora gaf verder geen antwoord.

Maurice draaide zich om en mopperde binnensmonds. "Verdomme, mens, jij zou er nog in slagen te laat te komen voor je eigen begrafenis." Hij liep terug naar het raam. De *President Madison* gleed met lage snelheid al bijna uit het zicht achter de veerpont-terminal; terwijl Maurice toekeek kwam een tweetal sleepbootjes langszij. Hij maakte nogmaals aanstalten om de gang in te lopen, bedacht zich toen, duwde met opeengeklemde kaken zijn beide vuisten in zijn zakken en wachtte.

Maurice Brewer, inmiddels 52, was een grofgebouwde man, eerder stevig dan dik, met een rond, blozend gezicht, een stompe neus, kleine varkensoogjes en borstelige wenkbrauwen. Hij had een tonsuur van droog-uitziend, roodbruin en grijs haar en dikke lippen die hij stevig opeenklemde terwijl hij op Flora stond te wachten. Hij keek stuurs en geërgerd; en toen Flora tien minuten later binnenkwam, gekleed in een grijs mantelpak en een lavendelgrijze overjas met vossenbont, zei hij niets maar draaide zich slechts om richting de trap.

Op de begane grond liep Flora naar de eetkamer; Maurice stond stil en keek haar na. "Wat ga je nu weer doen?"

"Ik moet Benjamin nog spreken over het vervangen van het meubilair."

" 'Het meubilair vervangen'? Welk meubilair?"

"In de slaapkamer natuurlijk." Ze liep de keuken in terwijl Maurice ziedend bij de deur bleef staan. Minuten gleden voorbij voordat Flora eindelijk weer tevoorschijn kwam. Maurice wees op zijn horloge. "Heb je enig idee hoe laat het is? Het schip is zeker al aangemeerd."

Flora's enige reactie was een nuffig neusophalen. Ze liep langs Maurice heen terwijl ze ondertussen haar handschoenen aantrok. Ze bestudeerde hun auto, een zwarte Ford Lincoln van slechts enkele maanden oud, uitvoerig. Een vogel had zijn behoefte gedaan op de motorkap, en Flora haastte zich naar voren om de vlek te bekijken. Ze liep terug naar het huis. "Waar ga je nu weer naartoe?" riep Maurice uit.

"Ik heb Benjamin opgedragen om de auto zorgvuldig te poetsen," sprak Flora over haar schouder. "Hij heeft zijn werk duidelijk niet goed uitgevoerd."

"Dat was gisteren!" riep Maurice haar na. "En we hebben geen tijd —"

Benjamin, de Filipijnse huisjongen, werd erbij geroepen, en kreeg opdracht om de auto schoon te maken. Terwijl Maurice van de ene op de andere voet wipte ging Benjamin naar binnen om een vochtige doek te halen waarmee hij de vlek verwijderde.

Maurice startte de motor en ze reden met hoge snelheid de straat uit. "Alsjeblieft, Maurice," zei Flora, "rij toch voorzichtig. Je neemt onnodige risico's."

"Willen we nu wel of niet op tijd bij dat schip zijn?" vroeg Maurice met opeengeklemde tanden. "Soms begrijp ik je echt niet! Je bent nu al een uur aan het treuzelen en zaniken. We gaan geen volwassene ophalen, of iemand die weet wat ze moet doen."

"Ik ben er zeker van dat ze in orde is," zei Flora terwijl ze strak voor zich uit keek. "En tenslotte…" Ze maakte haar zin niet af, maar haar zwijgen sprak boekdelen.

"En hoe zit het met dat meubilair dat Benjamin moet vervangen?" vroeg Maurice. "Over welk meubilair hebben we het dan?"

"Ik heb Benjamin opdracht gegeven om de oude kinderkamer uit de kelder te halen en het goede rozenhouten meubilair op te bergen."

Maurice staarde haar aan. "Waarom zou je in 's hemelsnaam…"

"We weten helemaal niets over dit meisje. Misschien is ze wel heel wild, of vernielzuchtig, en die oude rozenhouten chiffonnière is daar veel te duur voor."

Maurice snoof geërgerd. "Wat een hoop onzin!"

Flora's lippen trilden in een kille, onpeilbare glimlach, en Maurice zei niets meer. Hij reed Lombard Street uit en draaide de Embarcadero op in de richting van Pier 37, ver ten zuiden van Market Street.

"Het schip ligt al aangemeerd," verklaarde Maurice op grimmige toon. "Ik moet zeggen dat ik dit niet de juiste manier vind om iemand af te halen. Vooral niet als het om een kind gaat."

"We zijn ruim op tijd," sprak Flora onverschillig. "En dit is tenslotte niet een verantwoordelijkheid waar we om gevraagd hebben."

Maurice keek zijn vrouw van opzij aan en haalde zijn schouders op. "Als jij er zo over denkt, dan heb ik al helemaal geen reden om me druk te maken." Hij draaide de Lincoln een parkeerplaats op, opende het portier voor Flora en samen liepen ze de pier op.

De loopplank lag al uit; passagiers kwamen van boord en liepen langs de stellingen van de douane. Maurice bekeek de krioelende menigte. "We weten niets van dit meisje, behalve dan dat ze acht jaar oud is, en blond…"

Flora wees met een gehandschoende vinger naar een stevig gebouwde kleuter met bolle wangetjes en geel haar in een pagekapsel. "Misschien is dat Luellen. Haar moeder was ook altijd al wat dikkig."

"Te jong," zei Maurice. "En Ruth was helemaal niet dikkig; wat een woord ook!…Je kon hooguit zeggen dat ze mooi gevuld was."

Flora zei niets meer, maar maakte een lichte schouderbeweging. "Het is hier ijskoud. Daar zouden ze iets aan moeten doen."

Maurice lette niet op haar. Hij pakte zijn pijp, keek om zich heen en begon hem te stoppen. Plotseling wees hij. "Dat moet haar zijn, ik weet het zeker."

Flora draaide haar hoofd om. Bij de achterste muur stond een ouder echtpaar in donkere kleding, beiden lang, mager en duidelijk uitermate respectabel. Naast hen stond, heel stilletjes, een tenger, nogal bleek meisje met blonde vlechten.

"Missionarissen," zei Flora met een nauwelijks merkbare ondertoon van minachting in haar stem. Maurice, die inmiddels tweeëntwintig jaar met Flora getrouwd was, had inmiddels een goed oor ontwikkeld voor de betekenis van iedere nuance in Flora's stem, en zelfs haar zwijgen. Maar als het om zendelingen ging, dan waren ze het zo met elkaar eens dat hij in dit geval nauwelijks opmerkte dat ze gesproken had. "Ik ga het navragen."

Hij beende door de massa, en liet Flora alleen staan. Een kruier, wankelend onder het gewicht van twee grote koffers, raakte haar mouw even aan, waardoor ze nog nijdiger werd. "Welja!" sprak ze op ijzige toon. Ze draaide zich om en liep naar Maurice toe, die al in gesprek was met het oudere echtpaar.

Het meisje bekeek haar terwijl ze aan kwam lopen. Haar gezicht was uitermate kalm. Een meisje met zelfbeheersing, dacht Flora, en waarschijnlijk behoorlijk eigenzinnig. Ze zag geen duidelijke overeenkomst met Kenneth of Ruth in het ronde kindergezichtje.

"Ah, hier is mijn vrouw," zei Maurice op zijn meest joviale toon. "Flora, dit zijn Dominee en mevrouw Murtries, uit Shihara. En dit is onze kleine Luellen. De Murtries zijn zo vriendelijk geweest om haar onder hun hoede te nemen."

"Absoluut geen probleem," verklaarde Dominee Murtries. Hij was minstens een meter negentig, en dun als een paling in zijn zwarte pak. "Lulu is een heel verstandige jongedame."

Zijn vrouw zei, met een ondertoon van onuitgesproken verwijt in haar stem: "We begonnen ons al af te vragen wat we moesten doen als er niemand zou komen om het kind op te halen."

"Een onvermijdelijk oponthoud, helaas," verklaarde Maurice. "Erg vervelend, maar gelukkig zijn we er nu eindelijk. Eind goed, al goed. Nietwaar?"

"Inderdaad," zei Murtries, weinig overtuigd. Hij keek zijn vrouw aan en pakte zijn oude strooien koffer op. "Goed dan, nu Lulu in goede handen is, moesten we maar eens gaan. Over twee uur vertrekt onze trein."

"We gaan direct door naar Idaho," legde mevrouw Murtries uit.

Dominee Murtries streek Lulu over de gladde blonde haren. "Tot ziens, jongedame. Gedraag je netjes, en schrijf ons eens een briefje."

"Jawel, meneer Murtries," zei Lulu. "Tot ziens." Ze stak haar hand uit, en mevrouw Murtries raakte deze even kort aan. "Tot ziens, Lulu." Over Lulu's hoofd zei ze tegen Flora: "Een intelligent meisje, maar ze is haar leeftijd wel tien jaar vooruit. De oorlog, begrijpt u."

"Ik ben bang dat ik het niet begrijp," zei Flora.

"Wel, mevrouw, dan kent u het Oosten dus niet," zei mevrouw Murtries.

Maurice lachte beleefd. "Integendeel, mevrouw Murtries. Wij hebben allebei jarenlang in China gewoond, in Shanghai."

"Is dat zo," zei mevrouw Murtries op vage toon. "Wel, wel. Maar ofschoon ik dol ben op een goed gesprek, ben ik toch bang dat we moeten vertrekken." Met een buiging en een hoofdknik namen de Murtries afscheid.

Maurice keek op Lulu neer en gaf haar een voorzichtig schouderklopje. "Nu, dan kunnen we eindelijk kennis maken. Ik ben je Oom Maurice, en dit is je Tante Flora."

"Aangenaam," zei Flora.

"Je wordt dus Lulu genoemd?" vroeg Maurice op joviale toon.

"Ja. Maar mijn echte naam is Luellen."

"Ik snap het. Nou, we zijn heel blij dat je bij ons komt wonen. We hebben twee heel leuke zoons. Ze zijn een klein beetje ouder dan jij, maar ik denk dat jullie prima met elkaar zullen kunnen opschieten."

Lulu knikte. Ze aarzelde, en fronste toen nadenkend. "Mijn vader heeft me niet verteld wanneer ik weer naar huis mag. Heeft hij u iets verteld?"

Maurice staarde naar de andere kant van het enorme gebouw en trok zijn wenkbrauwen op terwijl hij een geschikt antwoord zocht op deze lastige vraag.

Op heldere, rustige toon zei Flora: "Je vader is heel erg ziek, dus je zult heel lang bij ons moeten blijven."

Lulu's gezicht verstrakte. "Is hij dood?"

Flora maakte een lichte schouderbeweging. "Je kunt het maar beter nu meteen weten. Hij is inderdaad dood."

Lulu's ogen glommen. Ze draaide haar hoofd opzij en keek zonder iets te zien naar de straat.

"We vinden het heel erg voor je," zei Maurice. "Maar over een poosje zul je je gelukkig voelen in je nieuwe huis." Hij zwaaide bruusk met zijn armen. "Maar nu moeten we achter je bagage aan."

Lulu gaf hem een geel bonnetje. "Dit is voor mijn hutkoffer. En ik heb ook nog een gewone koffer."

"Regel jij de bagage, Maurice," zei Flora. "Dan wachten Luellen en ik in de auto. En wees heel voorzichtig... Je weet wat ik bedoel." Ze reikte Lulu haar hand. "Dan kunnen we voor het eerst even alleen met elkaar praten."

Maurice pakte de bonnetjes voor de bagage aan, en Flora leidde Lulu naar de auto. Ze gingen samen achterin zitten. Flora leunde achterover in een hoek en bekeek Lulu door half gesloten oogleden. "Heb je een goede reis gehad?" vroeg ze.

"Ja, heel goed. Behalve dan dat ik mijn papa miste. Ik wist dat hij ziek was, en ik wist dat hij me wegstuurde..."

"Kom, kom, niet huilen. Met huilen schiet je niets op."

Lulu's mond trilde gespannen; tranen glinsterden op haar wangen. "Maar nu zal ik hem nooit meer zien."

"Vandaag," zei Flora, "nemen we je mee naar de stad om nieuwe kleren te kopen. Ik neem aan dat je zo ongeveer alles nieuw nodig hebt."

Lulu wreef met haar polsen over haar ogen. "Ik heb een heleboel kleren," zei ze mat.

"Maar je wilt er toch leuk uitzien, nietwaar? Bij ons thuis proberen we er allemaal zo mooi en zo verzorgd uit te zien als we maar kunnen."

Lulu knikte, zonder enig enthousiasme.

"En dan moeten we nadenken over een school. Even kijken, je bent nu acht jaar oud, geloof ik?"

"Gisteren was ik jarig," zei Lulu. "Ik ben gisteren acht geworden."

"En in welke klas zit je? Of ging je in Japan niet naar school?"

"Ik ging naar de Missieschool in Onomichi en daar zat ik in de derde klas."

"Goed. Nou, voor de rest van het schooljaar kun je naar de Pacific Heights Basisschool, waar Kendall en Oliver allebei gezeten hebben." Ze liet haar blik kritisch over Lulu's kleding glijden: een zwarte wollen trui, zwarte kniekousen, een witte blouse. "Ja, we moeten zo snel mogelijk nieuwe kleren kopen. Je bent nu een Brewer en wij zijn heel precies als het om ons uiterlijk gaat."

Lulu knikte. "Goed, tante Flora."

Maurice keerde terug met de harde zwarte koffer van Lulu, die hij op de achterbank van de Lincoln legde. Flora keek hem met scherpe blik aan. "Waar is de hutkoffer?"

"Ik laat hem brengen," zei Maurice.

"Nee," zei Flora gedecideerd. "Je weet hoe die verhuizers te werk gaan. Laat ze die koffer met de grootst mogelijke voorzichtigheid hierheen brengen, dan zetten we hem in de auto."

Maurice staarde haar met half-dichtgeknepen ogen aan. "Dat is volkomen belachelijk. Ik doe helemaal niets van die aard!"

"We gaan hier niet weg zonder die hutkoffer." Flora siste de woorden op fluisterende toon. Lulu maakte zich zo klein mogelijk op de achterbank.

Maurice ging rechtop staan, zodat ze zijn gezicht niet langer door het raam konden zien.

"Schiet alsjeblieft op, Maurice," zei Flora. "Dit is niet bepaald de prettigste buurt om lang te blijven hangen."

Buiten hun gezichtsveld haalde Maurice vol walging zijn neus op, maar niettemin draaide hij zich toch om en liep terug naar het gebouw op de pier.

Flora bleef zwijgend zitten, haar gezicht afgewend van Lulu die zonder echt iets te zien omlaag staarde naar haar blote knieën tussen de bovenkant van haar zwarte kousen en de zoom van haar zwarte rok.

Maurice kwam terug met een kruier die de hutkoffer op een wagentje voortduwde. Vergezeld van onderdrukte vloeken van de kant van Maurice werd de hutkoffer in de bagageruimte gehesen, waarna het kofferdeksel werd vastgebonden met stukken oud touw.

Maurice hees zichzelf de auto in en kreunde chagrijnig terwijl hij zich op de bestuurdersstoel liet zakken. "We lijken wel een boeren-familie…Het is belachelijk om op deze manier met bagage te lopen slepen…Er zijn wel honderd verhuizers in de stad."

"Laten we gaan, Maurice. Ik heb nog een heleboel te doen vandaag."

"Ik was absoluut niet van plan om hier te blijven rondhangen," zei Maurice. Hij startte de motor, draaide de Embarcadero op en reed in de richting van het huis aan Belvedere Street.

Hoofdstuk III

Lulu had nog nooit een stad als deze gezien. Tokyo was vlak, grauw, bouwvallig, triest en saai, net als Kobe, Osaka en Nagoya. Hier rezen overal om haar heen hoge witte gebouwen op, hoger dan ze ooit gezien had, met ramen die schitterden in het zonlicht. De indrukken kwamen sneller op haar af dan dat ze ze in zich op kon nemen, zelfs niet wanneer ze open en alert zou zijn geweest. Ze keek echter uit het raam zonder echt iets te zien, zich slechts bewust van een grote leegte in haar hele wezen die het hele universum leek te hebben opgeslokt. Ze dacht aan haar vader, de pastorie waar ze nooit meer zou terugkeren, en haar ogen werden vochtig en de tranen biggelden over haar wangen.

Flora keek haar uitdrukkingsloos aan. "Kom nou, Luellen," zei ze na een poosje, "Huilen gaat niet helpen. We hebben allemaal zo onze problemen. Stel dat iedereen overal zo maar om ging zitten huilen?"

Maurice wierp een blik over zijn schouder, maakte aanstalten om iets te zeggen maar richtte zich toen zonder een woord te zeggen weer op de weg. Een moment later haalde Flora lichtjes haar schouders op, draaide zich om een schikte haar vossenbontje rond haar nek. Lulu keek tussen haar tranen door naar de twee achterhoofden. Bijna onhoorbaar haalde ze diep adem en knipperde met haar ogen. In de laatste, kille blik waarmee Flora haar had bekeken had ze iets gevoeld dat ze niet begreep: het leek wel alsof Flora blij was dat ze huilde. Zonder zich bewust te zijn van het gebaar wreef Lulu met haar pols over haar ogen en vertrok ze haar gezicht in een strak masker. Ze haalde nogmaals diep adem en keek toen vastberaden uit het raam. Ze reden door een heuvelig district, met prachtige oude huizen die twee, drie of zelfs vier woonlagen hoog waren, afhankelijk van hun ligging tegen de hellingen.

Maurice liet het gas los en zette de motor uit. Op overdreven vrolijke toon riep hij uit: "Hoepla! We zijn thuis! Allemaal uitstappen!"

Lulu worstelde met de deurkruk en stapte uit. Toen reikte ze weer in de auto en trok haar koffer van de achterbank.

Ze stonden halverwege de straat geparkeerd, voor een hoog huis met heel veel puntige daken, met een voorgevel van beige stucwerk en donker timmerwerk. De ramen waren verdeeld in heel veel kleine ruiten, en onder ieder raam hing een plantenbak vol heldergroene en rode geraniums. Een bakstenen oprit liep door de voortuin naar een stenen vestibule. Lulu had nog nooit in haar leven zo'n grandioos huis gezien.

Maurice en Flora gingen naast haar op de stoep staan. "Daar zijn we dan," zei Maurice. "Je nieuwe thuis. De kleine juffrouw Lulu Enright, per adres Belvedere Street 2413. Bevalt het je?"

Lulu knikte. "Het is heel mooi."

Maurice pakte Lulu's koffer. "En jij bent precies wat dit huis nodig had — een aantrekkelijke jongedame."

Flora leek een grimas te maken. Ze draaide zich om en beende over de oprit naar het huis.

Maurice deed de deur open; ze betraden een grote hal met eikenhouten panelen. Tegen de achtermuur stond een kabinet van kamferhout met daarop een bronzen boeddha van zeker negentig centimeter hoog, een paar blauwe Mantsjoe poutpourrikommen, een draak van witte jade. Op een aparte sokkel stond een vergulde bodhisattva die naar een wierookbrander staarde waar een dun sliertje rook uit opsteeg. "Je kunt Benjamin beter even helpen met die hutkoffer," zei Flora tegen Maurice. "Breng hem maar naar de eerste verdieping. Ik zal Luellen haar kamer laten zien." Ze wenkte met haar vinger. "Kom mee. Kun je zelf je koffer dragen?"

"Jawel."

"Volg mij dan maar." Flora ging de trap op en Lulu volgde haar. Haar koffer sloeg bij elke stap tegen haar benen.

Bovenaan de trap ging Flora de hal in, deed een deur open en wachtte op de inmiddels hijgende Lulu. "Dit is jouw kamer," zei Flora. "Er is —" Ze zweeg abrupt en keek de kamer in. Toen liep ze met zwierige passen in de richting van de trap. "Maurice!" riep ze. "Stuur Benjamin naar boven."

Het was echter Maurice zelf die de trap op kwam. "Benjamin is er niet meer. Hij heeft vanochtend ontslag genomen."

Flora leek hem niet te horen. "Ik heb hem duidelijk opdracht gegeven om de eiken kinderkamermeubels naar boven te halen en het rozenhouten meubilair naar beneden te brengen!"

"Daarom heeft hij ontslag genomen," zei Maurice droog. "Hij zei tegen Margaret dat er hier te veel werk was voor maar één man."

"Bah!" viel Flora uit. "Wat een onzin!" Haar neusvleugels waren wit en dichtgeknepen, haar ogen glinsterden. Lulu keek ontzet toe, hulpelozer en wanhopiger dan ooit. O, was ze maar terug in Onomichi!

Flora sprak tegen Maurice. "Je zult iemand je moeten laten helpen met die hutkoffer. Ga maar naar de buren, en vraag mevrouw Halle of zij Albert even kan missen. Die is altijd gewillig en beleefd; ik snap niet dat wij geen jongen als Albert kunnen vinden."

Maurice fronste. Hij ziet eruit als een grote bolle, boze baby, bedacht Lulu. "Ik vind het niet prettig om mevrouw Halle hiermee lastig te moeten vallen," zei Maurice. "Tenslotte —"

"Die hutkoffer moet naar binnen, dat staat vast," onderbrak Flora hem bruusk. "En dat kun je niet alleen."

Maurice zei niets meer maar draaide zich om en liep de trap weer af.

Flora ging de slaapkamer binnen en keek om zich heen. Lulu volgde onzeker, haar koffer achter zich aan slepend.

"Ik had hier andere meubels willen hebben," zei Flora. "Er is een prima ouder ameublement dat de jongens gebruikten toen ze zo oud waren als jij. Dit is erg kostbaar rozenhout. Maar voor nu zullen we het moeten doen met wat hier staat. We moeten wel voorzichtig zijn — *heel* voorzichtig zelfs — met de meubels. Geen krassen, geen vieze handen, geen smerige kleren over dit prachtige hout of deze dure bekleding hangen."

"Ik heb nooit vieze handen," zei Lulu, "en mijn kleren zijn niet smerig."

Flora had een manier van kijken waarbij ze haar hoofd een stukje opzij hield, langs haar neus keek en haar mond samentrok tot een smalle, kille halve glimlach: een manier van kijken die zowel scepsis als ongeloof als ook de overtuiging van haar eigen gelijk en de waarde van haar eigen oordelen en kennis in zich leek te verenigen. Ze negeerde de opmerking van Lulu en wees naar de diverse meubelstukken. "Deze ladekast mag je gebruiken, en deze hangkast. Wij zijn hier in huis allemaal netjes en schoon; we bergen onze schoenen op en hangen onze kleren op." Ze draaide zich om en bekeek Lulu van top tot teen. "Plas je nog in bed?"

Lulu knipperde met haar ogen en haar mond viel open bij deze monsterlijke aantijging. Ze werd vuurrood en kon nauwelijks uit haar woorden komen. "Nee," stotterde ze. "Nee."

Flora knikte. "Je vieze kleren moeten meteen in de waskoker gegooid worden; anders gaat je kamer muf ruiken. Kom, ik zal je laten zien waar de waskoker is."

Ze nam Lulu mee de gang in en liet zien hoe ze de klep van de waskoker kon openen. "Welnu," ging Flora verder terwijl ze een andere deur openende. "Dit is het toilet dat je kunt gebruiken. Als je een bad wilt nemen, dan zul je de badkamer boven met Kendall en Oliver moeten delen. In ieder geval tijdelijk."

Ze beende de gang door, in de richting van de zitkamer. Lulu volgde haar langzaam. Flora bleef bij het achterraam staan. Onder hen lag de achtertuin, omringd door een hoog hek, en daarachter lag in de verte de grijsblauwe baai, schitterend in het zonlicht. Flora gebaarde naar Lulu. "Ga zitten, dan praten we even."

Lulu ging gehoorzaam in een leunstoel naast de open haard zitten.

"Ik besef terdege," zei Flora, "dat het leven hier heel anders zal zijn dan je oude leven in Japan. *Heel* anders. Want weet je, ik kende je vader en moeder heel goed. Hun manier om de dingen te doen was waarschijnlijk goed genoeg voor het platteland van Japan, en voor hun omgang met andere zendelingen, maar hier leiden we een volkomen ander leven. Ik weet zeker dat je je kunt aanpassen." Flora keek naar de achtertuin en zweeg plotseling. "Die vreselijke kat loopt weer in onze tuin. Maurice moet daar echt iets aan doen."

Lulu gleed van de stoel af en liep naar het raam. "Waar is hij?" Ze zag de kat en zei licht verwonderd, "Het is nog maar een jonkie!"

Flora sprak op haar gebruikelijke snelle, heldere toon: "Hij is een lastpost. Hij jaagt op vogeltjes, graaft de bloemen uit en laat zijn behoefte overal achter." Ze gooide een zijraam open en stak haar hoofd naar buiten. "*Kst! Kst! Sst!* Akelige kat! Scheer je weg!"

Van achter het hek klonk heel zacht de stem van een kind. "Purr, kom hier Purr, hier Purr…"

Het jonge katje gaf een schokje, dartelde zijwaarts, trippelde terug naar het hek achterin, sprong erop en toen eroverheen.

Langzaam sloot Flora het raam, bijna alsof ze ontevreden was dat het zo gemakkelijk gegaan was. Ze wendde zich weer tot Lulu. "Ik neem aan dat je kunt lezen?"

Lulu dacht hier even over na. "Ik kan beter Engels lezen dan Japans."

Flora snoof. "Zoals je ziet hebben we heel veel boeken in dit huis." Ze gebaarde naar de vele boekenkasten die over de kamer verspreid stonden. "Sommige zijn bepaald ongeschikt voor kinderen, dus vraag het aan mij als je iets wilt lezen."

Lulu bekeek de donkere leren omslagen met goudopdruk die met grote precisie in alle kasten gerangschikt stonden, en bedacht dat het onwaarschijnlijk was dat er iets van haar gading tussen zou staan. Ze had geen flauw idee waarom een van deze saaie boeken eventueel 'ongeschikt' zou kunnen zijn — tenzij er natuurlijk te veel moeilijke woorden in stonden… Flora was weer aan het praten: "We hebben hier allemaal respect voor elkaars eigendommen, we raken niets aan en we neuzen niet in andermans zaken. De jongens hebben boven hun eigen slaapkamer, en uiteraard is er geen enkele reden voor jou om daar te komen…"

Beneden klonk het geluid van de voordeur, het geroezemoes van stemmen. "Ik denk dat we het zo wel even gehad hebben," zei Flora. "En ik denk dat je de komende minuten nuttig kunt gebruiken om je koffer uit te pakken."

Lulu knikte, gleed van de stoel en liep naar haar slaapkamer terwijl Flora met grote passen naar beneden beende. Lulu bleef onzeker en ongemakkelijk in de deuropening staan. Beneden hoorde ze de stem van Oom Maurice. "Hier, Albert, voor nu… zakken. Prima…" Er klonk een sissend gefluister dat te zacht was om te kunnen verstaan.

Ze liep de slaapkamer in en legde de koffer op het bed. Na even nadenken zette ze hem terug op de vloer en deed het deksel open. Haar bezittingen, zo netjes ingepakt als ze maar kon, zagen er in deze omgeving armoedig en sjofel uit. In Onomichi hadden ze niet afgestoken bij de kleding van anderen… Nou ja, dacht Lulu. Wat maakt het allemaal uit.

Zelfs al had ze wel mooie kleren gehad... De rest van de gedachte kwam niet in woorden, maar in het beeld van Tante Flora die zich met kritisch getuite lippen over haar koffer boog. "En ik plas *nooit* in bed!" mompelde Lulu rebels. Ze liep naar het bureau en trok aan een lade. Deze weigerde open te gaan, en geen van de andere lades werkte mee.

Lulu liep naar de hal en ging langzaam te trap af. Halverwege bleef ze staan, verbijsterd over wat er in de entree gebeurde.

Haar hutkoffer was geopend, haar bezittingen waren eruit gehaald en op het deksel of op de grond gezet. Maurice stond met een somber gezicht naast een Filipijnse jongen in een wit jasje. Flora leunde over de koffer, duwde met vlugge vingers van alles opzij terwijl ze zoekend rondkeek. Terwijl Lulu toekeek pakte ze er een grote witte kartonnen doos uit die ze naar een tafel bracht. Ze sprak op sissende fluistertoon naar Maurice, die haar een schaar aangaf. Flora knipte de touwtjes door, haalde het deksel van de doos en pakte er eerst een grote pluk vulsel, toen een aantal proppen inpakpapier en uiteindelijk een lavendelkleurige vaas uit.

Stap voor stap kwam Lulu de trap af, onhoorbaar op de dikke loper. Maurice merkte de kleine, zwijgende gestalte het eerst op, en schraapte ongemakkelijk zijn keel. Flora draaide zich om en keek Lulu aan met ogen als granaten. "Ik dacht dat ik jou had gezegd dat je je koffer uit moest pakken."

"De ladekast is op slot." Ze kwam nog een stukje verder de trap af, maar wist niet wat ze moest zeggen. Zonder na te denken flapte ze eruit: "Waarom pakt u mijn hutkoffer uit?"

Flora kneep haar ogen half dicht. "Wat zei je daar?" Haar stem klonk laag en ieder woord werd met dreigende nadruk uitgesproken.

Tranen van machteloze wanhoop vulden Lulu's ogen. "U heeft mijn hutkoffer opengemaakt! En u zei zelf dat we hier in dit huis niet aan elkaars spullen komen!"

Flora deed haar mond open, sloot hem weer en wierp een veelbetekenende blik opzij naar Maurice en de Filipijnse huisjongen die stil als standbeelden stonden. Toen wendde Flora zich weer tot Lulu en zei op gedecideerde toon: "Laten we niet brutaal worden, Luellen. Er is altijd een goede reden voor alles wat ik doe, en hoe sneller je dat leert te accepteren, hoe beter."

Lulu bleef hulpeloos op de trap staan, met haar vuisten tegen haar borstkas gedrukt. Met uitdrukkingsloze stem ging Flora verder: "Je vader heeft deze vaas aan mij gegeven. En daarom heb ik je hutkoffer opengemaakt — om mijn vaas te pakken. Snap je?"

Lulu kon zo snel geen weerwoord vinden.

Flora bracht de vaas naar het kamferhouten kabinet, zette hem naast de boeddha neer en ging naar de trap. "Kom, dan doe ik de lades van het bureau voor je open. Maurice, breng die hutkoffer maar naar boven."

Flora liep naar de slaapkamer aan de voorzijde en kwam terug met een grote bos sleutels. Ze liep vlak langs Lulu naar het bureau, opende de lades en trok ze open. Er kwam een wolk van rozengeur naar buiten. In de bovenste lades lagen bundeltjes brieven, notitieblokken en pakketjes met rood lint erom, aan elkaar geniete krantenartikelen, pamfletten en tijdschriften. In de onderste lades zag Lulu satijn en zijde, kant en brokaat. Flora dacht even na, sloot de lades toen weer en deed ze weer op slot.

"Dit moet ik een andere keer allemaal maar eens uitzoeken."

"Gooi het toch allemaal weg," gromde Maurice, de hutkoffer door de deuropening heen loodsend. "Het is allemaal ouwe troep."

"Helemaal niet... Zet die koffer maar daar, bij de muur. We pakken alles later wel uit. Maurice, doe voorzichtig! Je schuurt met het metaal over de vloer!"

Maurice ging rechtop staan, vuurrood van de inspanning. Flora sprak de huisjongen aan: "Dank je, Albert, dat is alles."

De Filipijn maakte een buiging en trok zich terug. Lulu liep naar de hutkoffer en begon aan de gesp te trekken. Flora zei: "Laat maar zitten, Luellen, we gaan nu meteen de stad in. We moeten wat kleren voor je vinden."

"Ik heb kleren!" zei Lulu dwars. "Jurken, en mantels en alles."

"Ja, ik heb er een paar gezien," zei Flora. "Misschien dat je ze kunt gebruiken als je buiten wilt spelen. Maar je hebt kleren nodig voor school, en voor als we visite krijgen. Je woont nu bij ons, en wij zijn erg zorgvuldig als het erom gaat hoe we ons kleden en gedragen."

Maurice wierp een nadrukkelijke blik op zijn horloge. "Ik ben bang dat ik jullie niet kan brengen. Ik heb een afspraak die ik echt niet kan missen."

"Hoe laat is die afspraak?" vroeg Flora op vlakke toon.

"Rond een uur of twee."

"Dan heb je meer dan genoeg tijd." Flora liep naar de deur. "Was je handen en je gezicht, Luellen, en fris jezelf op. We vertrekken over tien minuten."

Maurice keek haar na en blies geërgerd zijn wangen bol. "Vervloekt vrouwmens," mopperde hij. "Die denkt dat de hele wereld op slag stil moet staan als zij haar vinger opheft."

Hij wendde zich tot Lulu en de ergernis verdween. Hij stapte op haar af en gaf haar een schouderklopje. "Je zult je wel heel erg verloren voelen hier...Maak je maar niet te druk, het is niet zo erg als het er uitziet. Je Oom Maurice is hier om alle spoken en draken te verjagen, nietwaar?" Maurice keek met een stralende blik omlaag naar het onbewogen blonde hoofdje. Hij klopte haar op de schouder. "Laat de zon eens doorkomen op dat mooie snoetje...Wat? Traantjes? Kom nou, dat kan toch niet. Echt niet, hoor. En ik zal je eens iets vertellen, een geheimpje, alleen tussen jou en mij." Maurice liet zijn stem dalen tot een gemaakt-grappige fluistertoon. "Let maar niet op je Tante Flora; doe gewoon haar zin en spreek haar niet tegen, en dan is er niets aan de hand."

Lulu knikte lusteloos. Ze was zich maar half bewust van de betekenis van wat Maurice allemaal zei.

Flora verscheen in de deuropening; Maurice liet zijn hand van Lulu's schouder glijden. Flora liet een kille blik over het tweetal waren en zei: "Ben je klaar, Luellen? Moet je nog naar het toilet voor we vertrekken?"

"Nee," sprak Lulu met gedempte stem terwijl ze naar de neuzen van haar schoenen staarde.

"Je moet het wel zeker weten, want we zijn straks uren in de stad." Flora draaide zich om en liep de trap af. Maurice volgde haar. Lulu keek de kamer rond, naar haar zwarte koffer en de geplunderde hutkoffer. Ze haalde beverig diep adem en liep toen de kamer uit en de trap af.

Wat had haar vader bezield om haar hierheen te sturen, naar deze vreemde mensen? Maar goed — het was gebeurd, en ze kon er niets aan veranderen. Ze zuchtte nogmaals, in trieste berusting.

HOOFDSTUK IV

MAURICE BRACHT FLORA en Lulu naar de binnenstad: via Van Ness Avenue, over Geary, naar Union Square. Hij zette zijn auto op een plek voor laden en lossen voor de winkel City of Paris, reikte over Flora heen en deed de deur open. Flora bleef stokstijf zitten. "Wel?" vroeg Maurice geïrriteerd.

"Je staat niet goed geparkeerd."

"Ik hoef niet te parkeren, want ik stap niet uit."

"Ik vind dat je met ons mee moet komen."

"Wel verdraaid, mens!" barstte Maurice uit. "Ik heb je al twintig keer gezegd dat ik dat niet ga doen! Snap je niet wat het woord 'nee' betekent?"

"Op zijn minst," sprak Flora onaangedaan, "zou je ons op een lunch kunnen trakteren."

"In een van die tearooms van je, zeker? Nee, bedankt. Ik neem een behoorlijke lunch in de club."

"En dan zeker de hele middag drinken en gokken met George Wall en Harper Cox."

"Die twee heb ik al in geen maanden gezien!" verklaarde Maurice.

Flora haalde haar schouders op. "We kunnen naar het grillrestaurant in Hotel St. Francis gaan. Of anders de Blue Fox, hier om de hoek."

Maurice reageerde op overdreven beheerste toon: "Ik stel voor dat jullie uitstappen voordat er een agent langskomt. Wegwezen. Ik hoop dat jij en Lulu genieten van jullie lunch."

Flora haalde nogmaals haar schouders op en keek op haar horloge. "Het is tien over halftwaalf. Om drie uur zullen we wel klaar zijn. We zien je dus om drie uur in de lobby van het St. Francis —"

De stem van Maurice sloeg over van de emotie. "Kijk eens naar de straat! Honderden taxi's! Die allemaal staan te springen om jullie overal heen te brengen waar je maar wilt —Timboektoe, als ik een beetje mazzel heb."

"Je hoeft niet beledigend te worden," zei Flora. "Zeker niet waar het kind bij is. Ik heb een hekel aan taxi's, dat weet je best. Die chauffeurs rijden allemaal als gekken."

"Wat een kolder!" sputterde Maurice. "Ze rijden net zo goed als ik."

Flora lachte met een kort bruusk lachje. "Hoe dan ook, ik ga geen taxi nemen. Dat weiger ik. Je kunt ons om drie uur komen halen, en anders kun je ons meteen weer terug naar huis brengen."

"Ik heb een beter idee," zei Maurice grimmig. Hij deed zijn eigen portier open. "Jij neemt de auto, ik pak wel een taxi."

Flora draaide zich om naar Lulu. "Je oom is in een van zijn vervelende buien; onze lunch zal een stuk gezelliger zijn zonder hem!"

Ze stapte uit en maakte een snelle vingerbeweging om Lulu aan te moedigen ook uit de auto te komen. Ze liep weg zonder om te kijken. Maurice reikte naar achteren, deed de deur open voor Lulu en gaf haar een vriendelijk schouderklopje toen ze uitstapte. "Eet smakelijk straks."

Lulu knikte en rende achter Flora aan. Maurice draaide de Lincoln weer het verkeer in en reed snel noordwaarts naar de Bohemian Club.

Fora keek langs haar neus opzij toen Lulu aan kwam draven. "Je oom Maurice is snel geïrriteerd vandaag…Maar daar trekken we ons niets van aan. Heb je honger?"

"Niet echt."

Flora tuitte haar lippen en keek bijna goedkeurend. "Ik ben eigenlijk blij dat je oom niet mee is gekomen. Hij gaat naar zijn club en propt zich daar vol met grote stukken vlees, maar jij en ik gaan iets verfijnds en elegants eten bij Suliman's."

Suliman's was een tearoom op de eerste etage in Maiden Lane, versierd met roosters van honingkleurig hout, Indisch brons en Chinese kleden. Flora bestelde voor zichzelf een groentecurry met papadums en groene thee, en voor Lulu kip in romige saus, met een glas melk.

Onder de indruk van de elegantie van de omgeving, at Lulu met heel veel aandacht voor haar tafelmanieren. Ze zat perfect rechtop, op de punt van haar stoel, haar benen een paar centimeter boven de vloer bengelend. Flora kon geen enkel puntje van kritiek vinden, en nadat ze een paar minuten zwijgend had zitten eten richtte ze zich plotseling op Lulu, en begon op haar meest charmante toon vragen te stellen over Lulu's leven in Japan, waar Lulu behoedzaam antwoord op gaf.

Toen het dessert op tafel kwam — dadeltaart met bosbessensaus — viel Flora weer stil. Heimelijk bestudeerde Lulu de knappe, maar onvoorspelbare vrouw aan wie ze zich zou moeten aanpassen. Haar acht jaren hadden haar maar weinig geleerd over diverse soorten mensen, en Tante Flora viel in geen enkele haar bekende categorie.

Na de lunch gingen ze terug naar City of Paris. Met verbijsterende snelheid en uitzonderlijk gemak werd Lulu voorzien van meer kleding dan ze zich ooit had kunnen voorstellen. Ze kreeg jassen, wel zes in totaal: donkerblauw, lichtblauw, een losvallend jasje van rode corduroy, een pluizige jas van kameelhaar, een regenjas van groene gabardine en een jas van donkergrijze tweed met een zwarte bontkraag en een bijpassende zwarte bontmuts. En dan de jurken: zeker twee dozijn. Alle mogelijke soorten schoenen. Rokken, truien, kniebroeken, sokken, ondergoed, blouses: alles wat ze maar kon bedenken. Flora bestelde met arrogante nonchalance, de verkoopster mompelde wat onderdanige goedkeurende opmerkingen terwijl Lulu de paskamer in en uit strompelde. Flora deed geen enkele moeite om te vragen wat Lulu zelf zou willen; na enkele beleefde plichtplegingen negeerde de verkoopster haar volkomen, zodat ze zich uiteindelijk niet meer voelde dan een kleine half-verdoofde paspop.

Lulu hield een van de outfits aan toen ze naar huis gingen: een donkergroene jurk met een witte, bloemvormige kraag, witte schoenen en donkergroene sokken. De verkoopster kwam de kleedkamer uit met haar donkerblauwe trui, witte bloes en bruine oxfordschoentjes; Flora haalde haar neus op alsof ze smerig roken, en maakte een wegwerpgebaar met haar vingers. De verkoopster boog en de afgekeurde spullen verdwenen naar achter. Lulu keek ze met een brok in haar keel na. In Japan waren dit haar beste schoolkleren geweest.

Ze gingen de winkel uit en keerden terug naar de straat, waar Flora zonder enig teken van het eerder voorspelde ongemak een taxi aanriep.

Lulu stapte in en leunde voorzichtig achterover in de kussens met haar handen ineengevouwen op haar schoot.

Flora gaf op heldere toon het adres door aan de chauffeur en liet zich toen ook in de stoel zakken. Ze keek Lulu aan. "Welnu — wat vind je van je fraaie nieuwe kleren?"

"Ze zijn heel mooi, Tante Flora. Ik ben er heel erg blij mee." En na een korte aarzeling voegde ze eraan toe: "Heel erg bedankt."

Flora knikte heel licht, in een gebaar dat leek aan te geven dat het bedankje van Lulu, hoewel het absoluut niet nodig was, tegelijkertijd wat aan de magere kant was. "Je hebt geluk gehad, weet je dat wel?"

Lulu knipperde met haar ogen. " 'Geluk'?"

"Jazeker," zei Flora. "Je hebt een geweldige tante en oom die je zomaar in hun huis opnemen en die je mogelijkheden kunnen bieden waar je in Japan nooit van had kunnen dromen."

Lulu knikte onzeker. Flora ging verder. "Overal op de wereld zijn arme jonge kinderen die geen tantes of ooms hebben en die doodgaan van de honger. Uiteraard zijn er wel een paar die in weeshuizen terecht kunnen —"

Lulu fronste duidelijk verward haar wenkbrauwen.

"Een weeshuis," zei Flora, "is een groot gebouw waar ze kinderen opbergen als hun vaders en moeders dood zijn."

"O," zei Lulu. Ze keek uit het raam. "Dus dat is dan net zoiets als het kamp waar we in de oorlog woonden." Ze huiverde even. "Dat was niet zo fijn."

"Pfff," snoof Flora. "Dat had allemaal voorkomen kunnen worden. We hebben je vader nog gewaarschuwd dat hij Japan moest verlaten, maar hij stond erop om te blijven...Jouw vader was een halsstarrig man."

Lulu keek haar tante weifelend aan. Ze dacht dat ze wel wist wat 'halsstarrig' betekende, maar ze moest het verkeerd begrepen hebben; haar vader was op haar nooit 'halsstarrig' overgekomen.

"En Oom Maurice — is hij ook 'halsstarrig'?" probeerde Lulu voorzichtig.

Flora lachte haar kristallen lachje. "Mannen zijn allemaal hetzelfde. Ja, echt, allemaal. IJdel als pauwen, maar heel onhandig en altijd geobsedeerd door hun vleselijke lusten...Dingen die jij vast en zeker nog niet begrijpt."

Lulu dacht dat het misschien een verwijzing zou kunnen zijn naar de lunch van Oom Maurice: 'grote stukken vlees', had haar tante gezegd. "In Japan," zei Lulu, in een poging om het gesprek op gang te houden, "eten ze sashimi — dat is rauwe vis."

"Dat had ik begrepen." Flora keek uit het raam. "Je zult straks kennis maken met je neven Kendall en Oliver. Ik denk dat je ze wel zult mogen; het zijn twee fijne jongens."

Lulu's interesse was gewekt. "Hoe oud zijn ze?"

"Kendall is zestien, Oliver dertien."

Maar toen ze thuiskwamen waren Kendall en Oliver nergens te zien. Flora stond stil in de gang. "Je kunt maar beter verder gaan met het uitpakken van je hutkoffer," zei ze tegen Lulu. "We moeten zorgen dat we zo snel mogelijk alles op orde hebben."

"Wat moet ik met mijn kleren doen?" vroeg Lulu. "Het bureau zit vol oude papieren."

Flora wierp haar een wantrouwende blik toe, en zei toen: "Leg al je spullen maar netjes op je bed. Dan brengen we de hutkoffer weg en halen het eiken bureau uit de kelder."

Lulu klom de trap op naar de eerste etage. Ze hoorde gemompel op de tweede etage. Plotseling verhieven de beide stemmen zich en werden een stuk hoger. "Geef terug, ik heb hem nodig!" "Ik heb hem ook nodig." "Hij is van mij...Verdomme, je hebt hem gebroken. Ik ga die van jou zoeken, dan breek ik die ook!" "Als je het waagt, dan breek ik je schedel."

Lulu ging zonder geluid te maken haar kamer in en begon heel rustig haar hutkoffer uit te pakken.

Enkele minuten later hoorde ze voetstappen de trap af denderen. Het bleef even stil, en toen werd Lulu's deur opengegooid. Twee gezichten verschenen in de deuropening, en ze keken Lulu met genadeloze nieuwsgierigheid aan.

Lulu voelde een vage, koude rilling over haar rug lopen. Het was een vreemd gevoel dat ze nooit eerder had meegemaakt. Ze bekeek de jongens over haar schouder. Het was duidelijk te zien dat ze broers waren. Ze waren allebei lang en slungelig, met smalle schouders en grote handen en voeten, stofkleurig haar, bleke roze gezichten, ronde, felblauwe ogen en kleine monden met dikke lippen — maar verder leken ze niet op elkaar. Het gezicht van Kendall was mager en streng; zijn neus was small en scherp; zijn kaken waren lang, met een uitstekend kaakbot dat een vreemde hoek leek te maken. Oliver zag er zachter uit, met meer vlees en minder harde botten. Zijn gezicht was rond, zijn ogen waren bijna zo groot als die van een uil, en zijn haren waren meer een vachtje, en veel fijner dan Kendalls stijve stekels.

"Hoi," zei Kendall toonloos. "Hoi," zei Oliver.

"Hoi," antwoordde Lulu.

De jongens deden een paar stappen de kamer in, Kendall keek naar de hutkoffer, en toen naar het bed. "Jeetje. Wat een boel spullen." Zijn toon was neerbuigend, overdreven tolerant.

Lulu reageerde niet.

Oliver pakte een boek op. "Dit is in het Japans."

"Het is een verhalenboek," zei Lulu.

"Kun je het ook lezen?"

"Het meeste wel. Er zijn een paar woorden die ik niet ken."

"Pfff. Het lijken wel hanenpoten," zei Kendall.

Oliver vroeg: "Spreek je Japans?"

"Ja."

"Zeg eens iets."

"*Watashi no oji Maurice no ichi wa hiro arimasu.*"

"Wat betekent dat?"

"Het betekent dat dit huis — dat het huis van oom Maurice heel groot is."

"O."

Flora verscheen in de deuropening. "Ik zie dat jullie kennis gemaakt hebben." Ze keek de kamer rond. "Wat een onoverzichtelijke bende! Maar ik neem aan dat daar niet veel aan te doen is. Jongens, denken jullie dat je deze hutkoffer naar de kelder zou kunnen brengen?"

"Het is een zwaar oud ding," zei Oliver terwijl hij tegen het uiteinde aan trapte.

Kendall pakte een van de handvatten beet. "Kom op, laten we hem naar beneden brengen."

"Rustig aan. Wees voorzichtig," waarschuwde Flora. "Vooral op de trap!" Ze draaide zich om en liep naar het bed. "Wat is dit?" Ze strekte haar arm en pakte een zware, losbladige zwarte map op.

"Dat is een fotoalbum. Dat heb ik van papa gekregen."

"Tjonge." Flora deed het open en bladerde erin.

"Er zitten ook foto's van u in," zei Lulu, "toen u nog een klein meisje was, samen met mijn moeder."

"Tjonge." Flora's stem klonk nu koeler. "Ik zal het later eens bekijken." Ze keek de kamer rond. "Je kunt niet veel doen tot we het bureau naar boven hebben gebracht. Wil je misschien even slapen?"

Lulu schudde haar hoofd. "Ik heb geen slaap."

"Goed dan. Doe maar wat je zelf wilt."

Lulu liep naar de huiskamer en ging op haar knieën op de bank zitten, die met zijn rugleuning tegen het grote raam stond met uitzicht over de baai. Het was nu laat in de middag. De zon hing laag boven de Golden Gate, en het zonlicht kleurde de witte muren van de stad en weerkaatste van de vele ramen.

Uit haar ooghoek zag ze beweging in de tuin, een kleine zwarte schaduw die schokkend en hotsend alle kanten op sprong alsof hij iets wilde ontwijken. Lulu richtte haar blik op de bewegende schaduw en zag dat het een jong katje was dat met een blad speelde. Toen richtte ze haar blik wat verderop, naar een zonnige plek in een nogal verwaarloosde achtertuin van een van de huizen aan de straat onderaan de heuvel. Daar zag ze een jongen in een spijkerbroek, met een blauw-met-groen geruit overhemd aan een picknicktafel zitten. Hij had een schrift voor zich liggen waar hij langzaam en bedachtzaam in schreef. Een afhangende tak aan een esdoorn in de buurt van het hek onttrok zijn hoofd aan het oog, maar toen hij van houding veranderde zag Lulu een smal, wit gezicht, met donkere wenkbrauwen, donker haar en diepe, donkere oogkassen waarin de ogen leken te schitteren als twee vurige opalen. De jongen zag eruit alsof hij een jaar of dertien was, en was blijkbaar bezig met zijn huiswerk. Hij zag er zwak en ongezond uit, en Lulu voelde iets van medelijden opborrelen... Ze dacht aan haar vader, die er ook zwak en afgetobd uit had gezien toen ze hem voor het laatst zag — *en ik zal hem nooit, nooit, nooit meer zien...* Haar ogen werden vochtig en ze knipperde om de tranen terug te dringen. Toen hij haar op de boot zette, had ze dit diep in haar hart wel geweten, en gedurende de lange reis over de Stille Ocean waren de scherpe kantjes wel van haar verdriet gesleten. Dit was nu haar nieuwe leven; het oude leven begon al te vervagen.

Kendall kwam binnen en ging naast haar staan. Vanuit een bepaalde hoek leek zijn gezicht scherper en smaller, en leek hij een stuk ouder dan zestien; in andere omstandigheden leek hij niet echt ouder dan Oliver. "Waar kijk je naar?" vroeg Kendall.

"Gewoon naar buiten. Over de baai."

Oliver kwam naar binnen, een banaan in de hand. Kendall trok zijn smalle neus op, op precies dezelfde manier als Flora dit soms deed. Hij wendde zich weer tot Lulu. "Zie je dat eiland daar? Dat is Alcatraz."

"O? Wat zijn dat allemaal voor grote huizen?"

Kendall lachte. " 'Grote huizen' zijn het zeker. Dat is de staatsgevangenis. Al Capone zit daar nu. Misschien kijkt hij wel bij ons naar binnen."

Lulu had geen idee wie deze Al Capone moest zijn, maar het leek haar verstandiger om haar onwetendheid niet te laten merken.

Oliver kwam naar hen toe, en Lulu werd omgeven door de geur van gegeten banaan. "Je bent blond," stelde Oliver vast. Hij trok aan een van haar vlechten. "Hoe kan dat?"

Lulu draaide zich om en keek Oliver met een waardige blik in zijn uilenogen. "Hoe kan wat?"

"Hoe kan het dat je blond bent? Ik dacht dat alle Japanners zwart haar hadden."

"Ik ben geen Japanse."

"Natuurlijk wel. Je bent in Japan geboren."

Deze laatste opmerking kwam van Kendall, op luchtige, droge toon. Lulu keek hem onderzoekend aan. "Ben jij niet in China geboren?"

Kendall keek weer naar het raam. "En wat zou dat? Ik ben geen Chinees."

"Dat zei ik ook niet," zei Lulu mild.

Kendalls aandacht werd afgeleid. "Kijk nou. Daar heb je onze kleine professor. Ouwe Professor Bonenstaak."

"Wat is hij aan het doen?" Oliver ging op zijn knieën op de bank zitten en drukte zijn neus tegen het raam. "Hij zit in zijn boek te schrijven."

"Wat schrijft hij?" vroeg Lulu.

Noch Kendall, noch Oliver gaf antwoord; Kendall liep met drie lange, glijdende passen naar het zijraam. Hij schoof de grendel opzij en deed het raam voorzichtig een centimeter of tien open. Met zijn mond tegen de kier riep hij luid: "Hé, Bonenstaak! Bonenstaak de freak!" Hij stapte snel weer naar achter en sloot het raam.

Lulu keek met open mond toe. Toen keek ze weer naar beneden, naar de tuin. De jongen in het zonlicht had zich omgedraaid en staarde nu in de richting van het raam van de Brewers.

Lulu ging op de bank zitten, boog het hoofd en bestudeerde haar handen. Flora kwam de gang door. "Wie is hier in vredesnaam zo aan het gillen?"

"Ikke," zei Kendall met plechtstatige eenvoud.

" 'Ik', niet 'ikke', alsjeblieft. En ik vind het niet prettig dat je zo tegen die jongen schreeuwt."

"Die kat van hem zit weer in onze tuin," voerde Oliver aan.

Flora klakte met haar tong en keek uit het raam. Ze schudde geërgerd haar hoofd. "Die jongen moet toch weten hoeveel last we van dat beest hebben...Nu klimt hij weer in onze palm."

"Ik regel het wel," zei Kendall op grimmige toon. "Ik pak mijn geweer en dan schiet ik dat beest overhoop."

"Geen sprake van," verklaarde Flora. "Je blijft van dat geweer af. Tenzij je vader erbij is."

Kendall keek haar met een norse blik aan. "Ik ben niet echt een kind meer, weet u."

Lulu keek hem verwonderd aan. *Ik ben niet echt een kind.* De zin bleef in haar hoofd spoken. *Ik ben geen kind. Niet echt.* Kendall voelde haar kijken en keek nijdig op haar neer.

Oliver zei behulpzaam: "Ik heb een katapult. We kunnen mijn katapult pakken..."

De jongen in de tuin had inmiddels gemerkt dat er naar hem gekeken werd. Hij keek om zich heen, strekte zijn nek en Lulu kon hem zelfs door het glas heen horen roepen. Het katje sprong op het hek en omlaag op het lelijke betonnen terras. De jongen kriebelde het katje tussen de oren; het katje danste om hem heen.

"Is hij ziek?" vroeg Lulu.

"Dat weten we niet precies," zei Flora onverschillig.

Oliver antwoordde op alwetende toon: "Hij is overreden, en toen kreeg hij botkanker, en nu gaat hij dood want het is ongeneeslijk."

"Onzin," zei Flora afkeurend. "Dat is niet waar. Hij is gewoon een ziekelijk excentriek kind."

"Zijn vader werkt in een garage," zei Kendall. "Hij had beter kunnen worden als zijn vader niet al hun geld had vergokt. En nu zijn ze blut, dus zal Bonenstaak weldra creperen."

"Kendall!" snauwde Flora. "Moet je nu echt zo vulgair praten?"

Hij is niet echt een kind, dacht Lulu.

"Daar gaat Bonenstaak," zei Oliver, "hij neemt zijn kat en zijn boek weer mee naar binnen."

"Er moet iets gedaan worden aan die kat," zei Flora vaagjes. Ergens beneden klonk het geluid van een deur die werd dichtgedaan. Ze draaide zich snel om en marcheerde de trap af.

"Vader is thuis," zei Kendall. "Waarschijnlijk met een stuk in zijn kraag."

Oliver zei wijs: "Als vader van de club thuiskomt — berg je dan maar!"

Lulu keek verbijsterd van de een naar de ander. Zo cynisch! Zo wereldwijs! Zo respectloos!... Ze probeerde zichzelf ervan te overtuigen dat ze hen verkeerd begrepen moest hebben. Ondertussen was er iets anders dat haar dwarszat.

"Die jongen daar beneden —"

"Professor Bonenstaak?"

"Heet hij echt zo?"

"Natuurlijk heet hij zo. Bonenstaak."

Lulu likte haar lippen. "Gaat hij echt dood?"

"We gaan allemaal dood," declameerde Oliver plechtstatig. "Ooit."

"Ik bedoel, gaat hij binnenkort dood?"

"Nee," zei Kendall bot. "Denk je nou echt dat we hem zouden pesten en uitschelden als hij echt dood zou gaan?"

Lulu was niet tevredengesteld, om redenen die ze zelf niet helemaal begreep. Even beet ze op haar lip, en toen vroeg ze: "Hoe weten jullie zo zeker dat hij niet doodgaat? Ik bedoel maar, jullie hebben toch gehoord dat hij ziek is —"

"Jeminee! Wat een vervelend doordrammertje ben jij!" riep Kendall uit.

Lulu keek in zijn plotseling geanimeerde gezicht met de grote neus, en dacht nogmaals *hij is niet echt een kind*...Toch was hij nauwelijks langer dan Oliver — die nog altijd mollig was als een kleuter.

Op de trap klonken voetstappen.

"Daar komt hij," sprak Kendall somber. "Moet ik het hem nu vragen, nu hij nog onder de invloed is? Het kan zijn dat hij me een draai om de oren geeft. Of moet ik wachten tot hij een kater heeft zodat hij nergens meer over nadenkt?"

"Dan kan hij je nog altijd een draai om de oren geven."

"Dat is waar."

Maurice kwam binnen. Hij was een klein beetje wankel, maar slaagde erin om met ferme, ietwat zwierige tred de deur door te komen. Achter hem liep Flora, met een uitdrukking van ijzige minachting en afkeuring.

Kendall besloot om het erop te wagen. "Luister eens, Pa."

Maurice draaide zich om. Hij zag er op het eerste gezicht niet uit alsof hij te veel gedronken had, hoewel hij vrij dof uit de ogen keek en zijn wangen en voorhoofd roziger waren dan voorheen. Maar zodra hij begon te praten was het wel duidelijk dat hij een dikke tong had. "Wel, Kendall, mijn jongen?"

De joviale toon gaf Kendall moed. "Ik vroeg me af of ik vanavond de auto kan lenen?"

Kendall was veel te jong om te rijden, dacht Lulu. In Japan reden alleen heel belangrijke mensen in een auto.

Flora leek er hetzelfde over te denken, want ze kneep haar lippen opeen tot een bleke, dunne lijn, en schudde haar hoofd. Maurice zag haar, gooide zijn hoofd in zijn nek, trok zijn zware wenkbrauwen op en keerde Flora de rug toe. "Ha ha! Wil je aan de zwier, jongen? Of ga je naar de opera? Wat was je van plan?"

"Nou, in ieder geval niet de opera."

"Ha ha! En wie is de gelukkige jongedame?"

Kendall aarzelde. "Ik denk niet dat u haar kent. Een meisje van school."

Op licht sarrende toon ging Oliver hier tegenin: "Vader kent haar echt wel. Nancy Tully. Ze zit in de redactie van *Polychrome*."

"Ohoho!" Maurice bewoog zijn wenkbrauwen plagerig op en neer. "Die! Dat is een lekker ding!"

"Ze is veel te oud voor Kendall," zei Flora scherp. "Minstens zeventien. Ik kan dit echt niet goedkeuren."

Kendall wierp een blik van brandende woede op Oliver, maar trok zijn gezicht vrijwel onmiddellijk weer in de plooi. "Ze is net zeventien geworden, en echt een heel aardig meisje. Ze zit tenslotte in de redactie van een literair tijdschrift."

"Ja," zei Flora licht snuivend. "Ik ken dat tijdschrift. Er is heel veel veranderd sinds mijn eigen jeugd."

Lulu, die geen flauw idee had wat er aan de hand was, keek van Flora naar Kendall en weer terug.

Kendall zei chagrijnig: "Lieve hemel, Moeder, we gaan gewoon naar een feestje. Een keurig, rustig feestje."

"Daar wordt uiteraard gedronken." Flora wierp een minachtende blik op Maurice. "En ontzettend liederlijk gedrag." Maar nu had ze haar hand overspeeld; Maurice snoof en hief zijn handen boven zijn hoofd. "Ga je gang, mijn zoon," sprak hij op waardige toon. "Toen ik zo oud was als jij — ha ha!"

Flora stampte de kamer uit. Maurice keek haar hoofdschuddend na. "Een opmerkelijke vrouw. Ik begrijp haar niet, heb haar nooit begrepen..."

Kendall smeedde het ijzer nu het heet was. "Mag ik de sleutels alvast hebben, Vader?"

Maurice trok met tegenzin zijn sleutelbos uit zijn zak. "Eigenlijk is het tegen beter weten in." Hij woog de sleutels op zijn handpalm. "Denk erom dat je voorzichtig rijdt."

"Jazeker, Vader."

"Hoe laat ga je weg?"

"Direct na het avondeten."

"En hoe laat denk je thuis te komen?"

Kendall tuitte zijn lippen. "Dat is moeilijk te zeggen. Maar uiteraard niet te laat," voegde hij er haastig aan toe toen er een obstinate trek om Maurice's mond verscheen.

"Niet met drank op achter het stuur. Hoor je me?"

Kendall knikte gretig, maar voelde toen aan dat dit gebaar voor tweeërlei uitleg vatbaar kon zijn, en schudde het hoofd. "Ik zal voorzichtig zijn."

Het avondmaal verliep stroef. Iedereen zweeg, behalve Oliver die onophoudelijk doelloos zat te kwekken.

Maurice, wiens joviale bui allang weer was afgezakt, zat somber aan het hoofd van de tafel; Flora prikte wat in haar salade. Kendall zat overdreven rechtop en fronste naar Oliver, die wiebelend en druk naast hem zat. Iedereen negeerde Lulu, maar die was veel te moe om dat op te merken.

Kendall was al gekleed voor zijn afspraakje. Hij droeg een net blauw pak, een gestreept overhemd en een mat-rode stropdas. Om zijn pols had hij een horloge met gouden schakels, waar hij zo af en toe vol trots een blik op wierp. Lulu vond dat hij er heel volwassen en bijna knap uitzag, op een magere, satanische manier. Kendall was duidelijk erg ingenomen met zichzelf. Flora, die hem vanuit haar ooghoeken gadesloeg, snoof even. "Ik snap niet waarom je die horlogeband gekocht hebt. Hij is nogal opzichtig."

Kendall keek verbijsterd op. " 'Opzichtig'? Absuluut niet. Het is echt goud! Ik heb er acht dollar voor betaald, van mijn eigen geld!"

Oliver gniffelde, en zei op zalvende toon: "Kendall is vast ziek; hij heeft zomaar zijn eigen geld uitgegeven."

"Hou je kop," mompelde Kendall.

"Hij is zo'n schraper dat je hem bijna kunt horen krassen," zei Oliver tegen Lulu.

Kendall wierp hem een nijdige blik toe. Hij deed zijn mond open om zijn broer van repliek te dienen, maar Flora had het woord al genomen. "Je had beter een mooie leren band kunnen kopen, zoals je vader heeft. Dat is veel smaakvoller."

Kendall trok zich bijna zichtbaar terug in zichzelf, als een schildpad die in zijn schild kroop. Op chagrijnige, verdedigende toon antwoordde hij: "Ik vind hem mooi; daarom heb ik hem gekocht."

Flora haalde even licht haar schouders op en keek een andere kant op.

Het dessert kwam op tafel: een appelbol met kaneelsaus. Oliver bestrooide hem rijkelijk met suiker voordat hij begon te eten. "Geen wonder dat hij zo'n vette papzak is," sneerde Kendall neerbuigend. Oliver grijnsde alleen, en schraapte het laatste beetje saus van zijn bord.

Lulu's ogen vielen bijna dicht; het was een drukke dag geweest. Maurice zag het, en grinnikte veelbetekenend.

"Ik zie het," zei Flora kortaf. "En ondertussen ook een beetje groezelig." Ze stond op. "Kom, Luellen, laten we een bad voor je laten vollopen, dan kun je naar bed."

Lulu liep gehoorzaam achter Flora aan de trap op, naar de eerste etage. Flora zei: "Zoek snel even je schoonste nachthemd op, en breng het mee naar de badkamer van de jongens."

"Ze zijn allemaal schoon," mompelde Lulu geïrriteerd.

Flora knipte met haar vingers. "Doe gewoon wat ik zeg, en niet zo brutaal." Ze klom verder de trap op naar de tweede etage.

Lulu greep opstandig de eerste de beste pyjama die ze zag en marcheerde naar de badkamer. Flora had de kraan al opengezet en was een handdoek aan het pakken.

"Boen jezelf maar goed schoon," zei Flora. "Overal. En je moet je haar ook maar wassen." Ze liep de badkamer uit en deed de deur achter zich dicht.

Lulu kleedde zich uit en klom het bad in. Het warme water was ontspannend en ze viel bijna in slaap. Dat kon natuurlijk niet; als ze te lang wegbleef zou Flora weer naar boven komen om te vragen waarom ze zo lang werk had. Ze maakte haar vlechten los, wreef zeep in haar haren...Opeens vloog de deur open en tot haar afschuw keek ze recht in het grijnzende gezicht van Oliver. Lulu slaakte een kreet van schrik. Ze was vergeten de deur op slot te doen, en Oliver, die haar had willen plagen, slaagde daar beter in dan hij van plan was geweest. Op hese toon zei hij: "Waarom heb je de deur niet op slot gedaan? Weet je wel hoe gênant dit is?"

"Ga weg!" riep Lulu terwijl ze haar armen om haar lichaam sloeg.

"Je bent eigenlijk best wel mager, nietwaar?" zei Oliver terwijl hij zich nonchalant omdraaide en wegliep zonder de deur dicht te doen. Lulu sprong overeind, deed gehaast de deur op slot voordat Oliver zich zou kunnen bedenken. Ze ging vernederd en beschaamd verder met haar bad. "Ik haat het hier!" fluisterde ze. "Ik haat het, haat het, haat het!"

Schoongewassen, geboend, afgespoeld en afgedroogd, in haar roze pyjama en een oude badstoffen badjas, deed ze voorzichtig de deur open. Ze verwachtte half dat Oliver haar op stond te wachten, maar de overloop was leeg. Lulu rende de trap af naar haar eigen kamer. Ze deed het licht uit en liet zich in het geurende bed vallen.

Een ogenblik later ging het licht weer aan. Flora stond in de deuropening. "Heb je jezelf goed gewassen?"

"Jawel, Tante Flora."

"En heb je de badkuip schoongemaakt?"

"Ja."

"Heel goed. Welterusten."

"Welterusten."

Het licht ging uit en de deur ging dicht.

Lulu ontspande zich in het vreemde bed. "Ik wou dat ik weer in Japan was," fluisterde ze. "Ik wou dat papa er nog was…" Er kwam een brok in haar keel en de tranen stroomden over haar wangen, en zo viel ze even later in slaap.

Hoofdstuk V

Even voor twee uur in de ochtend ramde Kendall de zijkant van een geparkeerde auto op Sloat Boulevard. Het kabaal van de gierende banden en de botsing van metaal op metaal was oorverdovend. Kendall verstijfde een ogenblik, keek de straat op en af, schakelde terug en scheurde er vervolgens als een bezetene vandoor.

Het meisje naast hem giechelde hysterisch. "Grote God, dit is hilarisch! En ik kan mijn onderbroek niet vinden… Kendall, zoek eens mee naar mijn broek; jij had hem het laatst in handen."

"Donder op met je onderbroek," siste Kendall tussen opeengeklemde tanden.

"Dat is heel egocentrisch van je," zei het meisje. "Als het jouw onderbroek was, dan zou je op handen en knieën over de vloer kruipen om hem te vinden."

"Geen sprake van," zei Kendall. "Dan zou ik vliegen in plaats van te rijden. Ik wil hier zo snel mogelijk weg. Liefst met mijn broek aan. Als de politie me te pakken krijgt dan ben ik mooi de sjaak."

"Je bent geen mooie sjaak," wierp het meisje slaperig tegen. "Meer een dronken sjaak."

"Als ze de voorkant van mijn auto zien," zei Kendall mistroostig, "dan ben ik een sjaak achter tralies." Het mentale beeld was schrikwekkend helder; zijn stem begaf het.

Hij zette het meisje af bij haar eigen appartement en reed naar huis. Ineengedoken en klein hing hij over het stuur. Wat een ellende! Zou het beter zijn om zich groot te houden en op nonchalante toon meteen te vertellen wat er aan de hand was? Of was het beter om tot morgen te wachten? Hoe dan ook zou de hel losbarsten, dat stond wel vast. Kendall beet op zijn lip.

Het huis was donker, op een zacht geel licht in de hal na. Kendall ging stilletjes naar binnen en sloop als een schaduw de trap op.

Terwijl Kendall zich in het donker uitkleedde, zei Oliver ineens met een dikke, slaperige stem: "Nou, grote versierder, hoe was het?"

"Hou je kop," fluisterde Kendall.

Oliver bromde iets neutraals en viel meteen weer in slaap.

De nacht verstreek; het werd ochtend. Op quasi-terloopse toon vertelde Kendall wat er gebeurd was. De reactie was precies zoals hij gevreesd had, en werd nog twee of drie keer zo heftig toen Flora de verloren onderbroek onder de stoel vond en een streep alcoholische kots aan de zijkant van de auto opmerkte.

Niemand had oog voor Lulu, die nieuwsgierig om het tumult heen liep. Maurice was het luidruchtigst, en Lulu verbaasde zich hoe toornig hij werd. Met een klinische blik bestudeerde ze zijn vuurrode, trillende wangen, zijn nijdige gebaren, het geagiteerde ijsberen. Uiteindelijk zei ze op wijsgerige toon tegen zichzelf: "Hij is boos omdat hij denkt dat Kendall hem ertussen heeft genomen." Het gedrag van Tante Flora was moeilijker te duiden. De scherpe verwijten, de onderzoekende vragen waren te verwachten, maar Lulu had de indruk dat ze onder dit alles een spoor van voldoening voelde, zo verborgen en zo vaag dat Lulu zelf twijfelde of ze zich niet vergiste. Het was allemaal moeilijk te begrijpen. Kendall had zich overduidelijk slecht gedragen: hij had gedronken, en had iets stouts gedaan dat zowel mysterieus als fascinerend was, en waarvan die gevonden onderbroek blijkbaar een bewijs was. Waarom, vroeg Lulu zich af, zou Tante Flora daar dan heimelijk voldoening in vinden?

Als Oom Maurice de schuldige was, dan was het niet zo moeilijk te begrijpen: Tante Flora zou jaloers zijn geweest, en blij dat de avond slecht was afgelopen. Maar Kendall...Was het mogelijk dat Tante Flora ook jaloers was op Kendall en het niet leuk vond als hij aandacht besteedde aan andere vrouwen? Misschien was dat ook wel waarom Tante Flora een hekel aan Lulu zelf leek te hebben. Lulu kon zich niet voorstellen waarom iemand ook maar de geringste reden zou hebben om jaloers op haar te zijn. Hoewel Oom Maurice haar aardig leek te vinden, en zelfs had gezegd dat ze een leuk smoeltje had. Het was alle-maal erg verwarrend.

Lulu gaf het op om de situatie verder te analyseren. De reden waarom Tante Flora zich heimelijk zat te verkneukelen, lag vast voor de hand, maar het ging Lulu's denkvermogen te boven. Maar in de diepte van haar onderbewustzijn was haar instinct echter aan het werk met een wijsheid die haar leeftijd ver oversteeg.

Uiteindelijk bedaarden de eerste uitbarstingen en werden ze ver-vangen door een bittere stilte. Lulu verloor haar interesse in de hele toestand en slenterde de achtertuin in.

Zoals Lulu al gehoopt had, was het zwarte katje weer in de tuin. Hij zat schijnbaar op zijn gemak onder een hortensia, maar toen Lulu aan kwam lopen rende hij weg, zijn staart opzij. Lulu keek over het hek, maar de tuin daarachter was leeg. Ze vond een takje en krabde daarmee op de grond tot ze het katje zover had dat hij op het uiteinde begon te jagen. Heen en weer, van voor naar achter sprong het katje. Lulu tolde in het rond, zwaaiend met de tak, en het diertje rende in cirkels om haar heen tot Lulu duizelig werd. Ze leunde tegen de esdoorn terwijl het katje zich languit op het gazon uitstrekte.

In een van de bovenramen verscheen heel even een wit gezicht. Lulu strekte haar nek, maar Professor Bonenstaak was alweer uit het zicht verdwenen.

Lulu kroop op handen en knieën naar het katje toe en streelde de zachte, zwarte rug. Het katje liep heen en weer, met zijn staartje omhoog als een vlaggenstok...Uit haar ooghoek zag Lulu iets bewe-gen, een flits van donkerblauw en groen.

Professor Bonenstaak was naar buiten gekomen. Hij liep voorzichtig de tuin door in de richting van het hek. Hij trok met zijn been terwijl hij liep.

"Hallo," zei Lulu stijfjes.

"Hoi." Hij maakte een lokkend geluidje naar het katje. "Kom hier, gekke kat."

De kat sloeg geen acht op hem. Lulu tilde het diertje op en bracht het naar het hek. Van dichtbij zag Professor Bonenstaak er nog smaller en bleker uit. "Hoe heet hij?"

"Purkin, maar ik noem hem Purr." Hij pakte de kat aan. "Stom dier. Je mag niet in die tuin komen, hoor je me?"

"Katten zijn niet zo goed in luisteren," zei Lulu. "Ik had een grote cyperse kat, maar die mocht ik niet meebrengen. Hij had quarantaine."

Professor Bonenstaak keek haar van opzij aan. "Wat had hij?"

"De quarantaine. Dat is een soort van — iets. In ieder geval mocht ik hem daarom niet meebrengen."

"Ik heb er nooit van gehoord."

"Dat had ik ook niet. En Skip leek mij volkomen gezond."

Professor Bonenstaak liet zijn blik snel maar aandachtig over Lulu glijden. "Wie ben jij?"

"Ik ben Lulu Enright. Ik ben hier komen wonen."

"Ben je familie van —" Professor Bonenstaak gebaarde met zijn hoofd in de richting van het huis "— hen?"

"Kendall en Oliver? Dat zijn mijn neven. Mijn vader is dood, dus ik moest hier komen wonen. Ik zou liever terug zijn in Japan."

Professor Bonenstaak keek nogmaals naar de achtergevel van de Brewers. "Dat vind ik niet zo vreemd."

Lulu vroeg onschuldig: "Heet je echt Bonenstaak?"

De jongen vertrok zijn gezicht en werd nog bleker. "Wat maakt dat uit?"

Lulu keek in de gloeiende, donkere ogen en werd mogelijkheden gewaar waar ze nooit eerder aan gedacht had. Het maakte haar een beetje bang. "Het maakt niets uit," stamelde ze gehaast. "Voor mij niet... Kendall zei dat je zo heette."

De jongen ontspande een beetje. "Jij bent geloof ik niet zo snugger."

Lulu voelde zich niet beledigd. Maar de jongen had niet gezegd of dat nu wel of niet zijn naam was. Schaamde hij zich ervoor? Misschien was het maar beter om er niet verder op door te gaan. Behalve dan nog een enkele vraag. "Maar waarom noemen ze je Professor?"

De jongen grinnikte bitter. "Ze noemen me wel ergere dingen."

"Ik zal je 'Bones' noemen. Dat is een afkorting van Bonenstaak."

De jongen keek haar met kille blik aan en bromde iets binnensmonds. "Het maakt me niet uit hoe je me noemt. Niets of niemand kan me schelen." Hij strompelde bij het hek vandaan en ging op de picknicktafel zitten. Hij legde zijn kin op zijn hand en zat duister te peinzen.

Lulu, die aan het hek hing, bekeek hem gefascineerd. "Bones!"

"Noem me geen Bones."

Lulu knipperde verbijsterd met haar ogen. "Hoe moet ik je dan noemen?"

"Dat kan me niet schelen."

"Wel," zei Lulu, "dan noem ik je Bones."

"Jij je zin, noem me dan maar Bones."

"Wat schrijf je in dat boek?"

"Vraag dat je stomme neven maar."

Lulu keek over haar schouder. "Die vertellen het toch niet." Ze ging verder: "Kendall heeft gisteren de auto in elkaar gereden. Hij heeft de onderbroek van een meisje afgepakt en iedereen is boos op hem. Hij heeft straf, en mag de auto nooit meer gebruiken...Je hebt me geen antwoord gegeven."

"Antwoord waarop?"

Lulu zei geduldig: "Ik vroeg wat je aan het schrijven was."

Bones richtte zijn donkere, peinzende blik op haar. "Waarom wil je dat weten? Zodat je het kan doorvertellen aan je neven?"

"Nee. Ik vind ze eigenlijk helemaal niet zo aardig."

"Ik schrijf een Boek der Dromen."

Lulu was meteen gecharmeerd van het idee. Ze drukte haar gezicht dichter tegen het hek. "Echte dromen die je gedroomd hebt?"

"Nee. Dromen die ik zelf bedenk...Je gaat het natuurlijk doorvertellen."

"Nee hoor!"

"Niet dat het mij wat uitmaakt. Het kan me niet schelen wat ze doen. Of wat jij doet."

"Ik zeg niets."

Bones haalde zijn schouders op.

"Je bent ziek, of niet?" vroeg Lulu.

"Ik denk het," zei Bones somber.

"Welke ziekte heb je?"

"Niemand weet het." Hij lachte geringschattend.

"Maar je wordt vast wel weer beter," zei Lulu troostend. "Het is zomer. Mensen worden altijd beter als het zomer is."

"Ik hoop het...Zal ik je eens wat zeggen?"

"Wat?"

"Iedereen zegt dat ik doodga."

Lulu's mond viel open van schrik. "Is dat zo? Echt waar?"

"Ik weet het niet. Soms denk ik van wel."

"Maar ben je dan niet bang?"

"Ik geloof het niet echt. De dokter zegt dat het beter gaat."

"O, dat hoop ik echt! Echt waar!"

Bones keek langs haar heen naar de andere kant van de tuin. "Daar komen ze aan. Purr? Waar is Purr? Kom hier, Purr."

Kendall kwam langzaam het pad afgeslenterd, op de voet gevolgd door Oliver. Toen ze Lulu zagen gingen ze langzamer lopen. Kendall uitte een korte, hese lach. "Hé, wat is dat nu? Onze Lulu heeft een vriendje."

"Dat wordt dan meneer en mevrouw Bonenstaak," zei Oliver.

"Ze is nog wel jong," zei Kendall, "maar ze werkt snel."

Lulu vroeg zich af hoe ze ooit gedacht kon hebben dat Kendall er volwassen en best wel knap uitzag. Op dit moment was hij niet veel meer dan een chagrijnige, slungelige en vervelende puber. Ze zei met heldere stem: "Jullie zijn helemaal niet aardig."

"Onzin," zei Oliver. Hij gooide een kiezel op. "Wie wil er nou aardig zijn?...Wat is er, Bonenstaak? Waar ga je heen?"

Bones had zichzelf overeind gehesen. "Ik ga naar binnen."

"Wordt het je een beetje te veel?"

"Kom mee, Purr." Bones liep om de tafel heen. "Laten we naar binnen gaan." Het katje liep eigenwijs de andere kant op en sprong over het hek.

"Kijk nou," zei Oliver gemaakt verontwaardigd. "Daar is die kat weer."

"Jaag hem weg," beval Kendall. "Schop hem het hek over."

"Nee," riep Lulu geschrokken uit. Ze rende naar voren en pakte het katje op. Oliver onderschepte haar voordat ze bij het hek was. "Geef hier die kat," zei Oliver. Hij greep het diertje beet. Lulu probeerde zich van hem weg te draaien en het katje krijste. Bones hobbelde naar het hek. "Doe hem geen pijn! Doe hem alsjeblieft geen pijn!"

"Laat los," zei Oliver. "Laat los, Lulu! Anders er zijn straks twee halve katten!"

Lulu moest het bange katje loslaten, dat op zijn beurt probeerde te ontsnappen door Olivers handen te krabben. "Gemeen kreng!" riep Oliver uit.

Bones riep: "Geef hem aan mij!"

Oliver keek naar Kendall, die ongeïnteresseerd op het gras was gaan liggen. "Wat zal ik doen, Ken? Zal ik hem wurgen?"

"Keer hem binnenstebuiten."

Lulu rende naar voren. "Waag het niet!"

"Geef me mijn kat terug!" krijste Bones. "Ik haal de politie erbij. Ik laat jullie arresteren en in de gevangenis gooien!"

"Ha ha! Die kat is op ons terrein, dus wij kunnen *jou* laten arresteren, omdat wij je vaak genoeg gewaarschuwd hebben om hem uit onze tuin te houden. Dus… Au! Smerig rotbeest!"

Het katje krabde en beet en vocht tot Oliver het los moest laten. Oliver rende erachteraan, maar Lulu stond in de weg en Purr ontsnapte over het hek. Bones pakte hem op en hobbelde zonder verder nog achterom te kijken de tuin door en zijn huis in.

Oliver wreef over de schrammen. "Ik vermoord die kat. Ik schiet hem dood."

"Niet met mijn geweer," zei Kendall. "Ik zit al genoeg in de problemen."

"Ik gebruik mijn katapult wel. De volgende keer dat ik die kat zie."

Lulu zei verontwaardigd: "Waarom kunnen jullie niet wat aardiger zijn tegen Bones? Hij heeft jullie niets misdaan."

"Hij is raar."

"Hij is ziek!"

"Bah!" zei Kendall vol afkeer. "Hij is niet zieker dan ik. Het is allemaal een toneelstuk. Vorige week zag ik hem nog dansen met die kat."

"Hij wil gewoon aandacht," was Olivers mening.

Kendall ging rechtop zitten. Hij knipperde met zijn ogen. "Kijk! Hij heeft dat boek laten liggen waar hij altijd in zit te schrijven. Laten we het pakken en kijken wat hij geschreven heeft."

Oliver ging naar het hek en begon te klimmen. Lulu stond stokstijf stil. Haar hart was als ijs, en ze voelde iets dat ze nog nooit eerder gevoeld had. Ze handelde zonder erbij na te denken. Ze haalde diep adem, stapte naar voren, met rustige, bijna verlegen stappen. Ze pakte een stok die naast het pad lag en sloeg daarmee zo hard ze kon tegen het dikke achterwerk van Oliver. Kendall gniffelde van plezier, terwijl Oliver krijste en een moordlustige duik in de richting van Lulu maakte.

Ze hief de stok op en zwaaide hem met beide handen omlaag. De stok schampte Olivers slaap; plotseling verscheen er een stroom van bloed.

Oliver gilde van angst en woede, en sprong blind voorwaarts. Kendall dook handig achter Lulu en pakte de stok. Lulu trok aan zijn arm en bleef met haar vingers achter de nieuwe gouden horlogeband haken. Het bandje rekte uit en ging kapot; het horloge lag in het gras, een zielig glinsterding, ontdaan van trots.

Ze hijgden alle drie. Oliver hield zijn hand tegen zijn hoofd. "Goeie God," fluisterde Kendall hees, alsof hij zwaar onder de indruk was. "Wat ben jij *vals!*" Hij keek omlaag naar zijn horloge en greep zijn linkerpols. "Dat heeft acht dollar gekost!" zei hij. "Mijn eigen geld."

Oliver rende wankel naar het huis. Kendall pakte zijn horloge op, wierp Lulu een grimmige blik toe, en volgde zijn broer.

Bones kwam uit het huis aan de andere kant van het hek. Hij liep naar de tafel, pakte zijn boek en ging weer naar binnen. Lulu keek hem zwijgend na en liep toen met lood in haar schoenen over het tuinpad terug naar huis.

Ze beklom de trap naar de achterdeur, liep door de bijkeuken naar de keuken. Hier bleef ze geruime tijd staan, waarna ze voorzichtig de deur opende en zijdelings de eetkamer in gleed. Hier bleef ze weer staan.

Oliver, Kendall, Tante Flora en Oom Maurice stonden in de hal. Oliver stond op een krant die iemand had neergelegd om de vloer schoon te houden, terwijl Oom Maurice de wond schoonmaakte met een watje en probeerde hem dicht te drukken teneinde het bloeden te stelpen. Flora sprak op gedecideerde toon aan de telefoon, met iemand die blijkbaar nijdig was. Kendall stond opzij. Hij was de eerste die Lulu opmerkte. "Daar heb je haar," zei hij eenvoudig.

Flora hing op en keek Lulu enige seconden aan. Toen, met een vastberadenheid die dreigender was dan een driftbui geweest zou zijn, draaide ze zich om en sprak op kalme toon tegen Maurice: "Dokter Knapp is onderweg. Hij zegt dat we moeten blijven staan waar we staan, en Oliver niet moeten verplaatsen." Ze keek nogmaals naar Lulu, die nu langzaam naar voor liep.

Maurice keek haar aan en schudde teleurgesteld en afkeurend zijn hoofd. Flora zei op ijzige toon: "Welnu, jongedame, kun je uitleggen wat je bezielde?"

Lulu wist niet wat ze moest zeggen. Ze liet haar hoofd hangen. Terugkijkend was haar daad uitgegroeid tot enorme proporties. Ze had nog nooit in haar leven zoiets gewelddadigs gedaan, maar dat was niet van belang voor Tante Flora. En wat erger was, ze wist niet hoe ze moest uitleggen waarom ze zo gehandeld had; ze kon het niet eens voor zichzelf verklaren.

"Wel?" vroeg Flora. "Geef alsjeblieft antwoord, Luellen."

Maurice zei ongemakkelijk: "Ach, kom nu, Flora, loop niet zo hard van stapel. Die knul heeft waarschijnlijk zijn verdiende loon gekregen."

"Ik klom alleen maar over het hek," riep Oliver verontwaardigd, "en toen sloeg ze mij met een stok!"

"Is dat waar, Luellen?"

Lulu knikte ellendig. "Ik wilde hem geen pijn doen..."

Kendall sprak, nu weer op zijn volwassen toon: "Ik heb nog geprobeerd haar tegen te houden. Ik heb de stok gepakt, maar ze liet niet los. Ze heeft mijn horloge losgetrokken en mijn nieuwe horlogeband gebroken."

Flora keek Maurice aan met een vreemde, bitterzoete glimlach. "Zie je?"

"Ik blijf erbij dat er twee kanten zijn aan ieder verhaal, en dat we haar kant nog niet hebben gehoord."

"Je bent uitermate galant," zei Flora. "Heel galant, heel nobel."

"Helemaal niet," zei Maurice stijfjes. "Ik erger me aan jouw houding."

"Mijn houding laat niets te wensen over. Deze jongedame heeft Oliver zonder enige provocatie aangevallen. Hij beklom een hek. Dat was haar zaak niet. Wat zij deed was gemeen."

Maurice wendde zich tot Lulu. "Hoe zit het? Waren die twee jongens je aan het plagen?"

"Absoluut niet!" zeiden Kendall en Oliver in koor.

Maurice keerde zich naar hen om. "Waarom heeft ze dan die stok gepakt?"

"Dat weet ik niet," zei Oliver zelfgenoegzaam.

Lulu wist eindelijk iets uit te brengen. "Hij wilde het boek van Bones pakken. Hij... Hij wilde het kapotmaken." Lulu had willen zeggen dat ze niet wilde dat Kendall en Oliver zich zouden verkneukelen over het

Boek der Dromen van Bones, maar ze wist dat Maurice dit niet zou begrijpen, en dat Tante Flora het expres verkeerd zou opvatten.

Er werd gebeld; Flora liet een korte, dikke man in een donker pak binnen. Hij zette zijn zwarte tas neer en leidde Oliver naar een plek met meer licht. "Een paar hechtingen en dan ben je weer zo goed als nieuw..."

Flora wendde zich tot Lulu. "Naar je kamer. Je krijgt geen lunch, en brood en melk voor je avondeten."

Terwijl Lulu met lood in haar schoenen naar boven liep hoorde ze Kendall klagen: "En hoe zit het nou met mijn horlogeband?"

"Dat moet je zelf maar met Luellen regelen."

Kendall liep achter Lulu aan de trap op. Lulu ging naar haar kamer en ging met haar handen tussen haar knieën geklemd op het bed zitten. Kendall keek om de hoek van de deur. "Je zult moeten dokken voor die horlogeband," zei hij. "Acht dollar. Hij was gloednieuw."

Lulu schudde haar hoofd. "Het was je eigen schuld."

"Jij hebt hem gebroken, en je zult betalen."

Lulu zei niets.

"Je hebt geld," zei Kendall. "Het is niet eerlijk dat je mijn spullen kapot maakt. Ik wil acht dollar."

"Zo is het genoeg geweest," klonk een barse stem. Maurice keek op Kendall neer. "Zodra je de schade aan de auto hebt afbetaald, kan Lulu je betalen voor een nieuwe horlogeband. Het gaat je ongeveer honderd dollar kosten."

Geschrokken hapte Kendall naar adem. "Honderd dollar."

"Dat klopt. De verzekering keert niet uit omdat jij achter het stuur zat. Dus — ik hou honderd dollar af van je zakgeld. Of je kunt me nu meteen contant betalen. Ik weet dat je voldoende geld hebt, je pot al jaren al je centen op."

In gedachten verzonken ging Kendall de kamer uit. Maurice kwam binnen, keek achterom de hal in, deed de deur half dicht en ging op het bed zitten. Lulu lag met haar gezicht naar beneden, slap en passief.

Maurice klakte met zijn tong. "Tut, tut, met je schoenen aan op bed. Flora zou daar wat van te zeggen hebben." Hij maakte de veters los en trok Lulu's schoenen uit. Lulu bleef doodstil liggen, hoewel ze haar huid voelde prikken en tintelen.

"Wel," zei Maurice, "wat is er allemaal aan de hand? Ik veronderstel dat die twee jonge duvels je aan het plagen waren?"

Dat was in zekere zin waar, bedacht Lulu. Ze knikte kort ter bevestiging.

"Tja," zei Maurice, "jongens blijven jongens, zoals het gezegde luidt. En deze twee... Ach, ik denk dat ze niet anders zijn dan welke twee andere jongens ook. Waar het vooral om gaat is dat we allemaal samen in dit huis moeten wonen, en dat we moeten proberen om met elkaar op te schieten..." Maurice bleef nog enkele minuten doorgaan op hetzelfde thema. "En boven alles moet je niet vergeten —" hier gaf hij haar een speels tikje op haar achterste "— dat je altijd naar me toe kunt komen als je iets wilt. Begrijp je me? Als er problemen zijn, laat het me weten, en verdomd als het niet waar is, ik beloof je dat ik je zal helpen." Weer gaf hij haar een tikje, en nu liet hij zijn hand op een familiaire manier op haar achterste rusten. Zijn hand voelde benauwend zwaar. Lulu bleef doodstil liggen. "Dus het komt allemaal in orde," zei Maurice. Hij bewoog zijn hand. "Er zullen zo af en toe wel ruzietjes zijn, en zo af en toe kun je je gekwetst voelen, maar ik weet dat we het met elkaar wel zullen redden. En wat jou en mij betreft, wij worden dikke maatjes. Afgesproken?"

"Afgesproken," zei Lulu.

"Mooi! Geef je nieuwe maatje nu dan maar een kusje. Wij zullen het in ieder geval samen goed kunnen vinden. Kom op dan, een lekkere pakkerd."

Lulu ging zitten en gaf hem een kusje op zijn wang.

"Ja maar," protesteerde Maurice. "Dat stelt niet veel voor..."

Hij tilde zijn hoofd op, kneep zijn ogen bedachtzaam half dicht en ging staan. "Het is voor ons allemaal een heftige ochtend geweest," zei Maurice. "Maar we zullen het proberen te vergeten — met een schone lei opnieuw beginnen."

De deur zwaaide open. Flora zei: "De dokter heeft vijf hechtingen moeten zetten." Ze keek Lulu met een spottende blik aan. "Hij wilde weten of Oliver een auto-ongeluk gehad had. Ik schaamde me natuurlijk om hem de waarheid te vertellen."

"Kom, kom," zei Maurice op ruwe toon. "Zo is het wel genoeg. Ik heb met Lulu gepraat; we zijn het erover eens dat ze spijt heeft van wat ze heeft gedaan. Ik denk dat we het daar wel bij kunnen laten."

"Niettemin," zei Flora stijfjes, "zal ze de rest van de dag op haar kamer moeten blijven."

Maurice bolde zijn wangen. "Ik vind niet dat —"

Flora onderbrak hem met fluwelen stem: "Het is toch zeker niet nodig om zo bezorgd te zijn, Maurice?"

Maurice beende de kamer uit. Flora liep naar raam, raakte even de gordijnen aan en liet het rolgordijn een stukje zakken. Ze wendde zich weer tot Lulu. "Vijf hechtingen in Olivers voorhoofd…Je moet jezelf leren beheersen, anders kom je vandaag of morgen in ernstige problemen."

Ze vertrok en sloot de deur zachtjes achter zich.

Met een verstijfd gezicht luisterde Lulu naar de vertrekkende voetstappen. Ze dacht aan haar vader, en een deel van haar bitterheid richtte zich op hem: hoe had hij haar naar een huis als dit kunnen sturen?

Ze ging zitten, zwaaide haar benen over de zijkant van het bed en keek de kamer rond. Die had ze nog niet eerder goed bekeken. Een witgepleisterd plafond, muren bedekt met een patroon van rode rozen op een blauwgrijze ondergrond. Matte, donkerrode vloerbedekking. Tegen een van de muren stond het bureau en lag de inhoud van haar hutkoffer nog altijd op de vloer. Onder het raam stond een lage lange kast. Tegen de andere muur stond een garderobekast en haar bed. Aan de muren hingen Oosterse lithografieën in zwart, grijs en rood, met voorstellingen uit het leven van Boeddha. En overal hing de zware, doordringende geur van gedroogde rozenblaadjes…De deurknop draaide langzaam om. Lulu keek er gefascineerd naar. Het slot klikte en de deur ging voorzichtig open. Het chagrijnige gezicht van Kendall verscheen in de kier. De twee staarden elkaar recht in de ogen, allebei met onbewogen gezicht.

Kendall fluisterde hees: "Je denkt misschien dat ik het niet meen van die acht dollar. Dat doe ik wel. Je bent mij dat geld schuldig en je zult me terugbetalen. En als het niet goedschiks is, dan maar kwaadschiks."

Flora kon niet ver weg geweest zijn. Lulu hoorde haar stem, scherp en helder. "Kendall, wat doe je daar?"

"Ik praat met Lulu," bromde Kendall.

"Doe die deur dicht."

Kendall ging de hal op, waar hij verder sprak. Zijn stem was nu echter gedempt en Lulu ving niet alles op wat hij zei: "— acht dollar, plus btw… heeft ons gewoon weggejaagd. Hij doet alsof het allemaal onze schuld is…"

Flora's stem was doordringender. "Je vader kan soms heel koppig zijn, en niet altijd even verstandig. Maar ik denk dat jij je beter zorgen kunt maken over je eigen gedrag. Ik ben het nog niet vergeten, absoluut niet; ik zal het ook nooit vergeten. Het was laag-bij-de-gronds gedrag, als de eerste de beste zwerfhond. En dan hebben we het nog niet eens over de schade aan de auto."

Kendall gaf geen antwoord.

Lulu stond op en liep naar het raam. Ze had uitzicht over daken en een klein stukje van de grijsblauwe baai. De zon scheen helder en de wind joeg de wolken langs de hemel. Lulu voelde zich plotseling opgesloten, bijna wanhopig… Maar het hielp niet om bij de pakken neer te gaan zitten.

Stilletjes deed ze de deur van de garderobekast open. Die zat vol oude kleren en oude hoedendozen. Het zag er allemaal niet bepaald interessant uit. Ze liep terug naar haar bed en ging zitten. Het was lunchtijd. Lulu had trek in een lekkere boterham en een glas melk. Of nog beter, een ice-cream soda… Ze vroeg zich af wat Bones zou eten. Ze had medelijden met Bones. Ze vond het heel dapper van hem dat hij niet klaagde over hoe bang hij was om dood te gaan…

Ze liep naar de stapel spullen op de vloer, pakte een aantal van de boeken die ze had meegenomen en deed haar best om zich daarin te verdiepen.

De tijd verstreek. Het huis leek heel erg stil. Er klonk geluid bij de deur, die nogmaals heel zachtjes openging. Deze keer was het Oliver die naar binnen keek, met een interessant verband om zijn voorhoofd. Hij raakte het aan. "Zie je dat? Vijf hechtingen." Er klonk een spoor van trots in zijn stem. "Kijk."

"Ik zie het," zei Lulu.

"Het is je geraden dat je het ziet. Je bent er gemakkelijk vanaf gekomen. Veel te gemakkelijk. En we zullen ons wreken."

"Dan sla ik weer. Harder. Met een grotere stok."

Olivers ogen puilden uit hun kassen. "Weet je wat jij bent? Jij bent —"

Weer was het Flora's stem die de conversatie verbrak. "Oliver! Wat ben je aan het doen?"

Oliver antwoordde op milde toon: "Niets. Ik praat met haar. En ze zei dat ze me weer wilde slaan."

"Onzin. Ga weg en laat Luellen met rust."

"Ze is aan het lezen."

Flora verscheen in de deuropening. "Niet lezen, Luellen, dat is deel van je straf."

"Het is de Bijbel."

"O…Hm. Goed dan, daarvoor maken we een uitzondering. Je mag de Bijbel lezen."

"Ik was niet aan het lezen. Ik bekeek mijn gedroogde bloemen."

"Hemeltjelief," snoof Flora. "Hoe kom je erbij! Heeft je vader je dan geen respect voor de Bijbel bijgebracht?"

"Nee."

"De Bijbel is een van de grote openbaringen," zei Flora. "Dat is hoe wij al onze kennis ontvangen. Van de Grote Centrale Lotus. Hij is een deel van het Christendom, een deel van de soetra's, een deel van alles wat wijs en heilig en wonderbaarlijk is. Begrijp je wel waar ik het over heb?"

Lulu, die nooit had geleerd om te huichelen, schudde haar hoofd.

"Het voornaamste dat je dient te onthouden," zei Flora, "is dat aardse zaken de ziel niet helpen in de reis naar het nirwana. Rijk voedsel, vleselijke lusten — weet je wat dat betekent, vleselijke lusten?"

Lulu fronste. Wat haar tante ook bedoelde met dat 'vleselijk' kon zeker niets goeds zijn. Ze besloot dat ze het echt niet wist, en schudde haar hoofd.

"Welnu, het maakt niet uit. Het voornaamste is dat als je leeft volgens de Vier Principes van het Goede, je de goede vibraties zult aantrekken."

"Tante Flora," vroeg Lulu afwezig. "Mag ik misschien mijn vaas hier op mijn kamer hebben?"

"Vaas?" Het knappe gezicht van Flora vertrok in een gemelijke uitdrukking. "Welke vaas?"

"De paarse vaas die u uit mijn hutkoffer gehaald hebt. Ik zou haar graag hier op mijn kamer hebben."

"Nee," zei Flora. "Je vader en ik hebben een afspraak gemaakt over die vaas. Die blijft staan waar ze staat. En," zei ze toen Lulu aanstalten maakte om iets te zeggen, "we zullen het er verder niet meer over hebben."

Lulu boog zich over haar bloemen. Flora liep de kamer uit. Lulu zuchtte troosteloos. Toevallig viel haar blik op de gedrukte woorden. Uit een soort ijdele nieuwsgierigheid besloot ze een paar verzen te lezen, maar de taal was vreemd en leek niets interessants te vertellen te hebben. Toch moest dit een belangrijk boek zijn, een dat helemaal over God ging... Lulu richtte zich weer op haar bloemen. Na verloop van tijd werden haar ogen zwaar en viel ze in slaap.

Ze werd wakker met een mengeling van opwinding, paniek en vervreemding. Waar was ze, wat was dit voor een kamer met die zware, antieke geur? Toen wist ze weer waar ze was, en ze voelde zich weer neerslachtig worden. De hemel — wat er door het raam tenminste zichtbaar was — was donker, schemerig. Het was vast bijna etenstijd, dacht Lulu. Haar maag knorde. Ze geeuwde. Een ogenblik later hoorde ze de gong voor het avondeten in de eetkamer beneden. Ze bedacht dat ze straks, als iedereen zat te eten, via de grote trap naar beneden kon gaan, de deur uit, het donker in. Ze zouden haar nooit meer vinden... Maar waar moest ze heen?

Er werd discreet op de deur geklopt. De deur ging open en een jonge Filipijn in een witte jas kwam binnen. Dit was Giorgio, de laatste in een oneindige rij van bedienden. Hij had een dienblad bij zich dat hij op het bed zette. Hij grijnsde naar Lulu. "Klein meisje is stout geweest, hè? Krijgt gevangeniseten."

Op het dienblad lagen twee sneetjes brood met boter, een glas melk en een in plakjes gesneden tomaat. Giorgio vertrok en Lulu keek nijdig naar het blad. Toen slikte ze haar trots in en at. Daarna liep ze naar de deur, deed deze op een kier open en luisterde. Beneden hoorde ze het geroezemoes van stemmen. Ze liep de overloop op. Van beneden kwam de geur van gebraden rosbief. Lulu stak de overloop over naar het toilet. Op de terugweg bleef ze even in de hal staan, in stil verzet. Ze voelde zich dapper en vastberaden en avontuurlijk. Toen hoorde ze een stoel over de grond schrapen en rende terug naar haar kamer.

Aangezien ze niets beters te doen had kleedde ze zich uit, trok haar pyjama aan en klom in bed.

Ze dacht na terwijl ze op haar rug lag. In dit huis ben ik helemaal alleen, zei ze tegen zichzelf. Oom Maurice doet aardig, maar op een heel rare manier. Al dat gedoe met kussen en zo...ik zou liever hebben dat we helemaal geen vriendjes hoefden te zijn. Vreemd. Misschien is hij wel eenzaam...Haar oogleden werden zwaar. Op een dag ben ik volwassen, zei ze slaperig tegen zichzelf. En dan zeg ik tegen ze dat ze allemaal naar...naar jeweetwelwaar kunnen lopen. Dan pak ik mijn vaas en mijn koffer en mijn eigen kleren, en dan ga ik terug naar Japan om daar zendeling te worden.

Ze viel in slaap.

HOOFDSTUK VI

DE VOLGENDE DAG was het zondag. Zodra ze wakker werd nam Lulu zich plechtig voor om die dag beleefd en formeel en aardig te zijn tegen iedereen. Ze had er zelfs spijt van dat ze Oliver had geslagen.

Ze trok een van haar nieuwe outfits aan, borstelde haar haren tot ze knetterden en maakte een paardenstaart. Ze wilde heel graag haar tanden poetsen — maar daarvoor moest ze naar boven, naar de badkamer van de jongens en — wel... Ze verzamelde haar moed en marcheerde naar boven. De jongens waren al wel wakker, maar lagen nog in bed.

Lulu poetste haar tanden, waste haar gezicht, en ging naar beneden met haar waardigheid intact. Ze hoorde zachte geluiden in de eetkamer en was blij dat ze al aangekleed was.

Flora zat al aan tafel. "Goedemorgen, Lulu."

"Goedemorgen Tante Flora."

Flora bekeek Lulu aandachtig. "Heb je je tanden gepoetst?"

"Jazeker."

"Hm. Die nieuwe jurk staat je heel goed."

Lulu ging in een van de grote bewerkte notenhouten stoelen zitten en nam een slokje uit een glas sinaasappelsap. Flora las verder in haar krant. Lulu durfde niet te vragen of ze de strips mocht lezen.

Maurice kwam met lompe tred de trap af en ging aan het hoofd van de tafel zitten. "Waar zijn de jongens?"

"Ik weet zeker dat ze dadelijk naar beneden zullen komen."

"Verdraaide luilakken zijn het, allebei."

De huisjongen bracht ontbijtspek, eieren en geroosterd brood. Maurice schepte een hele berg op de borden.

"Ik wil maar een klein beetje," zei Flora. "En het lijdt geen twijfel dat Lulu dat nooit allemaal weg kan krijgen."

"Natuurlijk wel. Waarom niet? Je hebt het arme kind gisteren helemaal uitgehongerd."

Flora richtte zich weer op haar krant. Enkele ogenblikken later keek ze op. "Wanneer vertrek je?"

"Meteen na het ontbijt." Het gesprek kabbelde voort. Lulu begreep dat Maurice een aantal dagen weg zou zijn op een zakenreis die iets te maken had met het aankopen van grond.

De jongens kwamen naar beneden en kregen allebei een flinke uitbrander van Maurice. Ze negeerden Lulu, vochten over de strips en maakten daarbij zoveel kabaal dat Maurice over de tafel heen reikte en hen de krant afpakte. "En nu een beetje rust in de tent graag."

Maurice vertrok kort na het ontbijt. Enkele minuten later stond Kendall op en liep quasi nonchalant in de richting van de buitendeur.

Flora, die blijkbaar over het gezichtsvermogen van Argus beschikte, riep hem terug. "Waar denk jij dat je heen gaat?"

Kendall wierp een nijdige blik over zijn schouder. "Goeie hemel, moet ik tegenwoordig iedere keer dat ik de straat op ga een dienstrooster indienen?"

"Zo kan het wel weer met die brutale mond van je, jongeman. Zolang je in dit huis woont, heb je je te voegen naar onze regels, en niet de jouwe."

"Ik was van plan om naar de Virdens te gaan," gromde Kendall.

"Nou, ik heb een klusje voor jou en Oliver; ik wil dat jullie Giorgio helpen om de oude eiken chiffonnière uit de kelder te halen."

"Dat ouwe kreng? Hemeltjelief, daar heb je stuwadoors voor nodig!"

"Met drie man moet het geen probleem zijn; zo zwaar is hij niet. Laten we hem dadelijk maar naar boven brengen."

Onder het toeziend oog van Flora wisten Kendall, Oliver en de huisjongen uiteindelijk na veel slepen, trekken, duwen en wringen de grote ladekast naar de kamer van Lulu te sjouwen. Lulu had willen helpen, maar Oliver gromde naar haar en Kendall zei dat ze niet in de weg moest lopen, dus terwijl de kast op zijn plek geschoven werd zat zij in kleermakerszit op haar bed.

"Daar," zei Flora, "dat is een mooie kast voor al je spullen. Hij moet nog wel even goed afgestoft worden natuurlijk, en je kunt ook beter nieuw papier onderin alle lades leggen."

Lulu liep zonder enthousiasme op het oude meubel af. Het stonk naar kelder, en het bruine eikenhout zag er aftands uit naast de glanzende, gepolitoerde meubels.

Flora glimlachte vaag, draaide zich om en liep de kamer uit. Lulu vond een stofdoek, veegde zorgvuldig over de verweerde oude vernis, legde kranten onderin de lades en ruimde haar kleding op. Ze was een beetje verbaasd dat Flora niet kwam kijken om advies, kritiek of commentaar te leveren; het leek wel alsof Flora haar helemaal vergeten was. En inderdaad was Flora zich aan het omkleden om een high tea te nuttigen bij de Theosofische Bond, waardoor ze geen tijd had voor Lulu. Lulu was precies klaar toen Flora op het punt stond om te vertrekken, en ze keek Flora na toen die in een elegant duifgrijs mantelpak met een zilvervos om haar nek de trap afdaalde.

Oliver had de pech dat hij precies op dat moment uit de keuken kwam, een boterham met pindakaas etend. Flora trok afkeurend haar neus op. "Echt, Oliver, je moet ophouden om tussen de maaltijden door te eten; je wordt walgelijk dik."

"Ik heb al sinds het ontbijt niets meer gegeten!" riep Oliver verontwaardigd uit. "Ik heb honger!"

"Daar hebben we het een andere keer nog wel over," zei Flora. "Spreek me alsjeblieft niet tegen. Breng Lulu maar naar de Robinsons hier in de straat, en stel haar voor aan Mary en Celia."

Olivers kaak verslapte en zijn mond viel open in een mengeling van verbijstering en weerzin. "*Ik*? Moet *ik* haar naar de Robinsons brengen?"

"Je hebt me gehoord."

"O *verdomme*!"

"Zo kan het wel weer, jongeman." Flora wierp nog een laatste waarschuwende blik op Oliver voordat ze met zwierige pas de deur uit ging. Oliver liep haar klagend achterna, maar ze negeerde hem volkomen.

Een kwartier lang bleef Oliver chagrijnig mokkend voor het huis lopen ijsberen, maar uiteindelijk ging hij weer naar binnen, riep Lulu op botte toon naar beneden en escorteerde haar naar een huis verderop in de straat.

De meisjes Robinson waren verlegen, stil en welgemanierd; Lulu had een heel plezierige middag. Tijdens het avondeten zat Flora in gedachten verzonken terwijl Kendall en Oliver allebei bokkig zaten te eten. Lulu werd genegeerd. Toen ze die avond naar bed ging zei ze tegen zichzelf dat alles misschien toch nog wel zou meevallen.

Een week ging voorbij; twee weken. Het was zo dicht bij het eind van het schooljaar dat Lulu thuis mocht blijven. Ze had weinig te doen, dus las ze veel, speelde met de meisjes Robinson als die uit school kwamen, en wiedde het onkruid in de achtertuin. Iedere dag keek ze uit naar Bones, maar hij kwam nooit naar buiten en vertoonde zich ook niet achter het bovenraam. Purr, het zwarte katje, was ondertussen bang geworden om de tuin van de Brewers in te gaan, en het leek Lulu verstandiger om hem maar niet over het hek te lokken.

Al met al ging de tijd plezierig genoeg voorbij. De jongens lieten haar met rust en tante Flora leek bijna vergeten te zijn dat ze bestond. Oom Maurice was uiteraard erg vriendelijk, en zelfs speels als tante Flora niet in de buurt was — het verbaasde Lulu soms hoe uitbundig hij dan kon zijn. Op een avond kwam hij blozend en vrolijk thuis, in een walm van whisky, en kwam hij Lulu tegen toen ze de trap af kwam. "Mijn kleine maatje Lulu!" grinnikte Maurice. Hij ving haar, hield haar omhoog in zijn armen, en terwijl Lulu nerveus giechelde draaide hij haar ondersteboven zodat haar jurk over haar hoofd viel, en toen, met zijn armen stevig om haar heen, beet hij in haar buik.

Lulu slaakte een verschrikte kreet, worstelde en draaide om los te komen terwijl ze tegelijkertijd haar jurk vasthield en haar knieën boog. Plotseling liet Maurice los en stond Lulu weer op de grond. Bovenaan de trap stond Flora, die met samengeknepen mond en haar neus in de lucht naar het tafereel stond te kijken. "Je bent blijkbaar in een opperbeste stemming, Maurice," zei Flora op haar meest ijzige toon, "maar ongetwijfeld heb je Lulu in verlegenheid gebracht. Je vergeet dat ze — geen klein kind meer is. Tenminste, ik neem aan dat je dat vergeten bent."

"Poeh," mompelde Maurice. "Bah." Hij sleepte zich de trap op en verdween in zijn slaapkamer. Flora zweefde geruisloos achter hem aan, en een halfuur lang klonken hun stemmen door de dichte deur. Drie keer deed Maurice de deur open, maar iedere keer draaide hij zich om teneinde nog een laatste opmerking te maken, waarna hij natuurlijk weer moest reageren op het antwoord van Flora, waardoor de hele discussie weer opnieuw begon.

Lulu zat ondertussen ongemakkelijk in de huiskamer, de huid op haar buik nog steeds tintelend door de herinnering aan de bijtende tanden.

Uiteindelijk beende Maurice de slaapkamer uit, gevolgd door Flora, stijf als een plank. Maurice ging bij het raam staan en staarde somber uit over de baai. Lulu keek timide van de een naar de ander en werd gevangen in Flora's blik, als een konijn gehypnotiseerd in het licht van een stel koplampen. Uiteindelijk draaide Flora zich om en liep de trap af. Lulu keek naar na. "Ze haat me," fluisterde Lulu onhoorbaar. "Ze *haat* me!"

Een aantal dagen lang maakte Lulu zich zo onopvallend als ze maar kon. En op een mooie ochtend, terwijl de zon neerscheen in de achtertuin van het huis achter het hek, verscheen Bones ineens weer. Lulu rende naar het hek en riep opgewonden: "Bones, je bent er weer!"

"Ja," zei Bones op ruwe toon. "Ik ben er weer."

"Waar was je dan?"

"In het ziekenhuis."

"O!" zei Lulu. "Wat hebben ze gedaan?"

"Van alles."

"En ben je nu beter?" Lulu stelde de vraag alleen uit beleefdheid; ze wist al met misselijkmakende zekerheid wat het antwoord zou zijn, want Professor Bonenstaak zag net zo wit als een van de bladzijden van zijn Boek der Dromen.

"Ik neem aan dat ik beter ben," zei hij achteloos. "In ieder geval zeiden ze niet dat ik er slechter aan toe was."

"Ik hoop echt dat je snel beter wordt," zei Lulu. "Weet je waarom?"

"Nee."

"Omdat ik graag een keer naar de Marina zou willen — vooral daar waar alle boten liggen. Ik kan niet alleen, en ik wil niet met Kendall of Oliver. Die zouden me trouwens toch niet meenemen."

Bones keek haar somber van opzij aan. "Hoe weet je dat ik je wel zou meenemen? Ik hou niet van meisjes."

"O, Bones. Dat meen je niet. Toch?"

"Jawel. Ik meen het echt."

Lulu keek zwijgend door het hek. Ze voelde zich gekwetst. Op luchtige toon zei Bones: "Jij bent niet zo erg. Ik mag jou wel. Ik wil zelf ook wel graag naar de jachthaven. Als ik beter ben. Ik hou van boten."

"Ik ook." Lulu keek over haar schouder en klom toen over het hek. "Daar ben ik!"

"Yep," zei Bones.

Lulu ging aan de tafel zitten. "Laat mij je boek eens zien."

"Absoluut niet." Bones sloot het boek met een gedecideerd gebaar.

"Tjonge, wat ben jij verlegen!"

"Dat ben ik niet."

"Vertel me eens over het ziekenhuis."

Bones haalde zijn smalle schouders op. "Er valt niets te vertellen."

"Is het daar leuk?"

"Ach — het gaat wel. Maar ik vind het er niet fijn. Te veel zieke mensen. En de helft gaat dood, en dan halen ze ze midden in de nacht weg zodat niemand het kan zien."

"O!" zei Lulu met een rond tuitmondje. "Heb jij ze gezien?"

"Nee. Ik heb niet gekeken… Ik vind het een beetje eng." Bones keek een beetje nerveus over zijn schouder.

"Wat is er?"

"Ik heb het koud. Vind jij het niet koud hier?"

Lulu tuitte haar lippen. "Wel — volgens mij is het inderdaad een beetje koud, ja."

"Ik ga naar binnen." Bones hees zichzelf overeind, keek om zich heen naar alles in de tuin behalve Lulu. "Als je wilt mag je ook wel naar binnen komen."

"Goed." Lulu wierp een snelle blik op de achterzijde van het huis van de Brewers, maar zo te zien leek niemand te kijken. Met een vreemd, ongemakkelijk schuldgevoel volgde ze Bones naar binnen.

Ze liepen door een keuken naar een smalle gang die uitkwam in een foyer; daarachter was een zitkamer met een groene bank met dikke kussens, een paar bijpassende leunstoelen en een televisie. Buiten Bones en Lulu leek er niemand thuis te zijn. "Waar zijn je vader en moeder?" vroeg Lulu.

"Mijn vader werkt," zei Bones kortaf. "Hij is de baas in een

garagebedrijf." Nonchalant ging hij verder: "Mijn moeder is van ons
gescheiden. Ze woont in Reno. Kom, dan kun je mijn kamer zien."

Met het opwindende gevoel dat ze op het punt stond iets te doen
wat thuis zeker zou worden afgekeurd liep Lulu achter Bones aan de
trap op. Hij liep langzaam, en Lulu keek omlaag naar de treden zodat ze
zijn rietstengels van enkels niet hoefde te zien.

Bij een deur hield Bones stil. "Dit," zei hij, "is mijn kamer." Hij
zwaaide de deur wijd open. "Treed binnen."

Lulu, die nu een beetje zenuwachtig was, liep voor Bones langs naar
binnen. Ze bleef in de deuropening staan, absoluut niet voorbereid op
de enorme, verwarrende hoeveelheid spullen waarmee ze nu gecon-
fronteerd werd.

Het was wel duidelijk dat Bones een actieve, methodische geest had,
en een voorkeur voor bizarre zaken. Purr lag op het bed uitgestrekt,
vast in slaap. Op een kaarttafeltje stond een ingewikkeld meccano-
bouwwerk. "Dat is een dubbele draaimolen," legde Bones uit. "De
onderkant draait de ene kant op, de bovenkant de andere." Aan een van
de muren hingen honderden kleine foto's. "Honkbalspelers," zei Bones.
Boven het bed hing een bord van triplex, geschilderd in meer dan tien
kleuren in een vreemd ontwerp van cirkels, driehoeken en vreemde
woorden. "Dat is een magisch symbool," zei Bones, "voor het geval ik
zin krijg om kwade geesten op te roepen." Aan een andere muur hing
een wereldkaart van National Geographic, met een heleboel spelden
in diverse landen. "Daar wonen al mijn correspondentievrienden,"
zei Bones. "Soms schrijf ik wel tien brieven in de week." Tegen een
andere muur hing een verbijsterend assortiment sportartikelen: een
American football-helm, een honkbalknuppel en handschoen, een
paar ski's, een hengel, een .22 geweer, een stel zwemvliezen met een
snorkel, een tennisracket. Bones maakte een wegwerpgebaar. "Mijn
vader koopt die dingen voor me. Hij denkt dat ik dan sneller beter zal
willen worden."

"Helpt het?" vroeg Lulu. Ze realiseerde zich meteen dat het een
domme vraag was.

Bones ging er serieus op in. "Nee. Sport interesseert me eigenlijk
niet zo. Mijn vader denkt dat dat wel zou moeten en ik kan die spullen
niet in een kast stoppen... Als ik dat zou doen, dan zou hij denken dat

het slechter met me gaat. Als ik ooit beter word — wanneer ik beter word — dan geef ik al die dingen gewoon weg. Aan arme kinderen."

Lulu keek naar zijn boekenkast. "Tjonge, wat heb jij veel boeken," zei ze bewonderend. "Heb je ze allemaal gelezen?"

"Natuurlijk." Hij pakte een versleten boek. "Dit is *Het geheimzinnige eiland*, van Jules Verne. Heb je dat ooit gelezen?"

"Nee. Waar gaat het over?"

"O — een paar mannen die stranden op een eiland en dan allerlei avonturen beleven. Ik heb ook alles van Edgar Rice Burroughs, echt alles wat hij ooit heeft geschreven… Kun je schaken?"

"Niet echt goed. Ik speelde met mijn vader, maar hij won altijd."

"Ik schaak per post. Ik ben met drie partijen tegelijk bezig. Deze hier —" hij wees naar een klein schaakbord met stukken erop "— is al meer dan zes maanden bezig."

"Leuk," zei Lulu plichtmatig.

"Mm-hm. Ik zal je mijn tekeningen laten zien." Hij aarzelde. "Geef je me je erewoord dat je nooit aan iemand zult vertellen wat ik je heb laten zien?"

"Ik beloof het. Echt waar."

Bones knikte. "Oké. Kijk." Hij liep naar de muur, die bekleed was met hardboard, en duwde op een bepaalde plek. Het hardboard boog naar binnen en er verscheen een donker gat. "Dit is mijn geheime bergplaats," zei Bones. "Hier bewaar ik al mijn ontwerpen. En mijn Boek der Dromen." Hij deed een greep en trok een multomap uit het gat, die hij naar het bureau bracht. Hij sloeg hem eerbiedig open, en Lulu boog vol interesse voorover. Ze leunde tegen Bones aan, en werd zich ongemakkelijk bewust van een zwakke, onplezierige geur, een soort mengeling van ontsmettingsmiddel en ongezond vlees. Bones sloeg een bladzijde om. "O," zei Lulu, "dat is mooi."

Bones sloeg pagina na pagina om, en op ieder blad stond een prachtig, geometrisch ontwerp dat hij gemaakt had met een passer en een liniaal en had ingekleurd met plakkaatverf.

Toen hij alles had laten zien legde Bones de map terug in zijn geheime bergplaats, en legde het Boek der Dromen erbij.

Lulu vroeg, "Schrijf je alleen dromen op, en verder niets?"

"Nee," zei Bones. "Ik schrijf van alles. Als er iets belangrijks gebeurt, dan schrijf ik het op." Hij zweeg even en keek uit het raam. "Ik heb het opgeschreven toen jij hier kwam wonen."

Lulu bloosde vuurrood, en de witte oren van Bones kregen een licht rozig randje. Op vage toon zei Lulu: "Ik kan maar beter teruggaan. Anders maakt Tante Flora zich zorgen over me." Haar enorme gevoel voor eerlijkheid dwong haar om die opmerking te nuanceren. "Ze zal zich in ieder geval afvragen waar ik ben."

"Hm," gromde Bones. "Ga je het haar vertellen?"

"Wat moet ik vertellen?"

"Over mijn kamer? En mijn geheime verstopplaats?"

Lulu voelde een vlaag van boosheid. "Ik had toch beloofd van niet."

"Dat weet ik. Maar de meeste mensen houden zich niet aan hun beloftes."

Lulu keek hem weifelend aan en fronste. Dit was een heel nieuw idee voor haar; ze had altijd aangekomen dat een belofte algemeen bindend was en dat er iets vreselijks zou gebeuren als je ze verbrak. "Ik kan maar beter gaan. Het is bijna tijd voor de lunch."

Bones knikte somber. "Misschien zie ik je morgen."

"Misschien." Lulu ging de kamer uit, de trap af, de achterdeur uit. Terwijl ze de tuin overstak keek ze op en zag Bones naar haar kijken. Zijn ogen waren zwart en gloeiden met iets wat ze alleen kon beschrijven als een donkere schittering. "Arme Bones," zei Lulu. "Arme Bones... Hij mag niet doodgaan, hij geniet veel te veel van het leven..."

Ze klom over het hek en liep terug naar het huis van de Brewers. Zenuwachtig vroeg ze zich af of iemand zou willen weten waar ze de hele ochtend gezeten had. Maar Oom Maurice was de stad in, en Tante Flora had blijkbaar andere dingen aan haar hoofd.

"Kendall," zei Nancy, "Ik moet je iets vertellen."

"Ga je gang," zei Kendall. "Vertel."

"Niet hier. Laten we naar het plein gaan."

Met tegenzin liep Kendall met haar door de gang, naar een zonovergoten plein tussen het schoolgebouw en de gymzaal. Ze stopte, draaide zich om en keek hem aan. Kendall vond dat ze er nogal afgetrokken en bleek uitzag.

"Ik ben zwanger."

"Wat!" Kendall gooide zijn hoofd in zijn nek en keek haar verbijsterd aan. Het duurde even voor de volledige betekenis van haar woorden tot hem doordrong. "Je wilt toch niet zeggen —"

"Ja. Jij."

Kendall stond daar maar, machteloos en onbeholpen. "Dat — dat is een rare toestand," zei hij in een wanhopige poging om luchtig te klinken.

Nancy barstte uit: "We moeten trouwen."

"Wat!"

"Echt."

"Maar... Ik bedoel — nou ja, weet je het wel zeker?"

"Ik ben niet ongesteld geworden, en ik ben altijd heel regelmatig. En bovendien ben ik misselijk."

"Wat een afschuwelijke toestand," zei Kendall mistroostig.

"Inderdaad."

"Kun je het niet weg laten halen?"

Nancy schudde haar hoofd. "Dat is een zonde. Het is moord."

Kendalls ogen gleden omlaag naar het kruisje om haar nek. "Wel verdraaid. Je gelooft al die onzin toch niet."

"Jawel," fluisterde ze. "Ik geloof het wel. Het is een zonde..."

"Ik kan niet trouwen," zei Kendall bruusk. "Dat is idioot!"

"Het kan niet anders. We moeten wel."

Dit was vrijdagmiddag.

Hoofdstuk VII

Na de lunch op zaterdag was Lulu alleen thuis. Kendall en Oliver hadden allebei iets te doen. Maurice had een zakelijke afspraak die (zo begreep Lulu uit het gesprek tijdens het ontbijt die ochtend) bijna zeker een enorme winst zou opleveren: Maurice had uitgebreid gesproken over plannen om de zomer in Europa door te brengen. Flora had bericht gekregen over een aantal antieke Oosterse tapijten die zojuist waren aangekomen bij de firma Gump, en die ze diezelfde dag nog wilde bekijken. Dus zat Lulu alleen aan de grote notenhouten eetkamertafel, waar ze van de huisjongen een boterham, een kom soep en een glas melk kreeg.

Na de lunch ging ze naar boven en keek uit over de tuin. Maar de tuin achter het hek was leeg, en het raam van Bones was slechts een donkere vlek.

Lulu ging naar haar kamer en uit verveling borstelde haar haren los en bond ze in een paardenstaart met een zwart lint.

Het effect beviel haar zo goed dat ze zich omkleedde in een witte tricot blouse en een donkerblauwe rok. Ze voelde zich een hele dame toen ze zo gekleed de huiskamer betrad, waar ze op haar knieën op de bank ging zitten en haar neus tegen het achterraam drukte.

De voordeur ging open en sloot weer met een dreun. Beneden floot Maurice de melodie waarmee hij altijd aankondigde dat hij thuis was. Een onbehaaglijk gevoel bekroop Lulu. Ze draaide haar hoofd, hoorde Maurice de trap op komen en twijfelde of ze misschien niet beter naar haar kamer kon rennen. Te laat. Hij kwam de hal binnen, keek de zitkamer in en zag haar. Zijn gezicht was roze en vrolijk; hij wankelde een beetje. Lulu herkende de tekenen: Oom Maurice had een gezellige lunch gehad.

"Wel, wel," riep Maurice uit. "Daar hebben we mijn kleine vriendin-netje, en tjonge, ziet ze er niet schitterend uit vandaag? Als een kleine filmster." Hij liep de kamer door en ging naast haar zitten. "En hoe gaat het met mijn kleine Lulu?"

"Heel goed," zei Lulu stijfjes. Ze draaide zich om en gleed van de bank af, maar Maurice ving haar om haar middel en trok haar op zijn schoot. Lulu trok haar rok over haar knieën.

"Weet je wel wat er vanochtend gebeurd is?" zei Maurice met een laag gegrinnik. "Je beste maatje heeft zijn slag geslagen. Geld? Wat is geld? We kunnen ermee strooien nu. Weet je wat hij voor je gaat kopen?"

"Nee," zei Lulu, die ondanks haar bedenkingen nu toch nieuws-gierig werd.

"Wat dacht je van — een prachtig paard. Helemaal voor jou alleen?"

"O!" zei Lulu. "Dat zou ik leuk vinden. Ik hou van paarden. Maar waar zou ik kunnen rijden?"

"In het park. Waar je maar wilt. De straat op en neer. De trap op, naar je kamer."

Lulu giechelde. "Dat zou Tante Flora nooit goed vinden."

Maurice streelde haar gezicht en zette haar in een gemakkelijker houding op zijn schoot. Op schertsende toon zei hij: "Weet je wat Tante Flora kan doen?"

"Nee."

"Tante Flora kan naar de maan lopen." Maurice keek haar quasi-geschrokken aan. "Maar je moet niet zeggen dat ik dat gezegd heb, hoor."

"Dat doe ik niet."

"Goed zo. Het is een geheimpje. Tussen jou en mij."

"Goed."

"Ik wacht nog," zei Maurice.

"Waarop?" Lulu probeerde zich los te wringen zodat ze om kon kijken.

"Op een zoen, natuurlijk. Is een paard — een prachtig zwart paard met een prachtig zadel — dan geen zoen waard?"

"Maar ik heb nog geen paard," zei Lulu bijdehand.

Maurice kreunde. "Jullie vrouwen zijn ook allemaal hetzelfde. Hola! Waar ga jij heen?"

"Ik ga weg," zei Lulu. "Ik wil in de stoel zitten."

"Bah," zei Maurice. "Ik heb in mijn leven tientallen meisjes op schoot gehad, en de meesten waren veel zwaarder dan jij. En weet je wat voor spelletje ik dan altijd met ze speelde?"

"Nee."

"Het gaat zo. Zie je mijn hand? Vang hem voordat hij jou vangt. Klaar — af!" Hij kneep Lulu in de neus. "Ha, ha! Mis. Let op, nog een keer. Klaar — af!" Lulu deed een greep, maar Maurice ontweek haar en pakte haar bij de kuit. Lulu lachte nerveus. "Dat kietelt."

"Echt niet. Nou. Klaar — af!" Lulu snakte naar adem en de hand van Maurice verdween onder haar rok en greep haar op een *wel heel ongewone* plek. Lulu zat doodstil van schrik. En daar, op de trap, stond Oliver; ze zag hem grijnzen.

Lulu trok aan de hand van Maurice. "Niet doen. Niet *doen*."

"Dat hoort bij het spelletje," zei Maurice.

Lulu raakte in paniek; ze begon te huilen. "Niet doen, alstublieft. Als u niet stopt, dan zeg ik het tegen Tante Flora!"

Het gezicht van Maurice betrok onmiddellijk. Zijn hele lichaam werd stijf en leek zich van haar terug te trekken. Lulu keek naar hem op en werd bang van de manier waarop zijn oogleden over zijn ogen zakten. Zachtjes zei Maurice: "Dus zo staan de zaken, hè? En dat na al die keren dat ik voor je opgekomen ben, je maatje ben geweest!"

"Ik wil niet — gekieteld worden. Niet zo. Ik vind het niet fijn." De tranen sprongen in Lulu's ogen, haar gezicht vertrok, en ze zat stijf op de uiterste punt van Maurice's knieën. Ze wilde wanhopig graag weg, maar was bang om te bewegen.

"Goed dan," zei Maurice, op een angstaanjagende toon die aangaf dat hij het volkomen gehad had met haar. "Dan moet het maar zo. We zijn geen maatjes meer." Hij duwde haar van zijn schoot en keek haar met een harde blik aan. Lulu bleef even huilend staan, haar handen voor haar gezicht, en rende toen nietsziend naar haar kamer.

Maurice zuchtte, mompelde iets, blies luidruchtig zijn adem uit tussen zijn tanden, stond op en staarde met opeengeklemde kaken naar de baai.

Kendall had geen minder gunstig ogenblik kunnen kiezen om zijn eigen slechte nieuws te vertellen. Maurice hoorde hem aan met een zure halve grijns, en knikte van tijd tot tijd. Uiteindelijk zweeg Kendall en keek hoopvol op naar het gezicht van Maurice.

Maurice knikte nog een paar keer. "Welnu, mijn jongen, het ziet ernaar uit dat je gestrikt bent."

"Gestrikt?" vroeg Kendall met krakende stem.

"Zeker. Je kunt nog maar één eervolle weg kiezen — en dus doe je dat."

"Ik weet niet wat u bedoelt," zei Kendall zwakjes.

"Je weet niet wat 'eervol' betekent? Het is heel eenvoudig. Jij hebt je billen gebrand, dus moet je op de blaren zitten."

Kendalls ogen puilden uit hun kassen van wanhoop. "Maar — het is belachelijk! Ik — trouwen!"

"Ja," zei Maurice. "Het is belachelijk. En het is ook belachelijk dat je de hele nacht van huis bent en je ding niet in je broek kunt houden."

Kendall rende weg. Hij bleef op zijn kamer tot Flora thuis was, kwam toen naar beneden, nam haar ter zijde en vertelde haar het hele, zielige verhaal.

Flora stond koel, stil en afstandelijk te luisteren. Toen lachte ze. "Het is natuurlijk belachelijk."

Kendall voelde een enorm gewicht van zijn schouders vallen. "Dus ik hoef niet met haar te trouwen?"

"Dat is duidelijk onmogelijk. Zij heeft net zo veel schuld als jij, en zij zal met de gevolgen moeten leven."

"Vader zei —"

"Het kan me niet schelen wat je vader zegt. Ik peins er niet over om jou te laten trouwen."

De stem van Maurice klonk zwaar en hardvochtig. "Jij hebt niets in te brengen. Ik zeg je dat hij doet wat het fatsoen voorschrijft, en dat gaat gebeuren, ongeacht hoe jij het vindt om een van je lieve knullen te moeten missen."

Flora haalde haar schouders op en draaide zich om. "Ik wil er niet over praten."

Maurice ging terug naar de zitkamer. Flora ging met Kendall naar boven, waar ze een lang gesprek voerden. Oliver lag op bed te luisteren. Zijn ogen glommen van opwinding.

"Je vader," zei Flora, "is zoals je weet een obstinaat man. Hij heeft zo zijn eigen fouten, maar hij weigert begrip te hebben voor andermans zwakheden."

Oliver leunde naar voren, en zei met trillende mond: "Weet u wat ik vandaag zag toen ik thuiskwam?"

Flora luisterde, maar deed alsof ze de hele zaak bagatelliseerde. "Ik weet zeker dat je het niet goed gezien hebt, Oliver. En het is niet gepast om dit soort verhalen te verspreiden."

"Ik heb het zelf gezien!" riep Oliver uit. "Ik stond bovenaan de trap. Ze zat op zijn schoot te lachen."

Flora knikte. "Ze is ongetwijfeld een achterbaks krengetje, maar — wel, je bent gewoon nog niet oud genoeg om dit te begrijpen. Jullie moeten dit allebei vergeten, begrijpen jullie? Vergeet het, volkomen, en denk er nooit meer aan. Het is schandalig dat jullie zelfs maar op deze manier over jullie vader durven te praten."

Flora liep naar beneden. Maurice zat in zijn leren leunstoel en zoog nijdig aan zijn pijp terwijl hij de krant las.

Flora kwam voor hem staan. "Maurice."

Maurice keek naar haar op. "Ja?"

"Wat is hier vanmiddag precies gebeurd?"

Maurice knipperde met zijn ogen. "Waarom vraag je dat?"

Flora lachte. "Oliver had een vreemd verhaal. Hij lijkt te geloven dat — ik vind het lastig om onder woorden te brengen. En ik kan niet echt geloven dat Lulu zo — vroegwijs is."

Ze draaide zich om en beende weg. Maurice bleef stokstijf zitten, met zijn pijp onder een rare hoek in zijn hand. Plotseling sprong hij overeind en liep met afgemeten passen naar boven, naar de slaapkamer van de jongens.

Kendall hing slap in een stoel, Oliver lag op zijn bed een appel te eten. Maurice stapte op hem af, sloeg de appel uit zijn hand en gaf hem zo'n enorme klap dat hij op de vloer viel. Oliver staarde niet-begrijpend omhoog. "Kleine gluiperd," zei Maurice. "Denk maar niet dat ik dit snel zal vergeten." Hij keek naar de tafel naast Olivers bed en pakte een doos met pinda-repen. Maurice knikte kortaf. "Om te beginnen is het uit met de zoetigheid. Absoluut. Laat me je niet met snoepgoed betrappen." Hij wendde zich tot Kendall.

"Kom mee, Kendall."

Kendall keek op. "Waarheen?"

"Hou je mond en kom mee."

Met slepende tred en wanhopige blikken over zijn schouder volgde Kendall Maurice naar beneden en de voordeur uit.

Ze stapten in de auto. Flora deed het raam van de slaapkamer open en riep met een zorgvuldig beheerste stem naar beneden: "O, Maurice! Waar gaan jullie precies heen?"

Maurice gaf geen antwoord. De Lincoln reed de straat uit. "Waar woont dit meisje?" vroeg hij streng.

Kendall gaf hem op lusteloze toon het adres.

Flora ging Lulu's kamer binnen. Lulu keek op met een betraand gezichtje. Flora keek op haar neer. Mierzoet zei ze: "Jij bent een heel verdorven meisje. Ik weet niet wat er van jou worden moet —maar ik kan me er van alles bij voorstellen."

Ze beende de kamer uit. Lulu staarde vol onbegrip naar de deur die achter haar dicht ging.

Maurice drukte tevergeefs op de bel. Er werd niet opengedaan. Hij en de terneergeslagen Kendall keerden terug naar de auto en reden naar huis. Toen ze binnenkwamen kwam Flora gehaast op hen af. "Waar waren jullie? Vertel, waar zijn jullie geweest?"

"Een trouwvergunning aanvragen," zei Maurice. "Het meisje was echter niet thuis. Morgen of maandag is vroeg genoeg."

"Denk je niet dat je wat al te hard van stapel loopt?" vroeg ze op milde toon. "Er is tenslotte nog maar een maand verstreken. Voor hetzelfde geld is het kind helemaal niet zwanger, en dan maak je jezelf belachelijk."

Maurice liep met grote passen de trap op. "We zullen zien."

De gong voor het avondeten klonk. Lulu kroop nog dieper in haar matras. Een minuut verstreek. Zware voetstappen klonken in de hal. Kendall? Oliver? Lulu bewoog ongemakkelijk. Ze kwam langzaam overeind en zwaaide haar benen over de rand van het bed. Haar haar was verward, haar ogen waren gezwollen. Ze kon maar beter naar beneden gaan: eens zou ze toch de kamer uit moeten komen ... In een plotselinge vlaag van verontwaardiging sprong ze overeind. "Ik heb niets gedaan, dus ik hoef me nergens voor te schamen!" Ze sprak zichzelf vermanend toe: "Het is belachelijk om me hier te blijven verstoppen."

Ze kamde haar haren en marcheerde strijdlustig de kamer uit en de trap af. Naarmate ze de eetkamer naderde werden haar stappen echter aarzelender. Maar toen ze op haar stoel gleed keek alleen Oliver haar aan — een zijdelingse, achterbakse, vragende blik. Lulu gaf uiting aan haar minachting en verachting met een enkele opgetrokken wenkbrauw.

Het avondeten werd zwijgend en in een grimmige sfeer genuttigd; Lulu was blij dat ze naar beneden gekomen was: het zou meer zijn opgevallen als ze er niet geweest was.

Het dessert kwam op tafel — chocoladecake met slagroom. Oliver gluurde tersluiks naar Maurice, die streng toekeek hoe Flora de cake sneed. Ze gaf Oliver een portie; Maurice stak zijn hand uit en haalde het bord weg. Olivers gezicht vertrok smartelijk.

"Voor jou geen toetjes meer," zei Maurice met een brede grijns — eerder een grimas dan een glimlach. "In ieder geval niet tot je van dat walgelijke babyvet af bent."

Flora keek hem met samengeknepen ogen aan. "Vind je zelf ook niet dat je nogal onredelijk doet?"

"Ik heb jullie tot nu toe met veel te veel weg laten komen," sprak Maurice hardvochtig. "Vanaf vandaag wordt alles anders."

Flora uitte een bijna onhoorbare bittere lach en schoof haar eigen cake van zich af.

Maurice at traag en zorgvuldig, terwijl Oliver met tragische blik zijn bewegingen volgde. Eindelijk was Maurice klaar met eten. "Je kunt van tafel," zei hij, maar nu klonk er een hoogdravende, pompeuze ondertoon in zijn stem die het hele effect van zijn eerdere strengheid tenietdeed. Maurice voelde zelf dat hij terrein aan het verliezen was. Hij keek nijdig de tafel rond. "Ik zei dat je mag opstaan!"

"Wil je alsjeblieft niet zo schreeuwen, Maurice," zei Flora. "We staan op als we klaar zijn."

Nu sprong Maurice zelf op en verliet de tafel. Zodra hij zijn hielen gelicht had gaf Flora Oliver met grote waardigheid zijn cake. Maurice stormde echter meteen weer naar binnen, schoof het bord opzij en trok

Oliver met stoel en al van de tafel weg. "Zo is het wel genoeg. En laat me niet merken dat je me nog eens zoiets flikt."

Oliver sloop de kamer uit; Flora liep hem achterna.

Lulu ging meteen naar bed, maar lag urenlang klaarwakker omhoog te staren in de duisternis.

Tijdens het ontbijt op zondagochtend was de sfeer niet echt veel beter. Oliver protesteerde toen Maurice hem verbood om suiker op zijn grapefruit te strooien. "Ik kan hem zo niet eten, dat is veel te zuur."

"Dat kun je zeker wel, en sterker nog, dat zul je doen ook."

Flora zei op koele toon: "Ik wou dat je eens ophield om die arme jongen zo te treiteren."

Maurice ging verzitten en bekeek Oliver van top tot teen. "Ach, dat arme gluiperdje."

Flora richtte zich weer op haar eigen grapefruit. Even later zei ze: "We zullen ook een besluit moeten nemen over die andere kwestie."

Maurice zette onmiddellijk al zijn stekels op en keek haar aan. "Welke kwestie?"

Flora snoof veelbetekenend. "Kendalls probleem."

"Daar hebben wij niets over te zeggen."

"Doe niet zo belachelijk Maurice. Dit soort dingen wordt altijd onderling geregeld, dat weet je best."

"Ze is katholiek," gromde Kendall. "Ze zal het nooit laten weghalen."

Op snijdende toon zei Flora: "Jij weet veel te veel van zaken die je hoegenaamd niet zouden moeten interesseren."

Getergd leunde Maurice achterover in zijn stoel. "In godsnaam, Flora, we leven wel in de twintigste eeuw."

Flora sloeg geen acht op hem. "We weten helemaal niets over dat meisje of haar familie; waarschijnlijk is ze gewoon een kleine sloerie."

Kendall protesteerde zwakjes: "Ze is echt een heel aardig meisje."

"In dat geval valt er verder niets meer te zeggen." Maurice stond op. "Ik denk dat we dit meisje beter zo snel mogelijk kunnen opzoeken om de zaak te bespreken met haar ouders." Hij bekeek Lulu met kille vissenogen en verliet de kamer.

Nu heeft hij ook een hekel aan me, dacht Lulu. Ze haten me allemaal, maar het kan me niets schelen.

Flora nipte aan haar thee, terwijl Kendall somber met zijn lepel op het tafelkleed tekende.

Flora zei: "Ik ben bang dat je vader zich heeft voorgenomen om obstinaat te zijn. En in dat geval —" ze haalde haar schouders op.

Kendall keek op met een blik alsof ze hem verraden had. "Bedoel je —"

"Ik bedoel helemaal niets. We zullen moeten afwachten hoe het nu verder gaat."

"Hij zal me dwingen om te trouwen."

Flora werd ineens hatelijk. "En dat is dan je eigen schuld." Ze liep de kamer uit. Kendall keek nijdig naar Lulu. "En waar kijk jij naar?"

"Niks." Lulu stond waardig op en verliet eveneens de kamer zodat Kendall zich in zijn eentje kon wentelen in zelfmedelijden.

Lulu liep naar de achtertuin. De lucht was blauw, de zon scheen helder, zwaluwen kwetterden in de esdoorn. De wereld zag er hier heel anders uit.

Achter het slaapkamerraam van Bones verscheen een gezicht, en even later kwam Bones zelf naar buiten, in zijn pyjama en een blauwe badjas. Achter hem kwam Purr rustig aangetrippeld. Bones liep naar het hek. "Hallo."

"Hallo," zei Lulu. "Het is een mooie dag vandaag."

"Ja." Bones bestudeerde de hemel alsof hij wilde bepalen wat precies de ingrediënten waren die deze dag zo bijzonder maakten. Lulu dacht dat Bones er zelf die ochtend bijna knap uitzag. Zijn bleke huid contrasteerde sterk met zijn zwarte haren; zijn hoekige gezicht gaf een indruk van kracht, ondanks de fragiele botten daaronder. Hij zei: "Je ziet er bezorgd uit."

"Alles is gewoon ellendig," zei Lulu. Ze keek achterom naar het huis. Kendall en Oliver stonden vanachter het raam van de zitkamer op de eerste etage naar beneden te kijken. Hooghartig keerde Lulu hen de rug toe. "Kendall gaat trouwen."

Bones' wenkbrauwen vlogen omhoog. " 'Trouwen'? Hoe dat zo?"

"Ik weet het niet precies. Zijn vriendinnetje krijgt een baby, en dus moet Kendall met haar trouwen." Lulu fronste. "Ik dacht dat je eerst getrouwd moet zijn voordat je kinderen kunt krijgen." Ze giechelde nerveus. "Ik hoop niet dat ik er een krijg."

Bones keek haar even spottend van opzij aan, maar zei verder niets. Hij keek omhoog naar het huis van de Brewers en zijn gezicht versomberde. "Daar komen je neven. Kom hier, Purr."

Purr was ondertussen in de esdoorn geklommen en zat daar zijn klauwen te scherpen aan de schors. Bones liep naar zijn tafel en ging zitten.

Kendall en Oliver kwamen over het pad aanslenteren. Kendall plofte op het gazon neer en begon op een sprietje gras te kauwen. Oliver liep naar het hek en tuurde erdoorheen. "Hé, Bonenstaak."

Bones gaf geen antwoord.

"Hé!" riep Oliver. "Bonenstaak! Hoor je me niet?"

Bones keek op. "Wat wil je?"

"Niks. Ik wilde weten of je soms doof geworden was." Hij ging naast Kendall op het gras zitten. Lulu trok afwezig een paardenbloem uit een bed met viooltjes. "Hé, Bonenstaak," riep Oliver nogmaals terwijl hij Lulu vals van opzij aankeek.

"Wat nu weer?"

"Wees voorzichtig met Lulu. Als ze te lief voor je is, dan overleef je het misschien niet."

Lulu keek woedend op en werd vuurrood. "Let op je woorden, Oliver."

"Volgens mij hebben we wat gemist, nietwaar Kendall?" kraaide Oliver. "Kom op, Lulu, doe eens een striptease voor ons."

"Ze is veel te jong," zei Kendall verveeld. "Er is nog niks te zien."

"Jullie zijn allebei walgelijk," zei Lulu. "Jullie zijn de twee gemeenste, akeligste jongens die ik ooit ontmoet heb."

Oliver bauwde haar na: "O, ladida!...Hè, Kendall! Moet je die kat zien. Hij heeft een vogel te pakken."

Kendall hief zijn hoofd op en keek zoekend omhoog door de takken van de esdoorn. "Gooi een steen naar dat kreng."

Oliver gooide een kiezel, maar Purr sprong opzij, dook in elkaar en keek vals omlaag langs de veren in zijn snor. Bones stond op en keek omhoog naar de boom. "Hier, Purr, hier Purr!"

"Dat is wat die rotkat van jou uitvreet!" riep Oliver verontwaardigd. "Hij vangt vogeltjes!"

"Haal het geweer," zei Kendall loom. "Schiet hem overhoop."

Oliver viel even stil. Het idee trok hem duidelijk aan. "Zal ik het echt doen?"

"Natuurlijk," zei Kendall met een oog op Bones. "Hij zit op ons terrein en vangt hier vogels. Schiet dat rotkreng dood."

"Waag het niet!" riep Lulu met schrille stem.

"Maak je geen zorgen," riep Bones vanachter het hek. "Dat durven ze toch niet."

"Dat denk je maar," zei Kendall. "Kom op, Oliver — haal mijn geweer. Ik ben die verdomde kat spuugzat."

Bones riep omhoog naar de boom. "Hier Purr! Kom naar beneden, jongen…"

Purr had het druk met zijn vogel, en negeerde hem volkomen.

Oliver kwam opgewonden terug van de achterveranda, met het geweer. "En hier zijn de kogels."

Kendall begon met sinistere precisie het geweer te laden, terwijl hij zijn ogen niet afwendde van Bones, die nu tegen het hek gedrukt stond. Kendall riep uit: "Zo, Bonenstaak, voor de laatste keer: zorg je nou eindelijk dat die kat uit onze tuin blijft?"

Bones deed zijn mond open en weer dicht. "Kom op, Bonenstaak," zei Kendall dreigend. "Geef eens antwoord." Hij spande de haan van het geweer.

Bones draaide zich om en rende wankelend naar huis. Kendall lachte en liet het geweer zakken. "Zie hem eens rennen."

Oliver keek met half-dichtgeknepen ogen omhoog naar Purr en toen weer naar Kendall. "Ga je niet schieten?"

"Doe jij het maar als je zin hebt," zei Kendall. "Niemand heeft het je verboden." Hij liet zich weer in het gras zakken.

"Oké," zei Oliver. "Ik doe het wel." Hij deed een greep naar het geweer, maar Lulu sprong naar voren en pakte het af.

"Geef terug," blafte Oliver terwijl hij dreigend op haar af kwam.

"Laat me met rust," zei Lulu. "En kijk maar uit. Het is geladen."

"Laat dat geweer vallen," riep Kendall uit terwijl hij overeind ging zitten. "Verdomde idioot die je bent, dat ding kan elk moment afgaan."

"Dat weet ik," zei Lulu. "Maar jullie zullen Purr niets doen!"

Oliver keek omhoog naar de achtergevel; Maurice kwam precies op dat moment naar het raam gelopen. Oliver hield zijn handen om zijn mond en riep: "Lulu bedreigt ons met een geweer! En het is geladen!"

"Niet waar," riep Lulu.

Met een majestueus gebaar wendde Maurice zich af en liep van het raam weg. Kendall en Oliver draaiden zich om naar Lulu. "Nu ga je ervan langs krijgen," zei Oliver. "We mogen elkaar niet met geweren bedreigen."

"Ik richtte helemaal niet op jou."

"De loop wees in mijn richting. Je had je vinger aan de trekker."

"Niet waar."

"Hij zat vlak tegen de trekker aan! Ik heb het zelf gezien!"

Maurice kwam met grote stappen het huis uit. "Wat is er aan de hand?" zei hij ruw.

Ze begonnen alledrie tegelijk te praten. "Stil," zei Maurice. Hij bekeek Lulu met een gemene gele gloed in zijn ogen en wendde zich tot Oliver. "Wat is er gebeurd?"

"Lulu heeft het geweer gepakt, en toen ik het haar wilde afpakken richtte ze de loop op mij," zei Oliver opgewonden. "En ze had haar vinger op de trekker —"

Maurice bekeek Lulu van top tot teen en ze voelde koude rillingen over haar hele lichaam. Haar knieën voelden week, haar hart klopte als een razende. "Dat is niet waar. Niet waar!" jammerde ze.

Maurice glimlachte grimmig. "Ik heb het zelf gezien," zij hij zacht. Hij richtte zich tot Kendall en Oliver. "Ga naar binnen."

Kendall en Oliver trokken zich met tegenzin terug, en bleven over hun schouders kijken. Maurice wachtte tot ze de deur achter zich dichtgetrokken hadden, en kwam toen langzaam en dreigend op de van angst verlamde Lulu af. "Ik ga je zo hard straffen," zei Maurice, "dat je nooit meer zult vergeten dat je nooit, nooit, nooit een wapen op iemand mag richten." Hij pakte haar arm, legde haar over zijn knie, trok haar rokje omhoog en haar broekje naar beneden, en gaf haar een pak slaag op haar blote billen. Vijf keer kwam zijn hand met kracht omlaag terwijl Lulu slap en verlamd van schrik, schaamte en angst over zijn knieën lag. Hij trok haar overeind en keek omlaag naar haar bleke, vertrokken en gekwelde gezichtje. "Ik haat u," zei Lulu. "Ik haat u."

"Ah ha," zei Maurice. "Dus zo staan de zaken. Je wilt nog een portie, is dat het?" Weer trok hij haar over de knie, voor een tweede pak slaag. Opnieuw zette hij haar overeind. *"Ik haat u!"* hijgde Lulu terwijl ze haar broekje optrok.

"Oké. Nog een keer." Lulu rukte zich los. Ze zag het geweer en greep ernaar, als een klein dier in het nauw. Purr kwam met zijn vogel de boom uit. Maurice schopte het katje opzij en kwam op haar af. "Wat zei ik over dat geweer!"

"Laat me met rust," hijgde Lulu. "Raak me niet aan!"

Maar Maurice kwam dreigend naar voren, indrukwekkend in zijn woede. Hij torende boven haar uit, zo hoog als de bomen.

Lulu jammerde, een ijle, wilde, bijna onhoorbare kreet. Ze kneep haar ogen half dicht en het geweer ging af met een enorme knal. Haar ogen vlogen wijd open, en ze zag Maurice achteruit wankelen, bij haar vandaan. Het wapen viel op de grond, ze draaide zich om en rende. Ze hoorde een hese kreet achter zich, maar ze sloeg er geen acht op. Over het gazon, de trap op, de stoep op, de straat in, de heuvel af. Ze begon te hijgen, de adem brandde in haar keel, ze voelde een steek in haar zij. Ze struikelde, ging over in een wankele draf, en daarna wandelde ze. Na enige tijd stopte ze en leunde tegen een telefoonpaal. Angstig keek ze achterom in de richting vanwaar ze gekomen was. Er was niemand te zien. Niemand was haar achterna gekomen; ze was volkomen alleen, halverwege een onbekende straat. Ze snikte, draaide zich om en liep verder. Ze probeerde te rennen, maar ging meteen weer langzamer lopen. Bij de hoek stopte ze. Ze vroeg zich af waar ze heen ging. Onderaan de heuvel glansde de baai, helder en blauw, met zeilboten die de jachthaven in- en uitvoeren. Ze keek nogmaals achterom. Waar moest ze heen? Wat moest ze doen? Ze stelde zichzelf de vragen, maar ze had geen antwoorden. De toekomst reikte niet verder dan de volgende straat.

Langzaam liep ze de heuvel af in de richting van de jachthaven, en ze kwam bij een langgerekt gazon. Dit leek ver genoeg weg. Ze liep naar een bank, ging zitten en keek naar anderen die net als zij een reden hadden gehad om op deze prachtige zondagmorgen naar de marina te komen. Er waren jongens met vliegers, oude mannen met honden, groepjes middelbare scholieren, allerlei mensen die geen opvallende kenmerken of bezigheden hadden. Niemand lette op Lulu, behalve een jongetje van een jaar of vijf dat haar vroeg of ze wilde ballen. Lulu schudde haar hoofd.

De middag vergleed. Er stak een wind op door de Golden Gate, die de warmte van de zon compenseerde. En toen er een wolk voor de zon schoof kreeg Lulu kippenvel op haar armen... Ze keek weer naar de heuvel. Ergens tussen die daken en muren en ramen stond het huis waar ze woonde; waar Oom Maurice en Tante Flora op haar zaten te wachten, waar Kendall en Oliver ongetwijfeld onder de indruk zouden zijn van de enormiteit die Lulu had begaan. Ze had met een geweer op Oom Maurice geschoten. En Lulu vroeg zich af wat er met haar zou gebeuren. Nog een pak slaag? De rest van de dag in haar kamer, zonder avondeten? Lulu knipperde nerveus met haar ogen. Ze wilde niet naar huis. Maar ze kon nergens anders heen.

De wind was nu aangewakkerd, en er verschenen witte schuimkoppen op de baai. Het zonlicht was opeens verdwenen; Lulu keek huiverend op; ze had niet gemerkt dat de zon al zo laag was gezakt; ze was nog slechts een bleke bijna onzichtbare cirkel achter een muur van nevel die via de Golden Gate de baai binnen dreef.

Lulu stond op en sloeg haar armen om haar lichaam. Ze had het koud; ze kon maar beter naar huis gaan en de gevolgen van haar daad onder ogen zien... Maar waar was haar huis eigenlijk? Ergens bovenop die heuvel... Lulu ging weer op de bank zitten en staarde naar de baai zonder iets te zien. De waarheid was dat ze echt niet naar huis wilde. Maar ze moest wel; ze moest toch ergens heen... Op Marina Boulevard ging een autodeur open. Een man stapte uit, liep op Lulu af en bleef voor haar staan. Ze keek op en voelde plotseling haar hart in haar keel: het was een politieagent.

Hij leek echter wel vriendelijk. Hij zei: "Hallo daar, jongedame."

"Hallo," reageerde Lulu zwakjes.

"Je zit hier al heel lang. Krijg je het niet koud?"

Lulu dacht even na en knikte toen. "Ik heb het wel een beetje koud."

"Waarom ga je niet naar huis?"

Lulu keek bedachtzaam in de richting van de heuvel. Ze wist niet goed hoe ze haar situatie moest uitleggen. "Ik denk dat ik nu maar moet gaan."

"Dat is een goed idee," zei de politieagent. "Het wordt al laat, en je moeder maakt zich vast ongerust. Waar woon je?"

"Bovenop de heuvel. Op Belvedere Street."

"Dat is een aardig eind weg," zei de agent. "En ben je hier helemaal alleen?"

"Ja. Ik ben komen lopen."

"Wel, dan kan ik je maar beter naar huis brengen. Kom maar mee."

Lulu volgde hem en stapte voorin de auto.

"Wat is het adres?" vroeg de politieagent.

"Belvedere Street 2413."

Ze vroeg zich af wat Tante Flora en Oom Maurice zouden zeggen als ze in een politieauto werd thuisgebracht. Zouden ze onder de indruk zijn? Of zouden ze zich ergeren? Ze voelde zich zo moe en zo ellendig dat het haar eigenlijk weinig kon schelen.

Ze reden de heuvel op. De agent was best knap om te zien, dacht Lulu, en helemaal niet zo oud — hij leek op de held in een Western. Af en toe keek hij naar haar terwijl ze reden, en na enige tijd vroeg hij: "Weet je moeder wel dat je bent gaan wandelen?"

"Mijn moeder is dood," zei Lulu. "Ik woon bij Tante Flora en Oom Maurice."

"O. Ik snap het. En weten zij waar je bent?"

"Nee." Lulu wierp tersluiks een blik op de politieagent. Hij zag eruit als een beleefde, vrij aardige man. Ze vroeg zich af wat er zou gebeuren als... In een stortvloed van woorden zei ze: "Ik wil echt niet naar huis, echt niet. Kan ik bij u komen wonen? Alstublieft?"

Hij lachte, niet eens al te verbaasd. "Dat zou heel leuk zijn; maar ik denk niet dat je tante en oom het goed zouden vinden."

"Jawel, hoor," zei Lulu. "Ze mogen me niet. En na vandaag helemaal niet meer." Ze zweeg abrupt.

"Wat is er vandaag dan gebeurd?"

De tranen biggelden nu over Lulu's wangen. "Oom Maurice sloeg mij."

"Dat stelt niets voor. Alle kinderen krijgen weleens een pak slaag als ze stout zijn."

"Maar ik was helemaal niet stout. Kendall en Oliver zeiden dat ik het geweer op hen had gericht, maar dat was helemaal niet waar. Oom Maurice kwam erbij en ik zei het tegen hem maar hij wilde niet naar me luisteren."

"Wel, wel, wel!" zei de agent.

Lulu dacht na. De agent leek best aardig. Misschien was het een goed idee om alles aan hem uit te leggen, en dan zou hij misschien haar kant kiezen als ze thuiskwamen — misschien kon hij proberen om Tante Flora uit te leggen hoe het allemaal gegaan was...Ze sprak zo rustig mogelijk, maar kon niet voorkomen dat haar stem een beetje trilde. "Toen Oom Maurice mij sloeg — toen ging het geweer per ongeluk af. Ik geloof niet dat ik hem geraakt heb, ik geloof niet dat hij gewond is..."

"Wel, wel, wel!"

"Ik was bang. Hij deed —" Lulu rolde met haar ogen "— een beetje raar. Hij maakte me bang. Ik wilde niet, nu ja, niet op hem schieten."

"Zo," zei de agent. "Denk je dat je je oom geraakt zou kunnen hebben?"

"Niet echt," zei Lulu. "Ik geloof het niet."

"Maar je weet het niet zeker?"

"Nee. Ik ben weggerend. Helemaal naar de jachthaven."

"Zo!" zei de agent. Hij ging een hoek om, een bekende straat in, en stopte voor het huis van de Brewers. Het was al donker en er scheen geel licht uit alle ramen. "We zijn er. Is dit waar je woont?"

"Ja." Lulu maakte geen aanstalten om de deur open te doen. Ze wilde echt niet naar binnen. Ze keek de agent aan. "Moet ik echt naar binnen?"

"Jazeker," zei de agent. Hij leek ineens een klein beetje minder vriendelijk. "We moeten erachter zien te komen wat er gebeurd is sinds jij weg bent." Hij stapte de auto uit, liep om de motorkap heen en deed het portier voor haar open. "Kom maar mee."

Met tegenzin stapte Lulu uit. Hij pakte haar bij de hand en ze liepen samen langs het pad, door de portiek naar de deur. Lulu bedacht dat het huis er ongewoon helder verlicht uitzag, alsof alle lampen in het hele huis aan waren. De agent belde aan.

Binnen klonken voetstappen — snelle, felle voetstappen. De deur ging open; Flora stond in de deuropening te kijken. Ze droeg een losvallende witte ochtendjas; haar ogen waren wijd opengesperd en het wit was zichtbaar rondom de irissen. Haar haren hingen wild en ongekamd rond haar nek en hals. Later, toen ze veel meer referentiemateriaal had, zou Lulu bij de herinnering aan deze confrontatie altijd ogenblikkelijk aan 'Medea' moeten denken. Medea, Medea — Medea stond daar in de deuropening met vlammende ogen en verwarde haren. Ze keek van de agent naar Lulu. "Zo," zei ze met raspende, overslaande stem, "dus je hebt toch maar besloten terug te komen."

De agent vroeg op scherpe toon: "Is er een probleem, mevrouw?"

Flora hief haar beide handen op, met trillende vingers. "Probleem?" Ze boog naar voren en hing over Lulu heen, die achteruit deinsde. "Probleem? Ha ha! Kijk haar dan, de kwaadaardige duivel!"

De agent keek omlaag naar Lulu, die zachtjes begon te jammeren. "Ik vrees dat ik u niet begrijp."

"Vraag het haar maar! Maar neem haar mee voordat ik haar iets verschrikkelijks aandoe."

"Pardon, mevrouw, kunt u mij alstublieft vertellen wat er aan de hand is?"

Flora verstijfde, de arm op de deurknop leek haar hele lichaam overeind te houden. "Ze heeft op mijn man geschoten. Hij is dood. Ze heeft hem vermoord, dat verdorven creatuur — de beste man die God ooit op de aarde heeft gezet." Flora pinde Lulu vast met een blik die zo scherp was als een dolk. "Ik heb haar in huis genomen —"

"Pardon, mevrouw, maar u heeft natuurlijk wel een dokter gebeld?"

"— en nu is Maurice er niet meer. Hij is dood. Voor altijd. Neem haar mee," krijste Flora met een stem als een schorre kraai. "Neem haar mee!"

"Jazeker, mevrouw," sprak de politieagent stijfjes. "Maar ik moet eerst zeker weten dat u een dokter gebeld heeft."

"Ja, ja, ja. Dokter Knapp." Flora leunde tegen de deur en sloot deze. Door het gordijntje in het raam zag de agent haar wankelend in de richting van de trap lopen en langzaam, bijna gedachteloos, naar boven lopen. De agent trok zijn schouders op. De vrouw was duidelijk erg emotioneel. Hij keek weifelend omlaag naar Lulu, die verstijfd en met een strak gezichtje tegen de muur geleund stond. Kwaadaardige duivel? De agent schortte zijn oordeel op. Het was trouwens ook niet zijn taak om te oordelen.

"Kom maar mee," zei hij tegen Lulu. "We moeten je ergens anders heenbrengen."

Lulu volgde hem zonder iets te vragen. In de auto belde hij naar het hoofdbureau, bracht verslag uit, ontving instructies.

Samen bleven ze in de donkerblauwe avondschemering wachten. Nerveus vroeg Lulu: "Gaat u me arresteren?"

"Nee," zei de agent. "Niets van dat alles. We nemen je mee naar de Jeugdinrichting en daar zal een lieve dame voor je zorgen." Hij keek haar onderzoekend aan. "Waarom heb je op hem geschoten? Deed hij — iets wat je niet prettig vond?"

"Hij gaf me een pak slaag," zei Lulu mat. "Ik was bang — ik wilde hem geen pijn doen... Is hij — dood? Echt dood?"

"Blijkbaar."

Lulu snakte naar adem, alsof het nu pas tot haar doordrong wat er allemaal gebeurd was, en ze begon te trillen als een rietje.

Een tweetal politieauto's stopte voor hen; er werd kort overlegd en toen nam de politieagent Lulu mee, weg van het huis aan Belvedere Street. Het zou vele jaren duren voordat ze daar ooit weer terug zou komen.

Hoofdstuk VIII

Lulu bleef drieënhalve maand in de Jeugdinrichting. Dit was een ongewoon lange periode, die het gevolg was van Lulu's ongewone situatie. De lente ging over in de zomer, en ook de zomer ging voorbij. Lulu werd onderzocht, ondervraagd, gediagnosticeerd en geanalyseerd door allerlei verschillende professionals: pratende maskers zonder wezenlijke persoonlijkheid. Lulu observeerde hen allemaal afstandelijk, beantwoorde hun vragen — als ze die begreep — met openheid en eenvoud. De enige herinnering die ze met zich meenam van deze hele periode was een verwarde indruk, losse beelden, helder maar schril, alsof ze werden verlicht door een flits: de stille slaapzaal, de lange gangen met een bijna surrealistisch perspectief, de verpleegkundigen met gesloten gezichten en oplettende blikken. Kinderen kwamen en gingen, een proces dat gepaard ging met een geheimzinnige dramatiek die Lulu fascineerde en haar ook vaag angst inboezemde. Smalle, bleke gezichtjes kwamen van de chaotische buitenwereld, bleven een paar dagen, een week, een maand, en waren dan ineens voorgoed verdwenen.

Het bestuur wist niet zo goed wat ze met Lulu aan moesten. Eventuele pleegouders verloren al snel interesse: "Dat knappe meisje daar — is die niet wat erg stilletjes?"

"Inderdaad, heel erg stil. Tot mijn spijt moet ik zeggen dat we niet veel uit haar krijgen."

"Bedoelt u dat ze, nu ja, traag van begrip is? Zwakzinnig?"

"Nee, dat niet. Ze is wat wij een eenling noemen. Vreemd genoeg heeft dit kleine meisje een behoorlijk onrustbarende geschiedenis van geweldpleging."

"Dat is moeilijk te geloven! Ze ziet eruit als — als een engeltje!"

"Tja. Ze heeft haar oom doodgeschoten, en korte tijd daarvoor had ze haar neefje in elkaar geslagen met een stuk hout."

"Goede hemel, dat kan toch niet waar zijn."

"Dat is het echter wel."

"Die oom, had hij — u weet wel — haar lastiggevallen? Ik heb weleens gehoord dat in dat soort situaties —"

"Niets van dat alles. Als dat het geval was, dan zouden we weten waar we aan toe waren. Ze bedreigde haar neefjes met een wapen, haar oom bestrafte haar, en ze heeft hem met hetzelfde wapen doodgeschoten."

"Mijn hemel! Te bedenken dat dit soort gedachten leven achter dat mooie gezichtje!" En daarmee liep de groep door.

Flora kwam ongeveer een week na Lulu's opname op bezoek. Lulu, die bepaald geen behoefte had aan een gesprek met haar tante, ging met tegenzin naar de bezoekerskamer. Flora's ogen waren hard als steen. "Welnu, Lulu, hoe gaat het met je?"

"Best."

"Vind je het hier prettig?" Flora sprak op zachte toon terwijl ze Lulu met haar scherpe blik bleef aankijken.

Lulu dacht even na en vatte een heel universum aan gevoelens samen in een enkele opmerking: "Het gaat wel, geloof ik."

Flora schudde afkeurend het hoofd. "Je beseft hopelijk wel dat je iets verschrikkelijks op je geweten hebt? Ik mag hopen dat ze je dat wel hebben uitgelegd." Haar stem ging een halve octaaf omhoog. "Iets verschrikkelijks. En nu word je gestraft. Als je ouder was, dan zouden de consequenties een stuk erger zijn."

"Ik heb het niet expres gedaan," zei Lulu zachtjes en beheerst, hetgeen Flora nog veel bozer leek te maken.

"Daar gaat het niet om. Als jij —"

"Hoe gaat het met Bones?"

"Bones! Dat zieke jongetje? Ik zou het niet weten."

Lulu bevochtigde haar lippen. "Is hij dood?"

"Ik heb hoegenaamd geen idee hoe het met hem is." Flora stond op. "Je begrijpt natuurlijk wel dat je onmogelijk weer terug kan komen bij ons?"

"Dat wil ik ook helemaal niet," zei Lulu bijna geluidloos.

"Wat zei je daar?" vroeg Flora terwijl ze voorover boog. Lulu zweeg.

Flora ging op ijzige toon verder: "De autoriteiten zullen zorgen dat je ergens onder dak komt, en dan stuur ik je kleren wel na."

Lulu staarde naar haar knieën.

"Je Oom Maurice zou met ons naar het buitenland gegaan zijn deze zomer," siste Flora. "En nu is hij dood, en zijn we een heleboel geld kwijt."

De zomer ging over in de herfst; Lulu werd overgeplaatst naar het Staatstehuis voor Meisjes in de buurt van Santa Rosa. Maanden vergleden, werden jaren en nog meer jaren. Lulu leefde passief, eerder verbijsterd dan ongelukkig, hoewel ze onvermijdelijk veel verdrietige momenten kende. Ze leerde omgaan met een heleboel vreemde situaties, met vreemd en soms extreem gedrag, met de voetangels en klemmen die verbazingwekkend genoeg te vinden waren in de persoonlijkheid van mensen van alle leeftijden. Ze leerde dat onvoorwaardelijke toewijding een levensstrategie kon zijn, en hoewel dit idee ongetwijfeld een groot deel van haar levenshouding bepaalde, maakte Lulu zelf geen vrienden en ze sloot zich volkomen af van de bendes en coterieën in het instituut.

Haar afstandelijkheid maakte haar leven niet bepaald gemakkelijker. Ze werd 'verwaand' en 'zelfingenomen' genoemd en werd op elfjarige leeftijd op rituele wijze in elkaar geslagen door een groep oudere meisjes.

Niettemin ging het leven verder. Lulu kreeg geen kans om echt kind te zijn, maar als kleine compensatie voor dit gemis leerde ze al op jonge leeftijd op eigen benen te staan. Ze las veel en richtte zich met fanatieke ijver op haar schoolwerk. Op zestienjarige leeftijd kreeg ze toestemming om een parttimebaan te nemen in een conservenfabriek in de buurt, en op zeventienjarige leeftijd ontving ze een beurs waarmee ze naar de Universiteit van Californië kon gaan en waardoor alle banden met het tehuis verbroken werden, met uitzondering van de wekelijkse rapportages aan de reclasseringsambtenaar.

Lulu was ondertussen opgegroeid tot een slank meisje met een peinzend, maar absoluut knap gezichtje. Ze droeg haar blonde haren nu kortgeknipt en kleedde zich noodzakelijkerwijs eenvoudig. Ze lachte zelden, maar had vaak een soort halve glimlach op haar gezicht die volgens sommigen spottend was, volgens anderen juist vrolijk, en volgens weer anderen provocerend. Iedereen was het er echter over eens dat ze een mooie mond had, gevoelig, en tegelijkertijd zacht en ferm. Lulu sprak met heldere, rustige stem; ze sprak zonder nadruk en leek op het eerste gezicht uitermate beleefd en terughoudend — tot ze met een onverwacht, intens, wild, extravagant gebaar, dat hintte naar een borrelende innerlijke passie, deze indruk volkomen vernietigde. Het uiteindelijke totaalplaatje was uitermate verwarrend voor de jonge mannen op de universiteit, hoewel Lulu zelf haar nieuw ontdekte aantrekkingskracht niet bepaald serieus nam.

"Lulu," riep een van deze getergde jongemannen uit terwijl ze samen in de auto voor het meisjesstudentenhuis geparkeerd stonden, "je drijft een man tot waanzin. Waarom wil je me niet kussen?"

"Hoe kom je daar nu bij?" zei Lulu. Ze pakte het hoofd van de jongeman tussen haar handen beet en kuste hem op zijn voorhoofd. "Zo. Ik heb je gekust. Ben je nu blij?"

"Ik sta op het punt mijn zelfbeheersing te verliezen," kreunde de jongeman. "Mag je me soms niet? Is dat het?"

"Natuurlijk mag ik je, Howard. Maar waarom zou ik daar helemaal zweterig van moeten worden?"

"Grote God!" zei Howard. "Wat is dit voor een romance?"

"Ik denk…" Lulu zweeg even terwijl Howard wachtte. "Ik denk dat ik gewoon niet erg romantisch ben aangelegd."

Howard haalde zijn arm van haar schouders en liet zich in zijn eigen stoel zakken. "Dit wordt me te veel. Ik verdom het om nog langer met je uit te gaan."

Lulu lachte zachtjes. Ze deed het portier open. "Als ik daar niet meer tegen kan, dan bel ik je wel."

"Grappig, hoor," sneerde Howard. "Tot ziens." Met nijdig brullende motor scheurde hij weg in de richting van zijn studentensociëteit, waarna Lulu hem prompt vergat.

Haar eerste jaar verstreek. Ze haalde goede cijfers: drie negens en twee achten, maar ze was niet tevreden. Uiteindelijk begreep ze ook waarom: het lag aan haar hoofdvak, psychologie. Ze had het om praktische redenen gekozen: er waren altijd goedbetaalde banen te krijgen voor psychologen. Niettemin voelde Lulu zich niet op haar gemak. "Ik vind dit niet echt leuk," dacht ze terwijl ze haar boek dichtklapte. "Maar wat vind ik dan wel leuk?" Ze dacht na over de mogelijkheden. Bedrijfskunde? Economie? Onbeschrijfelijk saai. Antropologie? Archeologie? Medicijnen? Nee, zeker geen medicijnen. Journalistiek? "Daar ben ik het type niet voor," dacht ze. Kunst? Dat zou kunnen. Muziek? Ook een mogelijkheid. Chemie? Natuurkunde? Wiskunde?... Lulu legde het idee naast zich neer. Alles leek even saai, en het enige waar ze nu zin in had was om een fietstocht door Europa te maken en alle zonnige gebieden op te zoeken. Stel dat ze het onderwijs in zou gaan, dan had ze elke zomer vrij om te reizen waarheen ze maar wilde. Maar als je het onderwijs in wilde, dan moest je wel iets studeren waarin je dan kon onderwijzen. Lulu ging voor geschiedenis. In de zomer werkte ze bij een padvindsterskamp, en na haar terugkeer in Berkeley veranderde ze haar hoofdvak in geschiedenis. Haar tweede jaar verliep zowat identiek aan het eerste. Haar cijfers waren uitstekend; haar beurs werd verlengd. Maar weer twijfelde Lulu over haar keuze. Stel dat ze ergens in het midden van de woestijn zou komen te werken. Of in een of ander onplezierig stadje in de Central Valley?

Tijdens de zomervakantie had ze weer een baantje bij het padvindsterskamp, en op een heldere avond, terwijl ze door een weiland liep, voelde ze zich plotseling aangetrokken tot de sterrenhemel. Misschien kon ze wel sterrenkunde gaan studeren, en astronoom worden? Toen ze in september terugkeerde in Berkeley besloot ze de Astronomie 1A colleges te gaan volgen, om te zien of het onderwerp haar zou bevallen als ze zich er meer in verdiepte, of dat het zou tegenvallen. Ze besloot vrijwel meteen dat het tegenviel. De boeken zagen er droog uit; een heleboel informatie over optiek en de werking van telescopen, wat haar absoluut niet interesseerde. De wonderbaarlijke schoonheid van de sterrenhemel stond nergens vermeld.

Naast haar in de collegezaal zat een donkere, sombere jongeman die ze een jaar eerder ook zo af en toe op het terrein van de universiteit had zien lopen. Zijn naam was Robert Malloy; hij zat in zijn laatste jaar en studeerde elektrotechniek, met communicatietechniek als specialisatie. Lulu vond hem bepaald aantrekkelijk. Hij was lang, pezig, bijna gespierd, met donker haar en een gave, olijfkleurige huid. Hij had een hoge neus die haar aan Byron deed denken, een koppige kaaklijn, donkere wenkbrauwen en afhangende mondhoeken die hem soms een melancholieke, maar op andere momenten een grappige of zelfs grimmige uitdrukking gaven. Lulu vond dat hij er niet zozeer uitzag als een ingenieur, maar eerder als een dichter of een musicus.

Robert Malloy toonde niet meer dan oppervlakkige interesse in Lulu, iets dat haar verbaasde en ook wel een beetje stak. Maar in de loop van het trimester werd hij wat losser, tot hij haar uiteindelijk zelfs groette en zo af en toe zelfs een mopperige opmerking maakte over het werk van die dag.

Op een ochtend zag Lulu hem op Telegraph Avenue, wachtend bij een stoplicht. Ze besloot dat ze bij dezelfde kruising wilde oversteken. Hun blikken kruisten elkaar. "Hallo," zei Lulu.

"Hallo," zei Robert Malloy.

Ze staken de straat over. Robert bleef staan, keek met half dichtgeknepen ogen omhoog naar de lucht, toen naar links en rechts, en vroeg vervolgens op licht-brommerige toon of Lulu tijd had voor een kop koffie. Lulu zei dat ze inderdaad toevallig wel even de tijd had.

Ze zaten een uur lang in een broodjeszaak, waarbij Lulu voornamelijk aan het woord was. Robert was niet erg mededeelzaam. Hij vertelde dat hij naar de Universiteit van Californië was omgezwaaid vanaf de Universiteit van New York, en dat hij van mening was dat alleen een volslagen krankzinnige in New York zou willen wonen. Lulu vertelde hem dat ze in Japan was geboren en nooit verder naar het oosten was geweest dan — dat ze in feite überhaupt nog nooit ergens oostelijker dan Berkeley was geweest.

Robert was meer ontspannen dan anders, maar hij bleef afstandelijk. Dit was Lulu's eigen gebruikelijke manier om ongewenste aandacht af te wenden. Het voelde ongemakkelijk nu deze tactiek ineens tegen haar gebruikt werd. Ze vroeg zich af of hij misschien getrouwd was, en keek naar zijn linkerhand. Geen ring. Misschien had hij een vrouw en kinderen die hij had achtergelaten in New York? Maar nee, Robert miste dat bijna onmerkbare vleugje kruiperigheid dat getrouwde mannen meestal tentoonspreidden.

De volgende dag tijdens het college ging Robert met zijn typische korte knikje naast haar zitten, en negeerde haar de hele les lang.

"Wat een idioot," zei Lulu tegen zichzelf, en ze nam zich voor om hem voortaan ook volkomen te negeren. Maar aan het eind van het college kwam hij naar haar toe en vroeg op uiterst nonchalante toon: "Waar lunch jij meestal?"

"O, overal en nergens," zei Lulu, "als ik geld heb. Tegen het eind van de maand kom ik niet verder dan crackers met kaas."

Robert fronste in de richting van de Campanile. "Laten we samen gaan lunchen."

"Bedoel je vandaag? Morgen? Voor altijd en eeuwig? Want —"

"Ja," grijnsde Robert terwijl hij haar recht in de ogen keek. "Voor altijd en eeuwig."

Lulu zag in dat ze zich vergist had. Robert was niet chagrijnig, en zeker geen botterik, leeghoofd of opgeblazen ijdeltuit. Robert was meer een dromer, was haar conclusie, aardig en misschien een beetje verlegen.

Ze lunchten met chili-burgers en milkshakes, en na die eerste keer gingen ze vaker samen uit, hoewel altijd op vriendschappelijke basis. Robert leek haar te mogen, en zij mocht Robert — voor zover ze een ander menselijk wezen kon mogen. Bij Robert kon ze zich ontspannen; hij eiste niets van haar en was onverschillig over eventuele andere vriendjes die Lulu mocht hebben. Lulu vond dat laatste aspect van hun relatie minder vleiend — vooral omdat hij niet eens aanstalten maakte om haar hand vast te houden.

Een paar keer reden ze langs de kust naar het noorden voor een zondagse picknick; af en toe vroeg hij haar mee naar een film in een van de kleine avant-garde filmhuizen rondom de universiteitscampus. Maar meestal troffen ze elkaar in de bibliotheek om te studeren en daarna ergens langs Telegraph Avenue een kop koffie te drinken. Tegen het eind van het derde trimester besefte Lulu ineens tot haar grote schrik dat Robert zou afstuderen, en dat hij er het volgende jaar niet meer zou zijn. Maar tot haar opluchting kwam ze erachter dat hij door wilde studeren voor zijn doctoraal. Zelfs al behandelde hij haar meer als een zus, dan nog was het prettig om hem in de buurt te hebben.

Gedurende de zomer werkte ze als serveerster in de taverne bij Lake Tahoe, waar ze heel wat meer verdiende dan bij het padvindsterskamp.

Ze keerde terug naar Berkeley met een redelijk banksaldo, en huurde een tweekamerappartement ten zuiden van de campus. Het meubilair was aftands, de muren hadden een buitengewoon smerige bruingele kleur, de keuken was klein en donker — maar voor het eerst in haar leven had Lulu een eigen huis. Ze belde Roberts oude nummer, zonder te weten of hij nog altijd op hetzelfde adres woonde, maar na twee keer overgegaan te zijn nam hij al op, alsof hij op haar telefoontje had zitten wachten.

"Robert! Met Lulu."

"O. Ik zat net aan je te denken."

"Ik heb een appartement gevonden! Nu kan ik voor je koken. Hamburgers bij kaarslicht. Ik zal een boodschappenlijstje maken, want ik heb nog niets in huis. Hamburgers, kaarsen..."

"Waarom neem ik je voor vanavond niet mee uit eten?"

"Dat is misschien wel eenvoudiger. Waar zullen we heen gaan?"

"Een elegante, maar niet al te dure tent. Ik kom eraan. Wat is het adres?"

Ze gaf hem haar adres; twintig minuten later belde hij aan. Toen ze opendeed stak hij zijn beide handen uit; zonder erbij na te denken omhelsde ze hem en gaf hem een zoen. Ze reageerden allebei verbaasd. Lulu deed lachend en blozend een stap naar achteren, Robert keek naar links, naar rechts, naar boven en naar beneden en zei uiteindelijk: "Ik ben ook blij om jou te zien."

Ze reden naar San Francisco, aten in een Italiaans restaurantje in een achterafstraatje, slenterden doelloos langs North Beach. Lulu was in een opperbeste bui: ze kwebbelde en lachte, en merkte toen ineens op dat Robert zich leek te hebben teruggetrokken in een van zijn geheimzinnige neerslachtige buien. Ze pakte zijn hand. "Robert, heb jij je ooit weleens afgevraagd wat er van ons terecht zal komen?"

"'De omwolkte torens, de fantastische paleizen, de geweide tempels, deze grootse aarde zelf, zullen vergaan en geen spoor achterlaten,' zoals de Bard het zegt. Min of meer."

"Maar in de tussentijd?"

Robert haalde zijn schouders op. "Het leven is onvoorspelbaar. Misschien trouw je later met een saxofonist, of een banketbakker. Misschien ga ik wel bij het Vreemdelingenlegioen. Of misschien breekt de hel gewoon los in de wereld in het algemeen."

"O Robert," zuchtte Lulu, "zo af en toe heeft een mens werkelijk niets aan jou."

Robert grijnsde zuur. "Over het algemeen genomen ben ik vrij nutteloos."

Lulu hoorde een ondertoon van bittere overtuiging onder de humor. Ze keek hem onderzoekend aan. "Wat is er mis, Robert?"

"Alles. Ikzelf nog wel het meest. Maar maak je geen zorgen. Het is gewoon een aanval van *weltschmerz*."

"Nee, je maakt je ergens zorgen om. Je cijfers? Geld? Dat je vrouw en kinderen je ineens komen opzoeken vanuit New York?"

"Nee," zei Robert. "Mijn cijfers zijn prima. Ik heb de hele zomer goed geld verdiend als elektricien, geheel volgens de afspraken met de vakbond. En mijn vrouw en kinderen —"

"Ja?"

"Die weten niet waar ik ben. Is dat geen mazzel?"

"Ik weet nooit wanneer je ernstig bent en wanneer niet, Robert. Je hebt toch geen vrouw en kinderen, of wel?"

"Ik vertel nooit de waarheid tenzij ik stomdronken ben. En zelfs dan — spreek ik in paradoxen."

"Ik heb je nog nooit dronken gezien."

"Ik ben die veel bespotte zielenpoot: de eenzame drinker. Maar er is niets zo romantisch dan op het terras in de achtertuin te zitten, in het maanlicht, met een fles whisky, terwijl de geheimen van het hele universum zich voor je ogen ontrafelen."

Lulu zei bedachtzaam: "Ik ben nog nooit dronken geweest. Nooit... Hoe voelt het?"

"O — de wereld draait en danst. Verdrietige dingen zijn grappig, en grappige dingen maken je verdrietig. Muziek vertelt je dingen die je daarvoor nog niet wist."

"Dat klinkt spannend. Maar hoe zit het dan met de kater achteraf?"

Robert schudde zijn hoofd. "Geen probleem zolang je je niet schuldig voelt. Katers zijn psychosomatisch: je straft jezelf, bij wijze van spreken."

"Wel, wel. Druist dat niet in tegen de gangbare opvatting?"

"Al mijn doctrines druisen in tegen gangbare opvattingen. Ik zal nooit een behoorlijke ingenieur worden. Ik moet echt stomdronken zijn geweest toen ik het besluit nam dat daar mijn toekomst zou liggen."

"Ik zou best weleens dronken willen worden," zei Lulu. "Misschien kan ik dan ook een paar beslissingen nemen."

"Het is illegaal," zei Robert. "Je bent pas twintig; dat is te jong. En als ik dronken ben, dan heb ik geen remmingen meer. Ik zing, ik dans, ik raak betrokken bij vechtpartijen —"

"En dat allemaal in je eigen achtertuin?"

"Die is groot. Ik heb liever dat je aan mij terugdenkt als een man met een zekere waardigheid." Ze waren weer bij de auto. Hij deed het portier open en Lulu stapte in.

"Wacht hier heel even," zei Robert. Hij kwam weldra terug met een bruine papieren zak waar hij een fles uit trok. Hij verbrak het zegel, schroefde de dop los en gaf de fles aan Lulu. Ze nam een klein slokje en verslikte zich prompt. "Wauw! Dat spul is sterk!"

Robert nam een slok. "Gewoon ouderwetse whisky. Drieënveertig procent." Hij startte de auto. "Ik heb thuis ijsblokjes en meer dan genoeg water."

"Robert."

"Wat?"

"Niks."

Ze reden terug over de brug, door half-verlichte straten, naar Roberts woning. Robert parkeerde zijn auto en deed het portier open voor Lulu. Ze stapte langzaam uit. Haar hoofd voelde nu al licht van dat eerste slokje, en het tweede en derde dat ze onderweg nog genomen had. Robert ging haar voor naar zijn kleine bungalow en gooide de deur open: "Mijn bescheiden onderkomen."

Lulu ging langzaam naar binnen en bleef onzeker midden in de kamer staan. Het huisje was schoon, maar kaal, zonder enige persoon-lijke bezittingen. Er stonden een paar boeken, een gele dahlia in een witte vaas en verder bijna niets.

Robert zette de verwarming hoger, bracht glazen, ijs en water, en mixte twee drankjes. Hij hief het glas. "Op je gezondheid. Een conven-tionele toast, maar wel een heel mooie."

Lulu trok een grimas en sloeg de drank achterover. Ze keek met half dichtgeknepen ogen de kamer door. De wereld leek te bewegen; de dahlia lichtte op alsof hij van vloeibaar goud was gemaakt. Ze liet zich achterover in de kussens zakken. "Robert."

Hij ging zitten en leunde achterover naast haar. "Wat?"

"Heb ik je ooit mijn levensverhaal verteld?"

"Nee."

"Zal ik het nu doen?"

Robert dronk. "Als je dat wil." Hij mixte nieuwe drankjes.

"Ten eerste," zei Lulu, "ben ik een moordenares. Ben je nu geschokt?"

Robert haalde zijn schouders op. "Ik heb alle noties van goed en kwaad al lang geleden overboord gegooid."

"Het is waar. Toen ik acht was heb ik mijn oom neergeschoten. Doodgeschoten."

"Ik heb nooit een oom gehad om dood te kunnen schieten," zei Robert spijtig.

"Mijn vader was zendeling in Japan...ik kan me nog vaag herinneren daar gewoond te hebben. We zaten in een concentratiekamp en hij kreeg tuberculose. Hij wist dat hij dood zou gaan en stuurde me hierheen om bij mijn oom en tante te gaan wonen." Lulu knipperde met haar ogen. "Al mijn herinneringen aan Japan zijn vervaagd tot een soort gouden nevel...Hij stierf terwijl ik aan boord was." Lulu lachte droevig. "Ik heb al in geen jaren aan de Brewers gedacht. Oom Maurice, Tante Flora. Kendall. Oliver. Ik vraag me af wat er van ze terechtgekomen is. Ik weet natuurlijk wel hoe het Oom Maurice is vergaan. Hij pakte een wapen van mij af en begon me een pak slaag te geven. Ik raakte overstuur en haalde de trekker over...Ik was toen acht." Ze hield haar glas omhoog en keek erdoorheen. Robert leek vervormd en ver weg. De lamp gloeide dieper dan normaal, de dahlia leek te schitteren als een sterretje. Even ging Lulu rechtop zitten, om zich meteen weer tegen Robert aan te laten vallen. "Ik ben dronken...Maar ik hoor niets van de muziek die alle geheimen duidelijk maakt."

"Dat is niet voor beginners."

"Allicht," viel Lulu hem bij. "Waarom zou je meteen alles willen? Waar was ik ook alweer?"

"Je bent acht en je hebt zojuist je Oom Maurice neergeschoten."

"Er is niet zo veel meer te vertellen. Of eigenlijk — er is zoveel dat ik het niet onder woorden kan brengen. Ik kan er niet eens aan denken zonder dat ik buikpijn krijg." Ze leunde tegen Robert aan en hij streelde haar haren. "Ze hebben me naar het Staatsinstituut voor Jonge

Meisjes gestuurd — een heropvoedingsgesticht. Het was er afschuwelijk. Maar ik denk niet dat ik ergens anders heen had gekund. Tante
Flora wilde me natuurlijk niet meer hebben." Er blonken tranen in haar
ogen. Ze ging rechtop zitten en pakte haar glas. Leeg. Ze greep naar
de fles, aarzelde, schonk voorzichtig een centimeter drank in het glas,
voegde water toe en draaide het glas rond in haar handen terwijl ze de
amberkleurige rimpelingen op het oppervlak met haar ogen volgde.
"Dat is alles, Robert, tot ik op de universiteit arriveerde. Ik ben nergens
geweest, heb niets spannends gedaan. Ik ben — onervaren."

Robert nipte nadenkend aan zijn glas. Lulu bewoog en keek hem
aan. "En nu jouw verhaal."

"Er is niet veel te zeggen. Doorsnee familie, middelbare school, de
Universiteit van New York, geen broers of zussen. Na de dood van mijn
ouders ben ik naar het westen getrokken."

Lulu's ogen vielen dicht. De stem van Robert klonk steeds verder
weg. Ze voelde zich warm en loom, en emotioneel leeg na de stortvloed van tranen. Robert sprak verder, op een meditatieve toon, alsof
hij het tegen zichzelf had. "En dan nu de glorierijke toekomst. Heb je
weleens van de koraalkrab gehoord?"

"Nee," hoorde Lulu zichzelf zeggen.

"Als die heel klein is, kruipt hij in een geschikt stukje koraal weg, en
het koraal groeit om de krab heen, zodat hij de rest van zijn leven erin
vast zit... Ik heb mezelf goed voorbereid; ik ben van plan om me in te
nestelen in een goedbetalende baan zodat ik de rest van mijn leven dingen kan doen die me eigenlijk geen barst interesseren."

"Wat zou je dan willen doen, Robert?" Lulu's stem klonk gedempt
en slaperig.

Robert grinnikte zachtjes. "Wat ik moet doen."

Lulu mompelde iets dat noch Robert, noch zijzelf verstond. Robert
legde haar voorzichtig op de bank, trok haar schoenen uit en legde een
deken over haar heen.

Het licht ging uit. Van heel veraf hoorde ze hem in een stoel gaan
zitten; ze hoorde ijsblokjes tinkelen. Ze voelde hoe haar brein in haar
hoofd draaide als een spiraalnevel: de Grote Nevel in Andromeda,
draaiend, fonkelend, glanzend, eenzaam en indrukwekkend in de
immense duistere leegte van de ruimte.

Hoofdstuk IX

Toen ze wakker werd scheen de zon de kamer al binnen. Ze voelde zich onmiddellijk onbehaaglijk, en ging rechtop zitten. Ze was iets vergeten te doen, iets dringends, iets noodzakelijks... Ze keek naar de tafel. Leeg. Geen flessen, geen glazen. Ze wreef over haar voorhoofd en streek met haar vingers door haar haren. Ze luisterde. Stilte.

Ze stond op en keek de slaapkamer in. Geen Robert. Lichtelijk verward liep ze verder naar de badkamer, waar ze haar gezicht waste, haar mond uitspoelde en zich kamde. Toen ging ze naar de keuken, pakte de koffiepot en zette deze op het fornuis.

Een paar minuten later kwam Robert binnen, met een tas vol boodschappen. Hij zag een beetje bleek, maar Lulu merkte op dat hij netjes geschoren was.

Ze pakte de boodschappen uit: ontbijtspek, eieren, grapefruits, verse donuts. "Robert," zei Lulu, "jij bent een dichter. Alleen iemand met een scherp waarnemingsvermogen en een gevoelig hart weet zo precies hoe hij binnen moet komen."

"Ik wist wel dat je honger zou hebben," zei Robert.

"Maar ik ben een waardeloze kok."

Na die ochtend hoorde of zag Lulu Robert nauwelijks, maar geleidelijk aan pakten ze hun relatie weer op. Tijdens de kerstvakantie nam Lulu een baantje aan in een ski-resort, waarna het lentesemester begon; haar laatste voor het afstuderen.

Op 18 april werd Lulu eenentwintig. Het was een heldere, zonnige zaterdag. Robert had haar die dag vroeg opgehaald; ze reden samen naar het zuiden, eerst naar Monterey, en toen nog verder, voorbij

Carmel en langs een eenzame kustweg tot aan Big Sur. Ze dineerden bij Nepenthe, op een open terras met uitzicht over de oceaan. Robert bestelde champagne. "Robert," verklaarde Lulu openlijk verbijsterd, "ben je gek geworden? Acht dollar per fles?"

"Vergeet niet dat ik een dichter ben. Wat betekent geld nu helemaal? De banken zitten er vol mee."

"Je bent een vreemde vogel, Robert... Af en toe denk ik dat je niet helemaal goed bij je hoofd bent."

Robert haalde zijn schouders op. "Ik zal de laatste zijn om dat tegen te spreken."

Lulu speelde met het champagneglas. "Robert — vorige week heeft iemand mij ten huwelijk gevraagd."

"En?"

"Ik heb nee gezegd."

"Was hij een goede partij? Misschien heb je een fout gemaakt."

"Misschien." Lulu draaide haar glas rond. "Het kan me niet zo veel schelen of ik ooit zal trouwen of niet. Mannen betekenen niet veel voor me. Misschien geef ik te weinig om seks. Of anders..."

"Of anders wat?"

"Misschien ben ik verliefd op een ander."

"Hm... Op wie dan wel?"

"Op jou uiteraard."

Robert trok een grimas. "Dat is een vergissing."

Lulu glimlachte bleekjes. "Ga je mij ooit ten huwelijk vragen?"

"Nee," zei Robert.

"Wel, dat lijkt me duidelijk genoeg."

"En weet je waarom? Omdat ik niet goed genoeg ben voor iemand als jij. Dat is de eerste reden."

"Kom op, zeg, Robert. Wat een ouderwets idee. Een vrouw op een voetstuk."

"Geen voetstuk. Ik ben zelf gewoon heel erg laag-bij-de-gronds. Ik ken mezelf, jij kent mij niet. Ik ben gewoon niet goed genoeg voor jou."

"Maar ik vind van wel, Robert, en is dat niet waar het vooral om gaat?"

"Nee." Robert leunde achterover in zijn stoel. "Elke keer dat ik bij je in de buurt ben, voel ik me schuldig. Jij bent mooi, goed, lief en vriendelijk—"

"Hou op. Dat ben ik helemaal niet. Je kent me gewoon nog niet goed genoeg. Robert, ben je dronken of ben je echt niet goed snik?"

"Nee, ik ben niet dronken. En ik geloof niet dat ik gek ben. Ik ken mezelf redelijk goed, en ik mag mijzelf niet. En elke keer dat ik bij je ben — soms kan ik dat nu eenmaal niet laten — krijg ik een grotere hekel aan mezelf."

"Ik moet zeggen dat je een raar geval bent, Robert." Lulu dronk met een zwierig gebaar haar glas leeg. "Ik denk dat ik me ga bezatten," zei ze nonchalant.

"Je neemt me niet serieus."

"Dat doe ik wel. Stel dat ik iets vreselijks deed — iets verdorvens! Zou je je dan beter voelen?"

Robert lachte. "Misschien wel."

"Ik moet er even goed over nadenken…Om te beginnen zou ik die man daar kunnen verleiden. Wacht jij in de auto?"

"Ja. Nee. Verdraaid nog aan toe, jongedame, je zit gewoon de spot met me te drijven!"

"Wat heb je in vredesnaam voor iets afschuwelijks gedaan?"

"Wil je echt de waarheid weten over mijn karakter?" Robert likte zijn lippen en keek haar aandachtig aan.

Lulu lachte nerveus. "Ik denk dat ik beter meteen het allerslechtste kan horen."

"Goed dan, luister maar. Ten eerste ben ik toen ik — wel, ik denk een jaar of veertien was, stiekem in de auto van mijn vader gestapt. Ik had een paar glazen op en reed als een gek. Ik denk dat ik zeker vijfenzeventig reed, en ik heb een oude zwarte vrouw aangereden — het was donker en ik had haar niet gezien — en ik ben gewoon doorgereden. Ze hebben me nooit te pakken gekregen, maar mijn geweten liet me niet met rust. Heel lang heb ik mezelf proberen voor te houden dat het niets uitmaakte. Ze was dood, en waarom zou ik stoppen en mezelf al die ellende op de hals halen? Maar ik wist natuurlijk wel dat ik fout zat. Moord. Ik was een slecht mens, en ik wist het. Door en door verdorven. En dat was nog maar het begin. Al snel besloot ik dat als ik toch nooit zou kunnen deugen, dat ik dan net zo goed *helemaal* los kon gaan. Mijn vader werkte voor de gemeente bij de centrale garage. Ik maakte een kopie van zijn sleutel van de opslag en op een vroege ochtend stal ik

een vrachtauto, laadde die vol met kisten reserve-onderdelen: zuiger-
ringen, bougies, condensatoren, spoelen. Ik verkocht de hele lading
voor driehonderdvijftig dollar. Het grote werk, en dat terwijl ik nog op
de middelbare school zat. Marcia Hendriks was verliefd op mij. Ik zei,
laten we ervandoor gaan en gaan trouwen. Dus dat deden we. We logen
over onze leeftijd en trouwden in New York.

"Dat hele huwelijk heeft precies drie dagen standgehouden — het
weekend. We kregen ruzie. Ik zei tegen haar: 'Als je er zo over denkt, dan
moeten we de hele zaak maar vergeten — de trouwakte verscheuren.'

" 'Vergeten? Hoe kan dat nu, na alles wat er gebeurd is?'

"Ik zei: 'Ik zal je laten zien hoe we dat doen.' En ik verscheurde de
akte, terwijl Marcia krijsend en huilend stond toe te kijken.

"Een jaar later wilde ze echt trouwen — met een ander, uiteraard. Ze
vroeg mij of ik het huwelijk nietig kon laten verklaren, of anders wilde
toestemmen in een echtscheiding. Ik zei dat ze niet zo burgerlijk moest
doen, en gewoon moest trouwen. Dat deed ze ten slotte ook, maar
uiteraard kwam iemand er uiteindelijk achter, en de hel barstte los.
Niet voor mij, overigens. Ik woonde toen al in de Bronx, bij mijn oma.
Marcia's echtgenoot maakte misbaar, dreigde me neer te knallen. Maar
toen hij me uiteindelijk kwam opzoeken was hij beleefd en vriendelijk;
hij wilde alleen maar praten, de zaak schikken. Hij was echt een slappe-
ling. Maar goed, zij kreeg haar echtscheiding, en ik besloot me aan te
melden bij de Universiteit van New York.

"En toen kwam de volgende stap. Operatie Grootmoeder. Dat oude
mens was zo gierig als de pest. En ik had geld nodig. Oma zei dat ze
het zich niet kon veroorloven om mij geld te lenen. Ze was lid van
de Zweedse Lutheraanse Kerk en ze stond erop dat ik elke zondag
met haar meeging. Mijn grootmoeder was een bekrompen vrouw en
alcohol tolereerde ze absoluut niet. Dus op een mooie zondagochtend
dronk ik een paar glaasjes en zei dat ik klaar was om naar de kerk te
gaan. Oma liep paars aan. De schande! Ik kon in mijn toestand niet in
de kerk verschijnen! Ze zou de rest van de kerkgangers nooit meer in
de ogen durven te kijken! Ik zei dat dat dan jammer was voor haar, maar
dat alle kinderen van God het recht hadden naar de kerk te gaan, dronken of nuchter, en dat ik van plan was om die ochtend in het openbaar
mijn zonden op te biechten. Ik was dronken omdat ik depressief was,

en ik was depressief omdat ik blut was. Als ik elke paar weken ergens honderd dollar vandaan kon halen, dan hoefde ik niet meer zo veel te drinken. Oma zei dat ik per direct kon vertrekken. Ik antwoordde dat ik dan naar de kerk zou gaan, en dat ik mij voor de ogen van de hele gemeente voor de kop zou schieten. Oma schreef een cheque uit van duizend dollar. 'Pak aan, en maak dat je wegkomt.' Ik nam het geld aan en vertrok. Maar ik liet haar niet met rust. Ik ging elke twee of drie weken naar de kerk en ging naast haar zitten. Ze wist nooit of ik mezelf die dag misschien in het openbaar wilde doodschieten, dus elke keer dat ze me zag kwamen de cheques tevoorschijn. Ze overleed in mijn tweede jaar en liet al haar geld aan de kerk na." Robert schudde zijn hoofd en grijnsde wrang. "Dat was het zo ongeveer. Moord, diefstal, bigamie, afpersing. Wist ik dat ik fout zat? Natuurlijk wist ik dat."

Lulu zweeg enkele ogenblikken. Toen zei ze: "Je bent werkelijk een uniek geval, Robert."

"Het is nogal wat, ja."

"Ik weet eigenlijk niet wat ik hierop moet zeggen. Ik heb zelf natuurlijk ook iemand vermoord."

"Dat is waar."

"Maar toch — je schildert jezelf slechter af dan je bent."

"Integendeel, ik heb mezelf nog niet slecht genoeg afgeschilderd."

"Jeugdzondes, een moeilijke pubertijd, overgevoeligheid, een psychotische overmaat aan schuldgevoel…"

"En daarbovenop nog simpelweg waardeloos."

Lulu lachte triest. "Ik weet echt niet wat ik moet zeggen. Behalve dan wat jou en mij betreft — wat maakt het uit?"

Robert schudde zijn hoofd. "Het is moeilijk uit te leggen. Het gaat erom dat je meer in het leven verdient dan mij. Ik heb dat schuldgevoel inmiddels min of meer onder controle; ik heb niet meer zo de neiging om alsmaar te willen bewijzen dat ik slecht ben. Maar als ik met jou zou trouwen — dan zou ik niet met mezelf kunnen leven."

Lulu zei nadenkend: "Ik ben bang dat ik het niet echt begrijp, Robert. Niet helemaal. Maar je had me dit alles eerder moeten vertellen. Dan hadden we er samen aan kunnen werken."

"Ik heb nooit geweten dat je interesse had in mij."

"Dat is een slappe smoes, Robert. Je weet wel beter."

De rit terug naar Berkeley was lang en er werd niet veel gesproken. Robert stopte voor het appartement van Lulu en ze leunde naar hem over. "Het moet uit zijn met al die onzin, Robert. Tenzij je niets om mij geeft, natuurlijk."

"Ik geef wel om je."

"Dan begint hier je nieuwe therapie."

Robert zuchtte. "Als je erop staat." Hij kuste haar.

"En? Voel je je schuldig?"

"Welterusten, Lulu."

"Ja," zei Lulu. "We kunnen maar beter afscheid nemen."

Een maand later ontving Lulu een aangetekende brief uit Japan. Deze was in eerste instantie per adres Belvedere Street 2413 verzonden, doorgestuurd naar de jeugdgevangenis, daarvandaan naar de universiteit en uiteindelijk naar Lulu's huidige adres.

Met trillende vingers en haar hart in haar keel scheurde Lulu de envelop open en trok het ingesloten blad eruit.

Haar oog viel op het briefhoofd: Matsuoka & Kuse, Notariskantoor, Tokyo.

"Geachte Juffrouw Enright," begon de brief. "Op verzoek van uw vader, die mijn gewaardeerde vriend en cliënt was, stuur ik u bij deze de ingesloten brief die geheel voor zichzelf spreekt. Hoogachtend, Toshio Matsuoka."

Een tweede brief was bijgesloten, in zwarte inkt in een ferm, rond handschrift dat Lulu een ogenblik lang dertien jaar terugvoerde, naar de naar ceder geurende oude pastorie in Onomichi.

Mijn liefste Luellen:

Ik zit hier aan mijn oude bureau een brief te schrijven aan de toekomst; ik adresseer de elegante jongedame die mijn kleine meisje ongetwijfeld gaat worden. Het is een vreemd gevoel: zoet en weemoedig tegelijk. Het idee om deze brief te schrijven kwam zojuist in mij op, toen ik door de hordeur naar buiten keek, waar jij in de zon speelt met Skip en Lapje, je kitten en je pop. Ik zal je over de jaren heen toespreken, aangezien ik weet dat ik daar in de toekomst niet meer toe in staat zal zijn.

God is mij goed gezind geweest, mijn lieve Lulu. Hij schonk mij je moeder, en Hij schonk mij jou; maar nu heeft Hij in Zijn oneindige wijsheid besloten dat ik deze wereld zal moeten verlaten, en ik moet gehoorzamen. Niettemin zou ik willen dat mij meer tijd gegund was. Er zijn honderden zaken die ik je zou willen vertellen, maar ik ben er zeker van dat de wijze lessen van je achtenswaardige Tante Flora — die boven alles altijd correct is — meer nut zullen hebben in je huidige leven dan mijn loze woorden.

Ik zou je zo graag willen zien — de jonge vrouw tot wie ik mij nu richt. Ik vraag me van alles af — maar tegelijkertijd hoef ik maar naar je te kijken om de belangrijkste dingen over je te weten. Hoe kun je anders zijn dan goed, liefdevol en vriendelijk? Op dit moment, terwijl je Skip aait en Lapje wiegt, zie ik hoe zachtaardig en liefdevol je bent. En ik zou wel de laatste zijn om geld gelijk te stellen aan levensgeluk, maar ik vertrouw erop dat de kleine nalatenschap die ik je kan schenken jou — en uiteindelijk ook je echtgenoot en je kinderen — zal kunnen vrijwaren van al die kleine irritaties die je moeder en ik helaas maar al te vaak ervaren hebben. Ik schat dat je vermogen volgens de huidige koers ongeveer twaalfduizend dollar moet bedragen, en ik heb je Tante Flora gevraagd om het geld voorzichtig en behoudend te beleggen. In de afgelopen dertien jaar moet er zeker nog drie- of vierduizend dollar bijgekomen zijn.

Wat de vaas betreft, weet ik niet of je je de historie ervan nog herinnert. Je grootvader heeft haar verkregen op een manier die, zo vrees ik, niet helemaal legitiem is geweest. Ik heb me echter altijd resoluut voorgenomen om niet te diep te graven. (Een interessant idee: alle eigendommen in de wereld zijn in de grond genomen onrechtmatig verkregen — zonder uitzondering. Ik bedoel hiermee dat ieder eigendom, ongeacht wat de wet ervan zegt, uiteindelijk ergens in de geschiedenis op gewelddadige manier verkregen zal zijn. Maar dit terzijde.)

Terug naar de vaas. Die is authentiek, en ik denk dat je inmiddels wel zult weten hoeveel ze waard is — zelf kan ik daar niet eens naar raden. Zeker tienduizend dollar. Misschien wel vijftien, twintig of nog meer, afhankelijk van de omstandigheden. Ik heb het vermoeden dat het Keizerlijk Hof van Japan weleens de hoogste

bieder zou kunnen zijn, aangezien, zoals je je misschien zult her-
inneren, een identiek exemplaar op een ereplaats in het Keizerlijk
Museum staat.

Geniet alsjeblieft van het geld, en dan zal ik delen in je vreugde.
Als je meer geld nodig hebt, moet je de vaas verkopen. Het is zin-
loos om sentimenteel gehecht te zijn aan een dood voorwerp. Ik
weet dat je Tante Flora de vaas altijd al heeft willen bezitten; als
zij de vaas wil kopen, dan moet je haar niet sparen. Sta erop dat
ze het hoogste bod overtreft. (Beste Flora, als jij deze brief toevallig
ook te lezen krijgt, dan moet je het mij maar niet kwalijk nemen.
Ik ben van mening dat ik Lulu moet aanmoedigen om haar ver-
stand boven haar hart te stellen. Als ze ook maar een klein beetje
op haar moeder lijkt, dan zal dit haar grote moeite kosten.)

Wel, mijn lieve kleine dochter — momenteel ben je geloof ik
rijmpjes aan het voorlezen aan Lapje — over de jaren heen spreekt
je vader je toe, en wenst je vrede en de zegeningen van een gelukkig
en creatief leven. De zon zal schijnen en er zal regen vallen; God
bestaat en is goed, en ik weet zeker dat ik vanuit een andere wereld
op je neerkijk terwijl je dit leest, en dat ik zal meegenieten van de
goede dingen in jouw leven. Verspil dus maar geen tranen aan je
sentimentele oude vader.

Ik zend je al mijn liefde, en ik hoop dat je gelukkig bent,

Kenneth Enright
De Pastorie, Onomichi,
2 april 1948

Lulu bleef doodstil zitten. Ze herlas de brief, en ondanks de uit-
drukkelijke vermaning van haar vader stroomden de tranen over haar
wangen. Ze bleef geruime tijd op de bank liggen terwijl ze uit het raam
keek naar de blauwe lucht tussen de bladeren van de eucalyptus. Als
haar vader haar werkelijk kon zien, zoals hij zo overtuigend beweerde,
dan zou hij waarschijnlijk niet zo verheugd zijn als hij destijds had
gehoopt.

Lulu ging rechtop zitten — plotseling woedend. Flora Brewer had
nooit iets gezegd over twaalfduizend dollar. Waar was dat geld? En de
vaas: die had ze zich toegeëigend zodra — nee, zelfs voordat — Lulu

haar koffer had uitgepakt. Lulu herinnerde zich nog levendig hoe Tante Flora en Oom Maurice die ochtend, dertien jaar geleden, haar hutkoffer hadden opengemaakt en de vaas hadden gepakt... Lulu liep naar de telefoon en belde Robert.

"Hallo."

"Robert, kun je hierheen komen? Er is iets heel vreemds gebeurd."

"Vreemd? Wat bedoel je precies?"

"Ik heb zojuist een brief gekregen. Van mijn vader."

"Je vader! Ik dacht dat die dood was."

"Ja, hij is dood. Het is een soort postuum bericht. En ik ben er helemaal van in de war."

"Ik kom er direct aan."

Robert las de brief, bekeek de envelop en las de brief nogmaals. "Hij leek me een aardige vent. Misschien een beetje wollig."

"Dat zijn negen van de tien zendelingen."

"Je tante heeft het nooit over die twaalfduizend dollar gehad?"

"Nooit."

"En de vaas?"

"Ze heeft me wijsgemaakt dat mijn vader die aan haar had gegeven."

"Hm. Je tante lijkt me nogal — eigenaardig."

"Eigenaardig is het goede woord." Lulu pakte de telefoon. "Ik ga het meteen uitzoeken." Ze belde de telefooncentrale.

"Informatie," zei een stem.

"Het huis van mevrouw Maurice Brewer, Belvedere Street 2413, San Francisco."

"Het nummer is GRanada 5-9690."

Lulu draaide weer een nummer. Ergens aan de andere kant van de baai ging een telefoon over.

Flora nam zelf op. "Hallo?"

Lulu kreeg kippenvel bij het horen van de stem die ze zich nog zo goed kon herinneren. Ze wist haar eigen stem echter in bedwang te houden. "Tante Flora? U spreekt met Lulu. Lulu Enright."

Flora's stem klonk meteen afstandelijk, overdreven beleefd. "Wel, wel. Wat een verrassing om van jou te horen."

"Ja, het is lang geleden."

"Hoe gaat het nu met je?" Flora's stem klonk nu mierzoet.

"Uitstekend. En met u?"

"Mijn gezondheid laat niets te wensen over. Het zal de jongens zeker interesseren dat je hebt gebeld. En ben je — eh doe je —"

"Ik studeer over een maand of twee af aan de universiteit," zei Lulu op heldere toon.

"Werkelijk! Dat is geweldig. Ik had geen idee dat, nu ja, onder de omstandigheden —"

Lulu uitte een opzettelijk onecht lachje. "O, inderdaad. En Kendall en Oliver zijn natuurlijk al langer van school, nietwaar?"

"Ze zijn allebei uitstekend terechtgekomen. Kendall is in zaken, en hij heeft inmiddels een heel goede naam opgebouwd. Hij en zijn vrouw wonen hier niet ver vandaan in een nieuw huis."

"Kendall is getrouwd?"

"Zeker, hij is al — al een paar jaar getrouwd. Hij en zijn vrouw hebben twee schatten van kinderen."

"En Oliver — zei u nu dat hij voor zijn doctoraal bezig is?"

"Nee." Flora's stem werd scherper. "Oliver heeft het een jaar of twee geprobeerd op Stanford, maar toen kreeg hij een aanbod van Baker & Stevens dat hij gewoonweg niet kon weigeren. Hij gaat binnenkort ook trouwen, met een meisje uit een rijke, oude familie."

"Over rijkdom gesproken," merkte Lulu op, "aangezien ik nu eenentwintig ben, en dus meerderjarig, denk ik dat het tijd wordt dat ik zelf het geld ga beheren dat mijn vader mij heeft nagelaten. Twaalfduizend dollar plus wat de rente dan ook precies mag zijn."

Even was het stil. Toen lachte Flora toegeeflijk. "Mijn lieve kind! Er is helemaal geen geld voor je."

"En mijn vaas, uiteraard. Ik heb begrepen dat die heel veel waard is. Wanneer kan ik die komen ophalen? Als het u schikt, kom ik vandaag nog langs."

"Ik vrees dat je je vergist. Ik heb die vaas van je vader gekregen, zoals je moeder en ik al heel lang geleden overeengekomen waren."

"Eerlijk gezegd, Tante Flora, denk ik dat u degene bent die zich vergist. Ik heb hier een brief van mijn vader, die hij kort voor zijn dood heeft geschreven. Daarin staat niet alleen dat de vaas mij toebehoort, maar ook dat hij u twaalfduizend dollar heeft gestuurd om in mijn naam te beleggen."

Flora's stem was nu hard als staal. "Ik hou er niet van om oude wonden open te rijten, Luellen, maar ik denk dat het verstandig is om de situatie meteen helder neer te zetten. Ten eerste is die vaas van mij, en daar wens ik verder niet over in discussie te treden. En wat dat geld betreft, moet je goed onthouden dat jij mijn echtgenoot hebt doodgeschoten. Hij stond op het punt om veel geld te verdienen — veel meer dan die twaalfduizend dollar van je vader. Als gevolg van jouw daad hebben mijn zoons en ik niet alleen een vader en echtgenoot verloren, maar ook het geld dat hij op het punt stond te verdienen. Daarnaast hebben we een groot aantal onkosten gemaakt. Jouw vader heeft dat geld aan mij gegeven om naar eigen inzicht te gebruiken — en ik heb daar overigens schriftelijk bewijs van. Ik heb het geld gebruikt om mijzelf, Kendall en Oliver te compenseren voor het verlies dat wij door jouw schuld geleden hebben. Vierduizend dollar per persoon. Ik verzeker je dat we alle drie van mening waren dat het geld ons niet voldoende kon compenseren voor het enorme verlies. En zo staan de zaken nu. Je hebt geen enkel recht; jouw vader heeft mij het absolute beheer over dat geld gegeven. Ik moet je dus aanraden om deze hele zaak zo snel mogelijk te vergeten."

"Hm," zei Lulu. "Om een lang verhaal kort te maken: u bent niet van plan om mij mijn geld, of mijn vaas, terug te geven."

"Het is niet jouw geld, en het is ook niet jouw vaas."

"Tante Flora, u heeft noch het wettelijke, noch het morele recht om mij mijn eigendommen af te nemen. Wat ik ook gedaan heb, per ongeluk, toen ik een bang en hysterisch klein meisje was —"

"Maar je bent niet langer een bang en hysterisch klein meisje, Luellen. Of het nu per ongeluk was of niet, het feit blijft dat jij verantwoordelijk bent voor de dood van mijn echtgenoot Maurice en de daaropvolgende ontberingen; jij zult daar de consequenties van moeten aanvaarden. En dat is mijn laatste woord over dit onderwerp."

Lulu staarde naar de telefoon die klikte, waarna er een kiestoon te horen was.

Robert keek haar peinzend aan. "En?"

"Niets. Het geld is compensatie voor het doodschieten van Oom Maurice, en de vaas was om te beginnen niet mijn eigendom — zegt ze."

Robert gromde: "Wat een vreselijk mens."

"Ja," zei Lulu toonloos. "Ze is hard en egocentrisch."

"Wat ga je nu doen?"

"Ik ga zorgen dat ik mijn geld en mijn vaas terugkrijg. Het liefst op een legale manier."

Dezelfde middag nog bezocht Lulu een advocaat, die haar niet veel hoop kon bieden. "Uiteraard kunt u proberen het geld op te eisen — maar het zou me verbazen als u zelfs maar een dubbeltje kunt krijgen. Uw vader is blijkbaar zo onverstandig geweest om uw tante het volledige beheer over het geld toe te kennen. Ze kan beweren dat ze alles verloren heeft door op de paarden te wedden, en dan nog heeft u geen been om op te staan. Wat die vaas betreft, die is in haar bezit. En hoewel bezit niet alles is wat de wet betreft, is dat wel een belangrijk gegeven."

Eenmaal thuis belde Lulu Robert. "De advocaat denkt niet dat ik veel kans maak."

"Ik denk het ook niet," zei Robert. "Wat raadde hij aan?"

"Niets. Hij zei dat ik de zaak beter kon vergeten."

"En ga je dat ook doen?"

Lulu snoof. "Nee, in geen geval!"

Nadat ze had opgehangen ijsbeerde ze enige tijd door de kamer en liep toen naar haar bureau om een brief te schrijven aan de heer Kendall Brewer. Ze zocht zijn adres op in het telefoonboek en verstuurde de brief.

Vier dagen later ontving ze een antwoord, in uiterst formele taal.

Geachte Juffrouw Enright:

Ik heb de inhoud van uw brief besproken met mijn moeder, en ik moet u mededelen dat ik het volledig eens ben met haar standpunt. Ik zie hoegenaamd geen heil in het door u voorgestelde persoonlijke gesprek. Sterker nog, als ik zo vrij mag zijn om mijn eigen emoties te uiten, dan ben ik van mening dat u zich moet schamen dat u over geld durft te beginnen. Mijn vader heeft u in zijn huis opgenomen, en als dank voor zijn goedheid heeft u hem zonder pardon in de rug geschoten. Zelfs als men rekening houdt met uw jeugd, en het feit dat u zogenaamd 'hysterisch' was, dan nog is dit een lafhartige daad.

Om kort te zijn, deel ik u mede dat ik niet van zins ben om u te

helpen of te steunen in uw pogingen om geld te vorderen van mijn
moeder, mijzelf of mijn broer. Integendeel, zelfs.
	Hoogachtend,

Kendall Brewer

Lulu glimlachte bitter. Ze dacht terug aan Kendall zoals hij dertien jaar geleden geweest was — lang, somber, met de afgemeten,
bitse uitdrukking van iemand die chronisch verstopt zit. Zelfs toen
was Kendall al waardig en zelfverzekerd overgekomen. "Opgeblazen
kwal," mompelde Lulu terwijl ze de brief een tweede keer las. Haar
oog viel op een bepaalde uitdrukking. Ze fronste, herlas de zin, dacht
na. Vreemd. Maar waarschijnlijk was het niet meer dan een manier
van spreken.

Ze gooide de brief opzij en pakte haar boeken — de laatste tenta-
mens kwamen eraan. Maar ze kon zich niet concentreren. Ze pakte de
brief op en bestudeerde hem aandachtiger. Ze stond op, liep heen en
weer, en omdat ze zich toch niet kon concentreren trok ze haar jas aan,
verliet haar appartement en nam de bus naar San Francisco.

Op het kantoor van de San Francisco *Examiner* raadpleegde ze
de archieven van dertien jaar geleden, en terwijl ze las ervoer ze een
eigenaardige sensatie: onwerkelijkheid en een lichte duizeligheid, die
overgingen in een onbekende emotie die haar keel dicht leek te knij-
pen: een mengeling van verdriet en woede, enorm zelfmedelijden, het
gevoel van een onherstelbaar verlies.

Ze keerde terug naar de overkant van de baai, ging haar appartement binnen en liet zich slap op de bank vallen. Ze staarde lange tijd
voor zich uit en pakte uiteindelijk de telefoon.

Hij ging drie keer over, en toen nam Robert op. "Hallo?"

"Hallo," zei Lulu. "Ik ben het. Kun je komen?"

"Natuurlijk. Wat is het probleem?"

"'Probleem'?"

"Ja. Je klinkt nogal mat."

"Ik voel me anders allesbehalve mat."

"Is dat zo? Ik kom eraan."

Toen hij aankwam zat Lulu op de bank. Ze stond op om hem binnen
te laten. Hij nam haar op met een snelle blik en keek om zich heen.

"Ga zitten," zei Lulu toonloos. "Ik had koffie moeten zetten. Dat doe ik nu even."

Robert keek zwijgend toe hoe Lulu het koffiezetapparaat aanzette. Ze kwam terug en ging op de bank zitten met de benen onder het lichaam gevouwen. "Kijk." Ze gaf Robert de brief van Kendall. Robert las hem. "Hm. Je neef Kendall, liefdevol en aanhankelijk."

"Zie je iets vreemds in de brief?"

Robert trok zijn wenkbrauwen op en las de brief nogmaals. "Hij lijkt een stijvere hark dan ik verwacht had."

"Hij zegt dat ik oom Maurice in de rug geschoten heb. Eerst dacht ik dat dat gewoon een manier van spreken was — een overdrijving... Ik ben naar het kantoor van de *Examiner* gegaan en heb het artikel in de archieven opgezocht. Wat er zo ongeveer stond was: 'Maurice Brewer, bekend societyfiguur, lid van diverse clubs en een belangrijke figuur in de financiële wereld, is gisteren per ongeluk in de nek geschoten door zijn acht jaar oude nichtje Luellen.' Het punt is, dat ik Oom Maurice niet in de nek geschoten heb, niet voor en niet achter." Ze leunde voorover. "Ik zie de hele situatie nog glashelder voor me. Hij kwam op me af, ik zwaaide met het geweer en het ging af. Ik had hem in het been kunnen raken, of zelfs in zijn buik. Maar zeker niet in zijn nek. In werkelijkheid heb ik misgeschoten. Iemand anders heeft hem doodgeschoten, en heeft mij laten opdraaien voor iets dat ik niet gedaan heb." Tranen sprongen in haar ogen. "Al die verschrikkelijke jaren... voor niets!"

Robert maakte aanstalten haar hand te pakken, maar hield zich in.

"En nu," zei Lulu, "weigeren ze mij te geven wat mijn vader me heeft nagelaten. Zij wisten wie Oom Maurice heeft doodgeschoten; ze waren maar al te blij dat ze mij de schuld konden geven. En nu weigeren ze om mij mijn vaas te geven, of mijn geld."

Robert knikte langzaam en bedachtzaam. "Ga je naar de politie?"

"Wat schiet ik daarmee op?" vroeg Lulu.

"Waarschijnlijk niets."

"Precies."

"Dus wat denk je dat je gaat doen?"

"Ik weet het niet. Maar ik zal krijgen waar ik recht op heb." Lulu's stem trilde van de emotie. "Hoe dan ook zal ik krijgen waar ik recht op heb. Het kan me niet schelen hoe, het kan me niet schelen of het me de rest van mijn leven zal kosten." Ze lachte vreugdeloos. "Ik heb me nooit eerder zo gevoeld; het is geen fijn gevoel. Ik wil iemand pijn doen — net zo veel als ze mij pijn gedaan hebben…Je zult me wel slecht vinden."

"Nee," zei Robert. "Natuurlijk niet. In feite —" weer bewoog hij zijn hand alsof hij de hare wilde pakken, en weer hield hij zich in "— ik zal je helpen. Als je mijn hulp wil hebben."

Lulu schudde treurig haar hoofd. "Je kunt je maar beter niet met mij inlaten, Robert. Ik weet niet wat ik ga doen. Of hoe…Je zou de ideeën die in me aan het opkomen zijn niet leuk vinden."

"Laat maar horen. Ik heb ervaring met slecht gedrag."

"Maar het kan maanden gaan duren, Robert. Of zelfs jaren!"

"Twee weten meer dan een, om er maar eens een cliché tegenaan te gooien."

"Maar —"

Robert liet haar niet uitpraten. "Laten we het zo stellen. Als we geld los weten te krijgen, dan kun jij mij betalen — en je mag zelf bepalen hoeveel mijn hulp waard is."

Lulu lachte. "Van mij mag je de helft hebben, Robert. Ik wil het geld niet voor mezelf — ik wil gewoon dat de Brewers het niet meer hebben. Het is mijn geld…"

Robert knikte. "Dat begrijp ik wel. Maar de helft is te veel. Tien procent is genoeg."

"Het is niet van belang," zei Lulu. "Je moet goed beseffen dat het me niet kan schelen hoe ik dat geld te pakken krijg. Ik zal elke methode aangrijpen, elk wapen — het kan me niet schelen hoe verwerpelijk, crimineel of immoreel."

Robert grijnsde vreugdeloos. "Ik kan misschien wel wat aanvullingen bedenken… In de grond genomen deug ik zelf ook niet."

"Als je het mij maar niet verwijt als je in de gevangenis belandt, Robert." Ze liep naar de keuken en bracht de koffie naar binnen. Ze gingen op de bank zitten om hem op te drinken. Lulu slaakte een beverige zucht. "Ik heb nooit geweten wat het is om te haten. Ik wist niet eens wat het woord betekende. Kendall. Oliver. Tante Flora. Ze hebben mijn geld en mijn vaas. En een van hen heeft Oom Maurice vermoord — en mij er negen lange jaren voor laten lijden."

Robert maakte een ongemakkelijke beweging. "Weet je het absoluut zeker?"

"Absoluut. Ik had dat geweer nauwelijks opgetild toen het afging." Ze sloot haar ogen. "Ik zie het voor me, ik kan het voelen…"

Ze bleven een paar minuten zwijgend zitten. Toen lachte Lulu onzeker. "Het lijkt allemaal zo onwerkelijk, zo melodramatisch. Ik heb geen idee hoe ik zoiets als dit moet aanpakken."

"De gebruikelijke methode," zei Robert, "is om de zwakheden van de persoon die je wilt oplichten uit te buiten. Dus de eerste stap —"

"Natuurlijk! Eerst moet je de mensen bestuderen, en erachter zien te komen wat hun zwakheden zijn."

"Precies."

Lulu schudde haar hoofd. "En dat terwijl ik vlak voor mijn eindexamen zit."

Robert stond op. "Laten we deze hele affaire verdagen tot na het eindexamen."

Met tegenzin stemde Lulu daarmee in. "Als het me lukt."

Hoofdstuk X

Een week na de eindexamens en de promoties trof Lulu Robert in een koffiebar in het North Beach district van San Francisco. Het was laat in de middag en het was niet druk. Lulu kwam als eerste binnen, ging aan een tafeltje zitten en bestelde thee. Een paar minuten later verscheen de slanke gestalte van Robert in de deuropening. Hij bleef aarzelend staan en keek het lokaal in. Toen hij Lulu ontwaarde liep hij naar haar toe en bleef naast haar staan. Hij keek omlaag.

"Wat heb jij met jezelf gedaan? Ik herkende je bijna niet."

"Niet echt veel. Het is vooral een verschil in houding. Ik ben vrouwelijker geworden, en de rest zijn alleen maar kleinigheden. Een simpel — en vrij prijzig — mantelpak. Een klein beetje make-up. Een beetje van dit, een beetje van dat."

"Ik heb het altijd geweten," zei Robert. "Maar het is nog nooit eerder zo duidelijk geweest."

"Wat?" vroeg Lulu, tevreden over de indruk die ze blijkbaar gemaakt had.

"Je bent een tovenares. Je bent een prachtige, blonde tovenares."

Lulu glimlachte. "Ga zitten, Robert."

Robert ging zitten en trok een vel papier uit het borstzakje van zijn colbert. "Hier is het dossier over Oliver. Maar er is nog wel iets dat mij dwars zit. Moeten we die arme sloeber niet een kans geven om nee te zeggen voordat we hem gaan aanpakken?"

"Dat heb ik al gedaan," zei Lulu. "Weken geleden zelfs. De dag nadat ik van Kendall gehoord had. Ik heb hem opgebeld en gewoon botweg om mijn geld gevraagd."

"En wat had hij daarop te zeggen?"

"Hij zuchtte en bromde op een nietszeggende manier. Hij lijkt wat minder zelfingenomen dan Kendall—maar het eindresultaat is hetzelfde. Hij zei dat ik niets op hem kan verhalen, dat al zijn geld afkomstig is van zijn moeder, en dat ik het met haar moest regelen." Lulu nam een elegant slokje van haar thee. "Ik heb hem gezegd dat ik dat zou doen. Hij leek nogal opgelucht."

Robert knikte grimmig. "In dat geval nemen we Oliver te grazen... Hier heb je de belangrijkste feiten. Oliver Brewer, 26 jaar. Werkzaam bij Baker & Stevens, Commercieel Verhuurbedrijf, als Assistent Account Manager. Blijkbaar heeft je tante hem aan die baan geholpen, want zijn collega's—de twee die ik gesproken heb althans—vinden hem geen knip voor de neus waard als vertegenwoordiger. Hij heeft een kajuit-jacht van twaalf meter bij de St. Francis Yacht Club liggen en staat erom bekend regelmatig met jongedames aan boord te verkeren. In feite is Oliver een echte playboy. Hij rijdt in een Sting Ray Corvette, is goed gekleed, houdt van een drankje. Over het algemeen kijkt men op hem neer, maar hij wordt getolereerd. Zijn op handen zijnde huwelijk met Consuelo McGavin is blijkbaar een society-evenement. Zij bulkt van het geld, geërfd van haar grootmoeder, en haar vader is miljonair. Ze is niet echt knap, afgaande op de foto's in de kranten, maar ook niet echt afstotelijk. Een heel goede partij voor Oliver."

"En de grote dag is—"

"30 juli. Gevolgd door een huwelijksreis door Zuid-Amerika."

Lulu knikte. "Ik snap dat Oliver denkt mijn geld nodig te hebben. Ik heb berekend wat hij mij schuldig is. Vierduizend dollar, vijf procent rente over dertien jaar: vijfenzeventighonderd, plus onkosten. Zeg maar achtenhalfduizend."

"Dat is een mooi rond getal."

Lulu keek hem plagerig aan. "Je grijnst als een wolf. Volgens mij vind je deze hele zwendel wel leuk."

"Het is beter dan werken."

"Laten we het hopen," zei Lulu bedachtzaam. "Ik heb dit extravagant dure mantelpak gekocht en nu ben ik bijna blut."

"Nu we het toch over die zwendel hebben—heb jij een idee hoe je het wilt aanpakken?"

"Zeker. Als Oliver mij niet herkent als zijn kleine nichtje Lulu, en als hij, nu ja, mij er aantrekkelijk vindt uitzien—"

"Dat kan niet anders, volgens mij."

"Dan kan ik misbruik maken van Olivers zwakheden. En wel op deze manier." Ze schetste haar plannen in algemene bewoordingen. "Uiteraard zijn er wat technische problemen." Ze beschreef ze.

Robert dacht na. "Ik denk dat we allereerst —" hij legde uit hoe hij een van de problemen die Lulu had voorzien meende te kunnen oplossen, en samen bedachten ze een aantal ingenieuze strategieën.

Oliver Brewer, nu 26 jaar oud, was opgegroeid tot een populaire en redelijk knappe vlotte jongeman die tot zijn verloving met Consuelo McGavin als een van de meest begeerde vrijgezellen van San Francisco werd beschouwd. Hij was lang, een beetje slungelig met een kort, vrij zacht bovenlijf, lange armen en benen; zijn gelaatstrekken waren aan de grove kant, in een gezicht dat, behalve bij de jukbeenderen, nogal smal was. Hij had bruin haar, steil en droog, dat nu al begon te wijken bij de slapen. Olivers gemakkelijke, ietwat zelfingenomen persoonlijkheid verleende zijn uitdrukking een mate van charme; hij was vrijgevig met geld en wist heel veel over allerlei zaken die in zijn vriendenkring belangrijk werden gevonden: restaurants, theaters, besloten clubs; zeiljachten, paarden, auto's, wijnen, sterkedrank en likeuren; *The New Yorker, Esquire, Playboy*; schandalen en mooie vrouwen; kunstenaars en hun studio's, devianten en hun salons; bohémiens en hun onderkomens; columnisten, society-schrijvers, progressieve jazzmuzikanten en nachtclubkomieken.

Oliver had zich om diverse redenen lang verzet tegen het huwelijk. Hij genoot van zijn vrijheid, verantwoordelijkheden irriteerden hem, en dan was er nog het ontluisterende voorbeeld van zijn broer Kendall, die lang voor zijn tijd saai en vermoeiend was geworden. Maar Consuelo McGavin was een bijzonder meisje. Ten eerste was ze belachelijk rijk; ten tweede was ze niet onknap, al was ze dan misschien wat zwaar in de heupen en de bovenbenen, en ten derde was ze de erfgename van een prachtig landgoed van honderdtwintig hectare in het Montaragebergte voorbij Hillsborough. Consuelo, Connie voor haar vrienden, was eerlijk gezegd vrij conservatief, zelfs een beetje ouderwets. Oliver hield zichzelf voor dat dat wel zou kunnen veranderen als ze eenmaal getrouwd waren. Het huwelijk was over twee maanden;

in de tussentijd genoot Oliver van zijn laatste dagen als vrijgezel. Hij durfde dit niet al te uitbundig te vieren; in een stad zo groot als San Francisco waren er overal ogen en oren. Maar zo af en toe, onder precies de juiste omstandigheden... Zo zag hij bijvoorbeeld op een middag, toen hij vanuit zijn kantoor de straat overstak naar de parkeerplaats, een prachtig blond meisje in een oude zwarte open sportwagen naast zijn Corvette geparkeerd staan. Ze zag er ongelukkig uit en had duidelijk problemen om haar auto te starten.

"Hallo, hallo," riep Oliver vrolijk. "Problemen?"

"Inderdaad," zei het meisje. "Bent u toevallig in de markt voor een gebruikte auto?"

"Natuurlijk," zei Oliver. "Ik verzamel antieke auto's; dat is een van mijn hobby's."

"U rijdt anders niet in een antiek exemplaar."

"Dit is een toekomstige klassieker. Geef hem nog een jaar of vijftig." Hij liep naar de sportwagen. "Wat is het probleem?"

"De startmotor lijkt het niet te doen."

"Lege accu waarschijnlijk. Geen probleem. Ik vraag Hank of hij hem even snel oplaadt, en dan kunt u zo weer wegrijden."

"O, zou u dat voor mij willen doen?" Het meisje keek Oliver met zoveel smeltende dankbaarheid aan dat hij er duizelig van werd.

"Jazeker," zei Oliver. "Dat zou ik, en dat zal ik. Maar, uh — het gaat wel een uurtje of twee duren. Kan ik u ondertussen ergens heen brengen?"

"Nee, dank u. Ik blijf gewoon in de auto zitten."

Oliver likte zijn lippen en keek om zich heen over de parkeerplaats. "Hier aan de overkant is een cocktailbar. We zouden iets kunnen gaan drinken terwijl u wacht?"

Het meisje aarzelde en keek toen verlegen opzij. Ze knikte. "Ik voel me wel heel brutaal, om zomaar met een vreemde man iets te gaan drinken."

"Ik ben niet vreemd, hoor. Hooguit een beetje excentriek. Ik heet Ollie Brewer, tussen haakjes."

"Ik ben Isabel Johnson."

Oliver gaf Hank, de parkeerwachter instructies met betrekking tot de auto van juffrouw Johnson, en ze staken samen de straat over naar de cocktailbar.

Ze namen allebei een martini, en toen nog een, en Oliver dronk nog een derde. Isabel Johnson vertelde hem dat ze pas enkele dagen geleden uit Idaho was gekomen en dat ze van plan was geweest om bij haar nicht te logeren. Haar nicht was echter onverwacht getrouwd en naar Honolulu vertrokken, zodat Isabel nu in een jeugdherberg moest slapen.

Oliver zei dat hij had gehoord dat het nogal spartaans was in jeugdherbergen, hoewel hij er zelf geen ervaring mee had. Wat zou ze ervan zeggen om samen met hem ergens een hapje te gaan eten?

Isabel schudde het hoofd. Nee, dankuwel. Ten eerste kende ze meneer Brewer nauwelijks, en ten tweede was ze van plan om naar Sacramento te gaan zodra haar auto wilde starten.

"Waarom in vredesnaam naar Sacramento?" vroeg Oliver verwonderd.

Isabel hield haar hoofd schuin. "Omdat ik mijn koffer op het busstation van Sacramento heb achtergelaten en ik geen andere kleren heb dan wat ik nu draag. Helemaal niets. Geen ondergoed, geen nachthemd, niets.

Hierdoor sloeg Olivers verbeelding op hol. Hij tuitte zijn lippen en loerde van opzij naar haar. "Wat een vervelende toestand voor een mooie jongedame. Geen ondergoed, geen nachthemd." Hij stond op. "Daar weet ik wel wat op."

"Echt? Wat dan?"

"We gaan gewoon nieuw ondergoed kopen."

"Nee," zei Isabel. "Ik ga naar Sacramento."

"Goed dan," zei Oliver. "Ik breng je wel. En dan eten we samen iets in Sacramento."

Isabel Johnson haalde op een nogal provocerende manier de schouders op. Ze liepen de bar uit, Oliver haalde zijn Corvette op, en samen reden ze naar Sacramento.

De avond was warm, de maan was vol; ze reden met het dak omlaag. Isabels haar wapperde in de wind. Oliver keek haar van opzij aan. "Je doet me aan iemand denken, iemand die ik moet kennen, maar ik kan er niet opkomen."

Isabel gleed omlaag in haar stoel. "Jij lijkt ook op iemand die ik ken."

"Wie dan?"

"Een jongen die ik niet kon uitstaan. Hij was zo vol van zichzelf, zo ijdel dat hij werkelijk onuitstaanbaar was. Jij bent veel aardiger, maar toch ben je minstens zo knap als hij."

"Wel, wel, wel!"

Na verloop van tijd kwamen ze in Sacramento aan, en ze reden naar het depot van de streekbus. Isabel ging naar binnen om navraag te doen naar haar bagage, terwijl Oliver naar San Francisco belde. Toen Isabel terugkwam keek Oliver een beetje somber. Consuelo McGavin had nogal bits gereageerd op zijn verklaringen.

"Geen koffer," zei Isabel luchtig. "Geen kleren, helemaal niets. Ze hebben hem naar San Francisco gestuurd. Ik ben zo goed als naakt."

Olivers interesse leefde weer op. "Niet en public! Laten we op zoek gaan naar een bescheiden elegante, of anders een elegant bescheiden eetgelegenheid."

"Weet je," zei Isabel, "ik zou nog wel iets te drinken lusten."

"Anders ik wel," zei Oliver. "Anders ik echt wel. Wat heb je tenslotte aan voedsel?"

Ze liepen de dichtstbijzijnde bar binnen en gingen aan een tafeltje zitten. Oliver bestelde twee highballs. "Vertel me eens wat meer over jezelf," zei Isabel. "Je bent toch niet getrouwd?"

"O nee. Absoluut niet."

"Goed," zuchtte Isabel. "Ik moet er niet aan denken om een affaire te hebben met een getrouwde man."

Oliver sloeg roekeloos zijn highball achterover. Was het echt allemaal zo heerlijk simpel? Wat een geweldige situatie! Wat een geweldig meisje! Hij pakte haar bij de hand en zei vol overgave: "Ik begrijp precies wat je bedoelt. Dat soort dingen doe je gewoon niet." Zijn glas was leeg; hij gebaarde naar de barman.

"Kijk daar," zei Isabel. "Wat is die man in vredesnaam aan het doen?"

Oliver keek over zijn schouder en zag een donkere jongeman met een scherp gezicht langs de bar lopen met een hele stapel papieren op een klembord, en handtekeningen verzamelen. "Een of andere petitie," zei Oliver. "Waar je ook kijkt, overal heb je lui die zonodig ergens tegen moeten protesteren."

De jongeman kwam naar hun tafeltje. "Een petitie om de inkomstenbelasting van de staat te vervangen door een belasting op goederen. Wilt u tekenen?"

"Daar ben ik voor," zei Isabel. "Ik teken wel. Waar?"

"Hier, juffrouw."

Isabel tekende en gaf de petitie aan Oliver, die vluchtig de kop van het document inspecteerde alvorens zijn naam onder die van Isabel te zetten. Het papier voelde nogal ruw aan.

"Dankuwel," zei de jongeman. "Ik heb mijn quota voor vanavond weer binnen." Hij verliet de bar.

"Vreemd," merkte Oliver op. "Ik begrijp nooit hoe mensen zich zo fanatiek kunnen opstellen over sommige onderwerpen. Jij wel?"

"Dat ligt helemaal aan het onderwerp," zei Isabel ondeugend.

"Dat is waar." Hij keek met uilenogen naar haar glas. "Honger?"

"Nee. Jij wel?"

"Nee. Maar ik moet wel iets anders doen. Excuseer me even." Hij ging naar het toilet.

Toen hij terugkwam had Isabel haar drankje blijkbaar op en had ze er nog twee besteld. Ze hief het glas. "Op ons."

Ze dronk. Oliver dronk. Hij trok een gezicht en keek naar zijn glas. "Goeie hemel. Ik heb betere whisky gehad."

"O," zei Isabel zachtjes. "Ik dacht dat je het wel lekker zou vinden. Het is een highball met tonic, daar zit kinine in."

Oliver maakte een wijds gebaar. "Een prima drankje als je malaria hebt."

Isabel hief nogmaals het glas. "Op ons." Terwijl Oliver in de diepe schaduwen van haar ogen staarde voelde hij zich opeens ongemakkelijk. Er was iets vreemds aan dit meisje. Maar ze was zo sierlijk, en zo mooi. "Op ons," riep hij dapper, en hij dronk nogmaals.

Even later zei Isabel: "We moesten maar eens gaan."

"Jawel," zei Oliver suffig. "Laten we gaan. Tijd voor be — bedje…"

Isabel hielp hem de bar uit. De frisse avondlucht pepte hem weer een beetje op, hij wankelde vastberaden de straat over en zette zich schrap tegen de deur van de Corvette. "Ik rij wel," zei Isabel. "We zoeken een leuk, rustig hotelletje op."

Oliver liet zich de auto in vallen en hing slap in de stoel. Hij hoorde de motor starten, voelde de auto in beweging komen. Lichtjes flikkerden over zijn gesloten oogleden; er was een eindeloos gedruis van mijlen wegdek, lichten, wind en stemmen in de verte…Toen niets meer. De tijd verstreek. Hij viel weer in slaap. Lichten en stemmen: er gebeurde iets. Handen die hem ondersteunden. Zacht, comfortabel. Warmte, duisternis. Hij was alleen, maar toch niet alleen. Hij kreunde en steunde en sliep.

Hij werd wakker met een lichte hoofdpijn, in een vreemde kamer, onder de dekens van een vreemd bed, naast het warme lichaam van een vreemde vrouw. Hij realiseerde zich dat hij naakt was. De vrouw bewoog zich rusteloos, draaide haar hoofd om. Isabel — heette ze niet zo? Isabel Johnson. Hij keek warrig om zich heen. Vreemd. Hij kon zich weinig of niets herinneren. Toen viel zijn oog op een langwerpig vel van stijf perkamentpapier, met dreigende, gotische letters — 𝕳𝖚𝖜𝖊𝖑𝖎𝖏𝖐𝖘𝖆𝖐𝖙𝖊.

Oliver ademde sissend in. Wat was dit allemaal? Isabel draaide zich naast hem om en opende haar ogen. "Ooh!" Ze hield het laken onder haar kin vast. "Oliver," zei ze zachtjes. "Hoe gaat het vandaag met mijn lieve jongen?"

"Ik leef nog," zei Oliver mat. "Wat is dat voor een document?"

"Onze trouwakte? Gewoon een trouwakte."

"Je bedoelt dat we getrouwd zijn?"

"Jazeker," zei Isabel treurig. "En ik had zo graag in de kerk willen trouwen. Kunnen we nog een keer trouwen, Oliver, maar dan in de kerk?"

"Goeie hemel," kreunde Oliver. "Dit is — dit is…" Hij had er geen woorden voor. "Mijn hoofd is leeg."

"Ik kan me ook niet zo veel herinneren," verklaarde Isabel opgewekt. "Ik weet nog vaag dat we die trouwakte hebben gehaald, en er was een ambtenaar. En toen zijn we hierheen gekomen."

Oliver sprong uit bed, sloeg de sprei om zich heen, beende de kamer door en las het certificaat: "'Oliver Brewer — Isabel Johnson'. Ik kan me helemaal niets herinneren." Hij keek haar indringend aan. "Weet je zeker dat we getrouwd zijn?"

"Of ik het zeker weet?" vroeg Isabel. "Natuurlijk weet ik het zeker. Waarom zou ik anders hier zijn? Denk je dat ik een slet ben?"

"Nee, nee, natuurlijk niet… Hebben we — eh, eh — nou ja, hebben we het ook gedaan?"

"Wow," zei Isabel.

"Waar voor de drommel zijn we eigenlijk?"

"Weet je dat dan niet meer? Dit is Reno!"

Somber trok Oliver zijn kleren aan. Toen hij de badkamer in liep, sprong Isabel uit bed en kleedde zich snel aan.

Oliver kwam terug en liet zich op het bed zakken, het hoofd in de handen. "Er is iets vreemds aan de hand... Ik ben nog nooit zo dronken geweest."

"We kunnen maar beter teruggaan," zei Isabel. "Na het ontbijt."

Ze aten in een café naast het motel. Isabel leek opgewekt. "Ergens is het wel een geluk dat ik zo snel getrouwd ben. Mijn moeder wil naar Californië komen met mijn drie kleine broertjes. Nu kunnen ze bij ons logeren tot ze een eigen huis hebben. Nietwaar, Oliver?"

"Uhm."

Na het ontbijt stond Isabel erop om te rijden. Na anderhalve kilometer stopte ze bij een bord waarop stond:

TROUWKAPEL
Dag en Nacht Huwelijksvoltrekkingen

"Waarom stop je hier?" vroeg Oliver chagrijnig.

"Ik heb mijn tasje hier laten liggen," zei Isabel. "Wacht even." Ze rende het vervallen houten gebouw binnen. Oliver wachtte.

Isabel kwam naar buiten in het gezelschap van een oude man met glanzende ogen. De man leunde met een plechtige blik de auto in en schudde Oliver de hand. "Goedemorgen, jongeman, en nogmaals gefeliciteerd. U heeft een schat van een meisje aan de haak geslagen."

Oliver bekeek hem zonder enig enthousiasme. "U heeft ons huwelijk voltrokken?"

"Jazeker, mijnheer. Ik neem aan dat u te opgewonden was om de details te kunnen onthouden." De oude man knipoogde ondeugend naar Isabel.

"Hoe laat was dat?" vroeg Oliver met een sombere frons. "Ik kan het me geloof ik niet meer zo goed herinneren."

"O — ergens na middernacht, misschien tegen enen."

"Wat vervelend dat we u wakker gemaakt hebben," zei Isabel. "Maar ik denk dat we niet de eersten zijn."

"Nee, zeker niet, mevrouw Brewer." Oliver kromp even in elkaar. "Ik werk hier al negentien jaar; het is een eerlijk beroep, en het betaalt prima."

"Hoe zit het met de toestemmingsakte?" vroeg Oliver plotseling.

"Die is volkomen rechtsgeldig. Helemaal volgens de wet."

"Ik vraag me af — heeft u die nog bij de hand? Ik zou haar graag willen zien."

"Geen probleem." De ambtenaar ging het gebouw weer binnen.

Isabel keek Oliver onderzoekend aan. "Je gedraagt je heel vreemd, Oliver."

Oliver haalde humeurig zijn schouders op. De oude man kwam weer naar buiten met een map in zijn hand. "Even kijken...Daar hebben we de akte."

Oliver bestudeerde het zakelijke formulier aandachtig. "Dat is inderdaad mijn handtekening," gaf hij met tegenzin toe. Hij keek de oude man nogmaals aan. "En *ik* was daadwerkelijk degene die u voor zich had? *Ik* ben hier getrouwd?"

"Absoluut. U droeg deze zelfde rode jas, en die groene hoed die u nu op heeft, en u had deze bruine sjaal om uw nek."

Oliver schudde zijn hoofd en keerde zich om naar de Corvette. "Een ogenblikje," riep de ambtenaar. Hij haalde een oude zwarte camera tevoorschijn. "Kijk eens deze kant op, mevrouw Brewer; blijft u maar gewoon zo staan, meneer Brewer." De sluiter klikte, in weerwil van Olivers kreet van protest. "Die is voor mijn eigen collectie," zei hij tegen Oliver. "Duizenden foto's heb ik."

"Laten we gaan," mompelde Oliver.

"Tot ziens," riep Isabel terwijl ze zwaaide.

"Tot ziens. Kom vooral langs als u weer eens in de buurt bent."

"Wat een bezopen situatie," bromde Oliver terwijl ze met brullende motor wegreden.

"Absoluut," zei Isabel opgewekt. "Moet je ons nu eens zien: we kennen elkaar pas sinds gisteren, en vandaag zijn we al gelukkig getrouwd!"

"Ik ben helemaal niet zo gelukkig," gromde Oliver. "Er is hier iets heel raars aan de hand. Ik kan nooit zo dronken zijn geweest dat ik dit allemaal ben vergeten. Dat is me nog nooit eerder overkomen."

Isabel sprak uit de hoogte: "Wat wil je daar precies mee zeggen?"

"Niets...Behalve —"

"Behalve wat?"

"O, niets."

"Je lijkt niet bepaald gelukkig."

"Nee. Dat ben ik ook niet. Dit is allemaal veel te geheimzinnig voor mij om gelukkig te kunnen zijn."

"Ik heb meer dan genoeg van al je insinuaties," verklaarde Isabel. "Blijkbaar heb ik een enorme fout gemaakt. Laat me alsjeblieft uitstappen. Daar bij die benzinepomp. Ik neem wel een bus terug naar Reno."

"Nee!" gromde Oliver. "We moeten eerst beslissen wat we nu moeten doen."

" 'Doen'? Wat is er nog te doen?"

"We kunnen het huwelijk nietig laten verklaren."

"Na wat er gisteravond is gebeurd? Ben je helemaal gek geworden? Jij neemt dit soort zaken blijkbaar niet serieus. Ik ben heel anders opgevoed."

Oliver ging langzamer rijden. "We kunnen binnen zes weken gescheiden zijn."

Isabel zei op ijzige toon: "Ik ben katholiek, en ik neem mijn geloof serieus. Ik heb een fout gemaakt, en ik neem aan dat ik daar nu voor zal moeten boeten."

Oliver zuchtte. "*Ik* ben degene die een fout gemaakt heeft, en *ik* zal ervoor moeten betalen. Goed dan, hoeveel?"

"Wat durf je daar te suggereren?"

"Ik vraag je wat het moet kosten."

"Probeer je me met geld af te kopen?"

"Inderdaad. Niet te veel, want ik heb niet zo veel."

"Je hebt anders een hele dure auto."

"Hoeveel?" vroeg Oliver brutaal.

"Je bent een uitermate materialistische man, Oliver."

"Hoeveel?"

"Het is onmogelijk om de prijs van maagdelijkheid te bepalen, van religieuze scrupules, van emotionele pijn en gekwetste trots."

Oliver lachte. "Ik weet zeker dat je dat kunt, als je je best doet. Die maagdelijkheid eerst maar. Hoeveel?"

Isabel grijnsde. "O — laten we zeggen: vijfduizend."

"Au. En de religieuze scrupules?"

"Zeventienhonderd? Achttienhonderd?"

"Laten we het houden op zeventienhonderdvijftig. Dat is zes-duizend zevenhonderdvijftig. En dan nog de emotionele pijn en de gekwetste trots?"

"Och — laten we zeggen zevenhonderdvijftig voor de pijn en vijf-honderd voor de trots."

"Achtduizend in totaal. Zijn we er dan?"

"Plus genoeg geld voor een verblijf van zes weken in Reno. Als je dat niet wilt uitgeven, dan kun je zelf de scheiding regelen."

Oliver parkeerde de auto langs de kant van de weg. "Hoeveel?"

"Dat ligt eraan. Wil je dat je vrouw een bepaalde stijl ophoudt of niet? Ik denk zelf dat ik het wel zou redden met honderd dollar per week, als ik parttime ga werken."

"Red je het met nog duizend dollar extra?"

"Makkelijk."

Oliver trok zijn portefeuille, pakte een cheque en vulde die in. Hij gaf hem aan Isabel.

"Ik heb de naam opengelaten. Je kunt invullen wat je wilt. Ik heb momenteel niet genoeg geld op de bank, dus je moet tot morgenavond wachten voor je de cheque kunt verzilveren."

Isabel pakte de cheque aan. "Negenduizend dollar lijkt niet zo'n probleem te zijn voor jou."

"Dat is het zeker wel. Ik zal aandelen moeten verkopen."

"Kan je broer niet bijspringen?"

"Mijn broer?"

"Kendall. Je had het gisteren over hem."

Oliver lachte. "Die heeft zoveel geld dat zijn schoenen ervan kraken. Maar je zult hem niet op deze manier kunnen pakken. Kendall is jaren geleden ternauwernood de dans ontsprongen. Maar vandaag de dag is hij een ander mens." Hij lachte nogmaals. "Ik zou er bijna geld voor over hebben om jou Kendall te zien strikken. Verdomd als het niet waar is … Nou, wil je terug naar Reno? Of hier uitstappen?"

"Ik stap uit in de volgende stad."

Oliver bedacht opeens nog wat. "Hoe weet ik zeker dat je de schei-ding gaat regelen? Dit mag absoluut niet in de openbaarheid komen."

"Geen zorgen," sprak Isabel Johnson. "Zolang ik de cheque maar kan incasseren."

"Die cheque is absoluut gedekt. Maar denk erom dat je niet terug-komt om meer."

"Maak je geen zorgen, Oliver. Ik ben helemaal klaar met jou — finan-cieel gezien."

Na verloop van tijd kreeg Oliver de bevestiging dat zijn cheque was geïnd. Hij bekeek het afschrift enigszins weemoedig. Negenduizend dollar — een dure les die hij niet snel zou vergeten... *Uitbetaald aan* — aan wie? Oliver staarde met uitpuilende ogen naar de tekst. Zwakjes hief hij zijn hand op en kneep met zijn vingers zijn lippen opeen. *Uitbetaald aan Luellen Enright.*

Hij uitte een scherpe, onnozele lach die verstikt werd toen de hysterie overging in een wrange bittere smaak in zijn mond. "Wat een idioot!" riep hij, vervuld van woede en vernedering. "Wat een volsla-gen idioot!"

Hoofdstuk XI

Robert liep door de deur van het Black Peacock Café en keek de tafels langs. Lulu wenkte hem. Op deze mooie zomerochtend zag ze er fris en schoon uit als verse popcorn, in een zeeblauwe korte broek, een wit poloshirt en donkerblauwe gympen.

Robert stapte met grote passen naar haar toe en ging zitten. "Ben ik laat?"

"Nee. Ik ben vroeg. Ik zit hier al anderhalf uur."

"Snode plannen te bedenken."

"Erger nog," zei Lulu. "Ik heb een algemene theorie uitgewerkt over het onderwerp. Zwendel is op dit moment een kunstvorm. Ik wil er een wetenschap van maken, met exacte formules waarmee je iedereen geld kunt aftroggelen. Min of meer zonder moeite."

"Echt? Hoe ver ben je gekomen?"

Lulu maakte een luchtig gebaar. "Ik denk dat ik de basisprincipes heb vastgesteld."

"Nu verontrust je me," zei Robert. "In dat geval is niemand meer veilig."

"Absoluut waar."

"Hoe zou je mij geld aftroggelen?"

"Jij bent geen uitdaging. Als je door de ogen van de wet kijkt wat er in Reno is voorgevallen, dan zijn we getrouwd. Of je nu Olivers naam hebt gebruikt of niet. Ik kan dus een echtscheiding aanvragen en je helemaal uitzuigen."

Robert trok geschrokken zijn wenkbrauwen op. "Inderdaad."

"Ja," zei Lulu, "je bent een makkelijk doelwit. Net zo gemakkelijk als Oliver." Ze nam een slok van haar koffie en trok een gezicht. "Koud.

Koud als mijn hart. Haal even verse koffie voor ons, Robert. We kunnen het afschrijven als bedrijfskosten."

"In dat geval wil ik er een donut bij."

"Ik ook. Chocolade met nootjes."

Robert liep naar de balie en kwam terug met twee bekers koffie en vier donuts. "Breng me eens op de hoogte van deze nieuwe wetenschappelijke manier van oplichten die je in elkaar geflanst hebt."

"Zo hier en daar is het nog vaag. En nu ik het hardop onder woorden probeer te brengen, heb ik het idee dat het een verzameling platitudes is."

"Dat geldt voor alle sociologische doctrines."

Lulu nam een slok koffie. "Mijn ideeën lopen ongeveer langs deze lijnen: geld is waardevol. Ieder mens zal het alleen maar willen uitgeven voor iets dat evenveel, of zelfs meer waard is in zijn of haar ogen."

"Zoals meer geld."

"Zoals meer geld. Dus de eerste stap is: vaststellen wat het slachtoffer buitengewoon waardevol vindt, en een manier vinden om dit te kunnen leveren. En als het gaat om iets dat abstract is, negatief, of louter denkbeeldig, dan is dat des te beter."

"Ik ben het met je eens dat je theorie behoorlijk vaag is."

"Het is een gecompliceerd onderwerp, met heel veel voorwaarden en uitzonderingen. Zwendel is niet eenvoudig. Een arm persoon heeft geen geld, dus een rijkaard is een beter doelwit. Maar wat kun je een rijkaard verkopen? Als het iets legaals is, dan heeft hij jouw hulp niet nodig. Dus je moet hem benaderen vanuit zijn zwakheden of zijn zondige geheimen, hetgeen vanuit het standpunt van de zwendelaar met een goed-ontwikkeld moreel besef veel prettiger is dan misbruik te maken van iemands goede eigenschappen."

"Neem het geval van Oliver Brewer," zei Robert ernstig. "Zijn zwakheid — en die deelt hij met velen — is het verleiden van mooie jonge vrouwen. Hij raakt opgewonden en tekent een huwelijksakte door een gat in het papier waarvan hij denkt dat het een petitie is. En een andere zwakte van hem is een gebrek aan tolerantie voor een mengsel van alcohol en slaaptabletten. En als hij wakker wordt, merkt hij ineens dat hij getrouwd is!"

Lulu knikte. "De zaak Oliver Brewer is niet echt een klassiek voorbeeld, maar in het algemeen illustreert ze wel mijn theorie. Wat vindt Oliver Brewer meer waardevol dan zijn geld? Zijn huwelijk met Consuelo McGavin. Dus hij betaalt."

"Hij betaalt," grijnsde Robert, "en zit waarschijnlijk nog steeds op zijn nagels te bijten. Heeft hij wel genoeg betaald? Zullen ze hem gaan chanteren? Oliver vraagt zich dit alles af, en gaat met trillende beentjes naar het altaar. Durft hij het aan om de schurken te trotseren, of is het misschien veiliger om maar gewoon vrijgezel te blijven?"

"Ik weiger medelijden te verspillen aan de Brewers," zei Lulu. "Misschien ga ik Oliver wel afpersen. Hij was een misselijkmakende ellendeling als kind, en verdient niet beter."

Robert schudde het hoofd. "Dat zou een anticlimax zijn."

"Kom op, zeg," zei Lulu. "Ik leer de kunst van de zwendel niet vanwege de dramatische waarde…" Ze zweeg even en fronste. "Of doe ik dat wel… Ach ja, wat maakt het ook uit. Wat zegt onze informatie over Kendall?"

Robert spreidde zijn aantekeningen uit. "Over het algemeen is het veilig te stellen dat Kendall Brewer niet populair is."

"Dat is geen verrassing," mompelde Lulu.

"Ik moet zeggen dat niemand echt toegeeft een hekel te hebben aan Kendall," zei Robert. "Maar er is ook niemand die zegt hem te mogen." Hij bestudeerde zijn aantekeningen. "Wil je een samenvatting of wil je details?"

"Wat is de samenvatting?"

Robert las zijn aantekeningen nogmaals vluchtig door. "Kendall Brewer is harteloos, vrekkig, koud als een ijspegel, gierig, een snob en vastbesloten om de sociale ladder te beklimmen. Zijn echtgenote, de vroegere Elizabeth Phipps van Menlo Park, is actief in het jeugdverenigingswerk. Ze heeft een goede reputatie. Ze hebben twee kinderen, Anthony en Martina: twee bleke, grijze spookjes."

"Elizabeth Phipps," zei Lulu bedachtzaam. "Ik betwijfel of zij het meisje is dat Kendall destijds in de problemen gebracht heeft."

"Kendall heeft een meisje zwanger gemaakt?" Robert lachte ongelovig. "Dat werpt een heel nieuw licht op Kendalls karakter."

"Het was lang geleden — zo rond de tijd dat oom Maurice vermoord werd, om precies te zijn. Ik kan me er niet veel van herinneren — behalve dan dat Oom Maurice erop stond dat Kendall fatsoenlijk met het meisje zou trouwen en dat Kendall en Tante Flora daar al even fel tegen gekant waren. Ik weet niet wat er uiteindelijk gebeurd is."

Robert schudde zijn hoofd. "Daar heb ik niets over gehoord. Hij is een jaar of vijf geleden met Elizabeth getrouwd — een luxueus huwelijksfeest, champagne als water, een groot artikel in de kranten. Sinds die tijd wordt er veel minder over hen geschreven. De Kendall Brewers leiden een voorbeeldig leven. Ze drinken alleen als ze zelf een feestje geven, maar dan drinken ze ook het beste van het beste. En public gedragen ze zich formeel en ingetogen. Correcte kleding, waardig, conservatief. Kendall is vroegoud. Hij bezoekt zijn moeder vaak, en zijn broer — wiens levenswijze hij niet kan goedkeuren — minder vaak. Zijn bedrijf is — nu ja, lastig te omschrijven. Hij noemt zichzelf een 'investeringsadviseur'. In werkelijkheid speculeert hij met grond, en hij is daar blijkbaar heel sluw in. Hij zou zijn eigen grootmoeder neersteken voor een halve dollar. Hij maakt altijd tijd om in de juiste kringen gezien te worden, en wordt algemeen beschouwd als een van de 'slimme jongens', zoals men dat hier noemt. Hij woont niet zo ver van zijn moeder in een huis dat recentelijk is verbouwd in de empire-stijl — wat dat dan ook moge zijn. Erg modieus en heel elegant, is me verteld." Robert sloeg een bladzijde om. "Hij heeft een abonnement op het symfonieorkest en de opera, gaat meestal naar de premières, schijnt zich een plaats veroverd te hebben in de elite. Maar volgens een welingelichte en cynische society-journaliste van de *Chronicle* — aan wie ik tussen haakjes twintig dollar betaald heb — behoort Kendall toch niet helemaal tot de echte in-crowd. De Brewers wonen nog maar een jaar of twintig in San Francisco —"

"Zesentwintig."

"— en men vindt Kendall een beetje te streberig. Blijkbaar heeft hij ook een of andere vete gaande met de familie Cortin de Barra, die *wel* tot de elite behoren. De Barra doet zijn best om Kendall op zijn plaats te houden; Kendall probeert op alle mogelijke manieren de Barra te omzeilen. Verschrikkelijk beleefd maar oh zo vals…Tot zover Kendall en zijn sociale leven. De kinderen rijden paard en gaan naar privé-scholen. Gehoorzame, stille, kleurloze toekomstige neurootjes. De echtgenote, Elizabeth, is mager, onberispelijk en gewoontjes, en geeft veel geld uit aan haar kleding. Kendall rijdt in een Lincoln Continental, zijn vrouw heeft een nieuwe Mercedes sedan. Een nogal vreugdeloos stel."

Lulu knikte bedachtzaam. "Je kunt vaak aan een kind al zien hoe hij of zij zal opgroeien. Kendall was als kind al opgeblazen en egoïstisch."

"Hij leeft echter een leven van opvallende deugdzaamheid. Ik was vergeten te vermelden dat hij een toegewijd lid is van de episcopale gemeenschap — iedere zondag naar de kerk, zonder uitzondering. Geen van de slechte gewoontes die het zo eenvoudig maakten om Oliver aan te pakken."

"Ja," zei Lulu nadenkend. "Oliver was bijna te gemakkelijk. Het was gewoonweg niet sportief. Als het niet mijn eigen geld was, dan zou ik bijna de neiging krijgen om hem terug te betalen."

"Kendall zal zeker een hardere dobber worden." Robert glimlachte grimmig. "Aan je sexappeal zul je in dit geval niet veel hebben."

Lulu huiverde. "Oliver was al erg genoeg. Ik vraag me soms af wat ik gedaan zou hebben als..."

"Als?"

"O, gewoon 'als'." Lulu duwde haar beker over de tafel. "Haal nog eens een rondje koffie. We moeten geconcentreerd nadenken, en daarbij hebben we alle stimulering nodig die we maar krijgen kunnen."

Robert haalde meer koffie. "Ik neem aan dat je van plan bent om met je 'Algemene Theorie van de Zwendel' te werken?"

"Zeker. Het is zo eenvoudig — hoewel het tegelijkertijd ook best gecompliceerd is."

Robert pakte een nieuw vel papier. "Heb jij ideeën?"

"Een paar. En jij?"

Robert knikte. "Een paar."

"Laten we dan maar eens gaan samenzweren."

HOOFDSTUK XII

OM NEGEN UUR in de ochtend op zaterdag 20 juni leverde een bood-schapper van Western Union een brief af bij het huis van Kendall Brewer. De gekleurde huishoudster tekende voor ontvangst en bracht de brief naar de eetkamer waar Kendall en zijn vrouw Elizabeth nog zaten te ontbijten.

Kendall sneed de envelop open en trok een elegant, scherp gevou-wen vel papier tevoorschijn. De boodschap was geschreven in zwarte inkt, in een zorgvuldig, precies handschrift.

12 Monterey Place
19 juni
Beste Kendall:

De laatste tijd bekruipt mij steeds vaker het gevoel dat het soci-ale klimaat veel te wensen over laat. Aan de ene kant is alles zo banaal dat het bijna saai genoemd mag worden, aan de andere kant is er een toenemend gebrek aan discipline en zien we alsmaar meer parvenu's van de ergste soort opduiken. Je kunt me misschien een snob vinden, maar ik ben van mening dat zorgvuldigheid in de keuze met wie men wenst om te gaan een ouderwetse deugd is die nodig en empathisch bevestigd dient te worden.

Dit alles heeft mij ertoe gebracht uitvoering te geven aan een pro-ject waarover ik al enkele maanden aan het peinzen ben, te weten de formatie van een kleine, uitermate exclusieve organisatie met een kern bestaande uit een stuk of twaalf van de meest gedistingeerde inwoners van San Francisco: conservatieve intellectuelen, sociale leiders, literati, enzovoort. Deze groep zou kunnen fungeren als een soort verenigingsbestuur, en zou zeggenschap hebben over toekomstige lidmaatschappen. Als hoofdkwartier dacht ik aan een klein maar uiterst smaakvol ingericht herenhuis op Nob Hill, een beetje zoals het pand waar de Pacific Union Club zetelt. Dit huis kan voor langere tijd gehuurd worden voor een niet al te exorbitant bedrag.

Ik stel voor dat wij ons hier bij mij thuis treffen om 16:00 uur stipt, op de middag van zaterdag 27 juni, teneinde het project verder te bespreken, en dat wij, als wij het eens kunnen worden, een begin kunnen maken met het opstellen van lidmaatschapsvereisten, beleid, regels, sociaal programma, et cetera. Dit wordt uiteraard een heel belangrijke vergadering, aangezien de aanwezigen — en alleen de aanwezigen — het eerste verenigingsbestuur zullen vormen. Als ik voor die tijd geen tegenbericht van jou heb ontvangen, dan verwacht ik je op hierboven genoemde locatie en tijd.

Hieronder vind je een lijst van iedereen die deze brief heeft ontvangen. Zoals je wellicht zult opmerken is er zorgvuldig over deze lijst nagedacht. Het lijkt mij verstandig dat wij dit project niet in het openbaar, of zelfs onder elkaar, bespreken tot de datum van 27 juni, aangezien er anders kans bestaat dat de kranten er lucht van krijgen, hetgeen zou kunnen leiden tot onprettige publiciteit en druk op ons allen van individuen die, om welke reden dan ook, niet zijn uitgenodigd voor de oprichtingsvergadering. Ikzelf ben sowieso niet in de stad voor zaterdag 27 juni.

Hoogachtend,
R. Thion Hunter III

Elizabeth, gekleed in een ochtendjas van grijs satijn, keek nieuwsgierig naar Kendall terwijl deze de brief las. "Hemeltjelief," zei ze uiteindelijk, "wat lees je daar zo aandachtig?"

Kendall gaf haar de brief; ze las hem half luidop, en mompelde alle zinnen binnensmonds. "Lieve hemel!" zei ze uiteindelijk. "Is dat niet geweldig. En de mensen..." Ze las de lijst van namen onderaan de brief stuk voor stuk voor. "Een heel elitaire groep, moet ik zeggen."

"Zeker," zei Kendall op vlakke toon. "Heel elitair."

"Ik vraag me af wat het moet kosten." Elizabeth fronste licht. "Zoiets kan niet goedkoop zijn."

"Nee," zei Kendall. "Dat lijkt mij ook niet. Geen van de mensen op Hunters lijst is goedkoop. Maar — een paar duizend dollar meer of minder — wat maakt het uit?"

"Dus je gaat ernaartoe," zei Elizabeth, hoewel aan haar stem te horen was dat ze daar geen moment serieus aan had getwijfeld.

"Jazeker," zei Kendall. "Er is geen enkele reden om niet te gaan. Als de hele opzet mij niet bevalt..." Hij maakte een achteloos gebaar. "Ik moet zeggen dat ik al vaker over iets als dit heb nagedacht. Ik ben blij dat Hunter het voortouw genomen heeft."

"Hm," sprak Elizabeth, "ik had geen idee dat jij en Thion Hunter zo goed bevriend waren."

Kendall haalde zijn schouders op. "Het is een stil type. Ik heb hem weleens ontmoet, bij deze of gene. Hij zegt nooit veel, maar hij heeft een scherp besef van normen en waarden."

"Ja," zei Elizabeth. "Ja, dat neem ik ook aan." Ze bekeek de lijst nogmaals. "Tjonge — een heleboel van onze vrienden zijn blijkbaar niet benaderd. De Carrs, de Christopher Bainbridges. De Cortin de Barras —"

"De Barra stelt niet veel voor," zei Kendall. "Een parvenu. Ik zal zorgen dat hij er zeker niet in komt."

"Het is heel opwindend," zei Elizabeth. "Ik moet het moeder vertellen!"

"Absoluut niet," verklaarde Kendall. "We kunnen het beter voor ons houden tot alles echt in kannen en kruiken is. Hunter heeft met nadruk gevraagd om er niet over te spreken."

Elizabeth knikte weifelend. "Ik denk dat hij gelijk heeft. We zouden niet willen dat de kranten alles gaan opblazen."

"Nee," zei Kendall. "Zeker niet. Nog niet."

De eerstvolgende woensdag reed Kendall zoals gewoonlijk naar het kleine, maar comfortabele kantoor dat hij huurde op de vijftiende verdieping van het Golcondagebouw. Hij hing zijn hoed en jas op, liet de antwoorddienst weten dat hij aanwezig was en ging zitten om zijn post te lezen. Hij werkte de brieven stuk voor stuk af, maakte notities in de kantlijn, dicteerde een antwoord in een dictafoon.

Rond halfelf ging de telefoon over, en Kendall nam op: "Brewer Associates, met Kendall Brewer."

"Hallo meneer Brewer, u spreekt met Jim French van Westcott Makelaars — we hebben elkaar een maand of wat geleden ontmoet."

"O, ja," zei Kendall, hoewel de naam niet meteen een beeld opriep. "Hoe gaat het met u?"

"Prima, dank u. Ik heb hier een jongeman in mijn kantoor die een stuk grond te koop heeft — op akkerland of weide of zoiets. Niet mijn gebruikelijke handel, en normaal gesproken zou ik hem doorverwijzen naar een collega, maar ik dacht dat er iets in zou kunnen zitten, als u begrijpt wat ik bedoel?"

"Niet helemaal," zei Kendall.

"Laat ik het zo zeggen. Als ik nu iets voor u kan doen, misschien dat u dan te zijner tijd iets voor mij zou kunnen betekenen. Onze firma heeft hier verder niets aan, maar u zou er misschien wel iets aan kunnen hebben. Deze jongeman — ene Poole — komt uit Gilroy, vlak bij de nieuwe ruimtelaboratoria."

"Aha, ja."

"Ik kan meneer Poole naar u doorverwijzen, dan kunt u met hem praten en uw eigen oordeel vormen."

"Uitstekend," zei Kendall opgewekt. "Dank u, meneer French, en ik zal aan u denken als zich iets aandient."

"Prima."

Een halfuur later arriveerde meneer William Poole in Kendalls kantoor — een lange, donkere jongeman met een ontspannen en eigenlijk vrij dommig gezicht. Hij was ongeschoren en droeg buitengewoon ongepaste kleding: een beige broek, rijlaarzen en een goedkope blazer, een gestreept overhemd en een groene stropdas. Kendall keek even naar het plafond, maar gebaarde toen naar de stoel naast zijn bureau. Hij ging weer zitten en keek zijn bezoeker koeltjes aan. "Welnu, meneer Poole," zei Kendall, "wat kan ik voor u doen?"

Poole leek zich weinig aan te trekken van Kendalls stugge houding. "Meneer Brewer, ik neem aan dat u in zaken bent gegaan om geld te verdienen?"

"Uiteraard."

"Wel dan heb ik een voorstel voor u. Iets waar we allebei aan kunnen verdienen."

"Ik luister," zei Kendall.

Poole schoof zijn stoel naar voor en Kendall week automatisch een paar centimeter achteruit. "Ik woon buiten de stad — je zou zelfs kunnen zeggen dat ik een plattelander ben. En mijn buurman — laten we hem Smith noemen — bezat een groot stuk heuvelland, achthonderd hectare of misschien zelfs meer. Het is hooguit geschikt als weidegrond, of misschien kun je er druiven op verbouwen als je daar de moeite voor zou willen doen. Hoe dan ook, deze Smith is vorige week overleden en hij heeft de grond nagelaten aan zijn dochter. Zij woont in Redding en zorgt voor haar moeder — Smith was gescheiden. Als ik het goed begrepen heb, dan wil ze maar al te graag van die grond af. En nu weet ik iets waardoor die grond een heel stuk waardevoller wordt. Begrijpt u waar ik heen wil?"

Kendall knikte. "Natuurlijk. U wilt dat ik ga speculeren met die grond. Als de zaak gunstig uitpakt, dan wilt u delen in de winst, als ik het schip in ga, dan ontvang ik van u uw welgemeende verontschuldigingen."

Poole grijnsde — op een onaangename manier, vond Kendall. "Daar komt het wel op neer — alleen is er geen sprake van verlies. Dit is gegarandeerd winstgevend. Ik zal een tipje van de sluier oplichten: dit stuk grond ligt middenin een gebied dat binnen afzienbare tijd bebouwd zal gaan worden. Ik denk dat u het nu zou kunnen kopen voor honderdvijftig tot tweehonderd dollar per hectare — of misschien kunt u zelfs alleen maar een optie nemen op de grond voor die prijs. In vier tot zes maanden kan de prijs vertienvoudigen. Als u alleen nog maar een optie neemt, dan zit u op rozen, zelfs nadat u mij mijn vijftig procent betaald heeft."

Kendall lachte. "Vijftig procent! Goeie hemel, man, zo doe ik geen zaken."

Poole haalde zijn schouders op. "Maar ik wel, meneer Brewer. Ik heb informatie voor u die een heleboel geld waard is. Daar wil ik mijn deel van."

"Het komt mij voor," zei Kendall bedachtzaam, "dat u voorstelt dat we gebruik maken van de onwetendheid van de dochter van deze Smith, haar misbruiken voor ons eigen gewin."

Poole keek hem geniepig aan. "Ik weet niet of ik het eens ben met de term 'misbruiken' — maar dat we winst zullen maken staat wel vast.

De wereld is hard — ik heb al wat klappen gehad, kan ik u vertellen. En, wat denkt u ervan?"

"Ik denk dat zelfs als de zaken er zo voorstaan als u schetst, dat vijftig procent een belachelijk aandeel is. U loopt zelf geen enkel risico —"

"Maar vergeet niet dat u geen deal kunt sluiten zonder mijn hulp."

"Eerlijk gezegd," zei Kendall, "betwijfel ik of er wel een deal te halen is. Dit soort situaties komt maar zelden voor, en over het algemeen zijn er andere partijen bij betrokken die in een betere positie zijn."

Poole schoof zijn stoel samenzweerderig dichter naar het bureau. "Maar dit soort situaties komt wel voor, al is het maar zelden. Toch?"

"Zo af en toe," zei Kendall terwijl hij opnieuw naar achteren schoof.

"Wel, beste man, deze keer hebben wij de beste positie. Wilt u meedoen, of moet ik met iemand anders gaan praten?"

Kendall overwoog even. "Ik wil er wel over nadenken. Maar uw percentage is en blijft te hoog."

"Zelfs als u pakweg een miljoen verdient? Want dat is wat tweeduizend dollar per hectare winst per persoon zou opleveren, als we eerlijk delen."

Kendall ging ongemakkelijk verzitten. "Eerlijk gezegd, meneer Poole, klinkt dit te mooi om waar te zijn."

"U wilt toch niet zeggen dat u nooit gehoord hebt van gewiekste makelaars die een miljoen verdienen met een enkele transactie?"

"Ik ben echter geen gewiekste makelaar; ik ben een behoudend zakenman."

"Is er een verschil?"

Kendall fronste. "Eerlijk gezegd, meneer Poole —"

Poole stond op en grijnsde als een wolf. "Geen interesse? Geen probleem."

"Dertig procent," zei Kendall koeltjes.

"Ik heb een voorstel," zei Poole. "Laten we overeenkomen dat ik dertig procent krijg als de nettowinst onder een miljoen is. Maar als het meer is, dan krijg ik vijftig."

"Vijfentwintig en veertig, en dan stem ik toe om de zaak in ieder geval in behandeling te nemen."

Poole aarzelde. "Goed dan," zei hij uiteindelijk. "Schrijf het maar op."

Kendall trok een wenkbrauw op. "Wat moet ik opschrijven?"

"Ik wil een document. Ik wil onze overeenkomst zwart-op-wit."

"Dat is belachelijk, meneer Poole. Hoe kan ik een overeenkomst aangaan over een zaak waar ik praktisch gesproken niets vanaf weet? Ik moet de zaak eerst nauwkeurig onderzoeken. Waar ligt die grond precies?"

Poole schudde zijn hoofd. "U begrijpt best dat ik dat niet kan vertellen, meneer Brewer."

Kendall lachte geringschattend. "Hoe kan ik de zaak dan onderzoeken? U begrijpt mij niet, meneer Poole. Ik ben een voorzichtig man. Daarom ben ik zo ver gekomen. Ik koop niet eens een krant zonder te kijken of de datum wel klopt."

Poole dacht even na. "Misschien moeten we elkaar tot op zekere hoogte in vertrouwen nemen."

"Dat lijkt mij wel."

"Goed dan. U wilt deze grond zelf bekijken?"

"Uiteraard."

"Kan ik u ergens treffen — vrijdagochtend, bijvoorbeeld?"

"U kunt hierheen komen."

"Goed genoeg. Ik haal u rond een uur of tien op."

Kendall wreef over zijn kin. "Morgen is misschien een beter moment — of misschien zelfs zondag of maandag. Ik heb een belangrijke afspraak op zaterdag…"

Poole schudde het hoofd. "Ik heb zo mijn redenen om de voorkeur te geven aan vrijdag."

Kendall bekeek William Poole aandachtig. Op de een of andere manier kwam deze man hem bekend voor. Een onguur type. Echt een plattelander…Maar stel je voor dat de wereld alleen maar zou bestaan uit mannen als Kendall Brewer? Nee. Het was beter zo: Kendall Brewer en de meute.

"Goed dan," zei Kendall. "Vrijdag, tien uur."

William Poole verscheen op het afgesproken tijdstip, in dezelfde kleren als eerst. Kendall vroeg zich af of hij erin geslapen had. Ze gingen naar buiten en daar ontstond een kleine woordenwisseling. Kendall wilde met zijn eigen auto, maar Poole had daar bezwaar tegen. "Als anderen die halve lijkwagen van u zien, dan weten ze meteen dat er iets aan de hand is. We willen niet het risico nemen onze hand te overspelen."

Kendall gaf met tegenzin toe, en ging behoedzaam naast Poole in diens oude grijze auto zitten.

Poole was gelukkig een redelijk voorzichtige chauffeur, en gaandeweg wist Kendall zich te ontspannen. "Waar gaan we heen?"

"Een stukje naar het zuiden, net onder San Jose."

"Gilroy?"

"Ja." Poole keek Kendall verwonderd aan. "Hoe weet u dat?"

"Ik ben goed op de hoogte van alles wat er speelt. Ik weet dat de overheid plannen heeft om daar te bouwen."

"Dat klopt." Poole zei verder niets meer en de kilometers vergleden terwijl ze over de Bayshore Freeway naar het zuiden reden.

Twee uren verstreken en toen bereikten ze Gilroy, een stadje met tien- of vijftienduizend inwoners dat in alle opzichten precies leek op minstens dertig andere middelgrote steden op het Californische platteland. Het landschap was niet onplezierig: golvende heuvels met hier en daar eiken, vlakke groene stukken met tuinbouwbedrijven.

Aan de rand van de stad sloeg William Poole af naar het oosten, op een smalle asfaltweg die zich de heuvels in slingerde. Kendall keek met sceptische blik naar het landschap. "Je moet wel gek zijn om ook maar honderd dollar per hectare te betalen voor de grond hier."

"Wacht maar," sprak Poole wijsgerig, "u zult het zien."

Kendall wiebelde onrustig. "Ik geloof niet dat ik hier iets te zoeken heb."

"Wacht maar af, meneer Brewer, u zult het zien."

De weg ging met een grote bocht om een heuvel heen; Poole maakte een armgebaar dat de hele vallei omvatte. "Daar ligt het dan, meneer Brewer: het gigantische nieuwe ruimtevaartcentrum van de Verenigde Staten!"

"Hm," zei Kendall. "Indrukwekkend. Wanneer begint de bouw?"

"Dat is het enige dat we niet weten. Maar het zal niet lang meer duren...En dit is het grondgebied van Smith." Poole lachte, nogal dommig volgens Kendall. "Ziet u, ze heten echt Smith. U dacht vast dat ik u voor het lapje hield, nietwaar?"

"Het maakt niet uit," zei Kendall stijfjes. Hij keek om zich heen. De grond bood inderdaad mogelijkheden, als Poole gelijk had met zijn bewering dat de overheid hier zou gaan bouwen. Maar dat kon hij natuurlijk altijd verifiëren voordat hij ergens aan begon.

Een zandweg liep rond een heuveltje naar een oude boerderij, die bestond uit een vervallen huis, een schuur, een enorme roestige watertank, diverse stallen en buitengebouwen. Voor het huis stond een roestige groene Dodge.

"Kijk dan," zei William Poole, "zo te zien hebben we bezoek."

Terwijl hij sprak kwam een slanke jonge vrouw in een blauwe katoenen jurk naar buiten. "Kijk nu eens, dat is May Smith zelf," zei Poole. "Ik had geen idee dat ze hier zou zijn."

Kendall zei droogjes: "Als u had gehoopt dat u onopgemerkt kon rondkijken, dan kunt u dat nu wel vergeten."

"Ach ja, het maakt niet uit," zei Poole. "Misschien is ze wel bereid om heel snel tot een overeenkomst te komen."

"Zij misschien wel," zei Kendall, "maar ik zeker niet."

Poole parkeerde zijn auto. "Ik zal u aan elkaar voorstellen."

De jonge vrouw kwam naar hen toe; Kendall merkte op dat ze behoorlijk knap was, met kort, licht krullend blond haar, regelmatige gelaatstrekken en een bijzonder goed figuurtje. Niet het soort meisje dat men zou verwachten op een afgelegen plek als deze.

"Hallo, May," zei Poole. "Laat mij je voorstellen aan een vriend van me, de heer Kendall Brewer."

Kendall kromp even in elkaar, maar beantwoordde toen de charmante begroeting van May Smith.

"Ik ben net aangekomen," zei ze. "Ik neem aan dat u gehoord heeft wat er met mijn arme pa is gebeurd. Is het niet vreselijk? En nu heb ik dit enorme stuk grond, helemaal voor mezelf alleen. Ik heb geen idee wat ik er in vredesnaam mee moet beginnen. Wie zit er nu te wachten op achthonderd hectare gras en struikgewas?"

"Je kunt nooit weten," zei William Poole wijsgerig. "Wie weet —"

"Excuseer mij," zei May. "Ik moet Puk even naar buiten laten. Hij houdt er niet van om alleen te zijn." Ze ging het huis in en kwam even later naar buiten met een aapje aan een riem. Het dier schetterde en dook op Kendalls been af.

Kendall, die een hekel had aan apen, sprong achteruit. May Smith trok verwijtend aan de riem. "Puk, stoute jongen, gedraag je. Puk is een afkorting van Ukkepuk, meneer Brewer — is dat niet schattig?"

"Zeker," zei Kendall. "Meneer Poole, ik denk dat wij genoeg —"

"Nee, nee," zei May Smith. "Ik heb net een pot thee gezet, u moet echt even binnenkomen!"

"Natuurlijk," zei Poole. "Waarom niet?"

"Zeg, William, wil jij Puk even overnemen en hem ergens opsluiten? Ik kan zien dat meneer Brewer hem niet zo leuk vindt. Kom maar gauw naar binnen, meneer Brewer, dan zorgt William wel voor die vervelende aap."

Kendall liet zich met tegenzin het huis binnen leiden terwijl Poole de andere kant op liep met de nijdig springende Puk.

May Smith had een pot water aan de kook gebracht op een kleine benzinebrander. Het interieur van het huis was vervallen, en het was wel duidelijk dat er al jaren niemand meer gewoond had.

"Ik dacht dat uw vader hier woonde," zei Kendall.

"Nee, niet sinds zijn tweede vrouw hem in de steek had gelaten," zei May Smith opgewekt. "En wie kan het haar kwalijk nemen dat ze niet in deze uithoek wilde wonen? Suiker, meneer Brewer?"

"Nee, dank u." Hij wreef over zijn kin. "Hoeveel hectare is het precies?"

"Achthonderdvijftig. Allemaal heuvels. En het is niet te harden zo warm in de zomer!"

"Ik begrijp dat u niet van plan bent om zelf hier te gaan wonen?"

"Ik? Absoluut niet!"

"Het is mogelijk dat ik de grond voor u kan verkopen. Ik kan natuurlijk niets beloven — maar er zijn genoeg excentriekelingen in de wereld." Kendall lachte. "Sommige mensen kopen alles als ze denken dat ze een koopje krijgen."

May Smith lachte. "O, ik wil wel verkopen — en ik ga niet moeilijk doen over de prijs. Alleen heb ik William beloofd dat hij als eerste een bod mag doen." Ze liep naar het raam. "Wat voert William in vredesnaam uit met Puk?"

William Poole kwam naar binnen en beantwoordde de vraag zelf. "Jij met je verdomde aap," zei hij nijdig tegen May.

"Wat is er aan de hand?"

"Ik wilde dat kleine monster tijdelijk in mijn auto opsluiten, maar hij pikte mijn sleutels en ging ermee vandoor."

"O, wat een stoute aap!"

"Dat is nog niet het ergste. Hij is langs de ladder op de watertank geklommen en heeft ze erin gegooid. En nu liggen ze op de bodem."

May lachte nerveus. "Gelukkig staat er geen water in."

"Maar vervelend is het wel! Je weet toch dat ik hoogtevrees heb!"

"Ik weet het. Puk is erg stout. Maar meneer Brewer wil vast de sleutels even pakken."

Getergd hief Kendall zijn ogen ten hemel. Hij zette de theekop met een ferm gebaar terug op het schoteltje. "Ik denk dat we beter kunnen gaan."

"Goed idee," zei Poole. "Maar u zult die tank in moeten klimmen om de sleutels te pakken. Ik kan niet tegen hoogtes."

"Prima," bromde Kendall. "Laten we die rotsleutels halen en hier weggaan."

Ze liepen samen naar de watertank. William wees naar de houten ladder die tot bovenaan de tank leidde, en de touwladder die de tank ingegooid kon worden. Kendall schudde grimmig het hoofd en beklom de ladder, die behoorlijk krakkemikkig bleek te zijn. Toen hij bovenaan stond, een meter of vijf van de grond, tuurde hij omlaag in de tank. Zoals May Smith al had gezegd, stond die droog. Hij liet de touwladder zakken en daalde voorzichtig af. Waar lagen die sleutels? Hij liep een rondje door de tank. Het oude metaal leek klaaglijk te protesteren onder zijn voeten. Daar — de sleutels. Hij raapte ze op en liep terug naar de touwladder. Hij zette zijn ene voet op de onderste sport maar er leek iets mee te geven. Hij keek weifelend omhoog en testte de ladder nogmaals. Uiteindelijk liet hij zijn volle gewicht op de touwladder rusten — maar die kwam los en viel op zijn hoofd. Kendall vloekte van schrik en ergernis. Toen riep hij: "Poole. Hé, Poole!"

Er kwam niet meteen antwoord. Kendall stond middenin de metalen cilinder en staarde omhoog naar de schijf blauwe lucht meer dan drie meter boven zijn hoofd. "Poole!"

Stilte.

Kendall probeerde het nog een keer, en nu zo hard hij kon. Deze keer kwam er een reactie. Poole's stem klonk diep en doods uit een afvoer aan de onderzijde van de tank.

"Riep u mij, meneer Brewer?"

"En of ik je riep. Die touwladder is gebroken!"

"Zeg, luister eens, meneer Brewer — ik sprak May net, en ik denk dat ze bereid is nu meteen te verkopen, of in ieder geval een optie te geven op de grond."

"Ik weet nog niet of ik wel interesse heb. Zeker niet zolang ik in deze tank zit. Gooi eerst maar eens een andere touwladder naar beneden."

Even was het stil. "Meneer Brewer, ik wil niet vervelend zijn, maar ik kan me er echt niet toe zetten om op die ladder te klimmen. Ik heb enorme hoogtevrees."

"Wel, vraag de jongedame dan of ze hierheen komt. Zij is er perfect toe in staat."

"Ik zal het haar vragen, meneer Brewer."

Een ogenblik verstreek en toen klonk de holle stem van Poole weer door de afvoer. "Meneer Brewer, ze is in verwachting en ze zegt dat ze geen ladder durft te beklimmen."

"In verwachting? Ik had geen idee dat ze getrouwd was. Is ze getrouwd?"

"Jazeker. Haar man heeft een dierenwinkel. Zo komt ze ook aan die aap."

"De duvel hale die rotaap! Gooi anders een touw over de rand, dan trek ik mezelf wel naar boven."

"Meneer Brewer, ik heb May zojuist gevraagd hoeveel ze wil voor een optie. Ze was een beetje onredelijk, maar aangezien we er toch ruim aan gaan verdienen, maakt het niet zo veel uit. Negenduizend wil ze hebben."

Kendall verstijfde. "Negenduizend dollar? Waarvoor?"

"Een optie van drie maanden op haar verkooprecht. Ik denk dat u die kans moet grijpen. Als u erover nadenkt, is het niet duur."

Kendall dacht even diep na. Toen zei hij: "Gooi eerst een touw naar beneden. Ik kan er niet over praten zolang ik in deze tank zit."

Met spijt in zijn stem zei Poole: "Meneer Brewer, ik ben bang voor u. Misschien is dat wat al te eerlijk, maar zo staat het ervoor. U weet nu net zo veel als ik. Wat weerhoudt u ervan om buiten mij om te handelen? Ik heb liever dat u hier en nu betaalt voor die optie — nu ik weet waar u bent. Dat lijkt me de meest zakelijke oplossing."

"'Zakelijk'?" Kendalls stem klonk hees. "Je verlangt dat ik betaal voor een optie terwijl ik in een watertank opgesloten zit? Je bent niet goed wijs! Haal me hieruit, anders laat ik je arresteren!"

"Dat is niet heel vriendelijk van u, meneer Brewer," zei Poole verwijtend. "En trouwens, nu ik erover nadenk kunt u me niet laten arresteren voor iets waar ik part nog deel aan had, of wel dan?"

"Haal me hieruit!" siste Kendall grimmig. "Ik heb belangrijke zaken te doen in de stad."

"Ik kan niets doen, meneer Brewer. Ik durf die ladder niet op, en ik heb hier geen touw of wat dan ook. Het lijkt erop dat u hier even zult moeten blijven zitten tot ik de stad in kan. Of tot de zaak geregeld is."

"Wat bedoel je daar precies mee?"

"Wel — zoals ik al zei, kan ik er niet op vertrouwen dat u deze zaak niet buiten mij om regelt. Maar er is nog iemand in San Francisco die interesse heeft. Ik denk dat ik met hem wel tot overeenstemming kan komen. En als dat zo is, dan bent u natuurlijk vrij om te gaan. Ergens is het misschien wel een meevaller voor mij dat u zichzelf in die tank heeft opgesloten."

"Met andere woorden," sprak Kendall bitter, "als ik de optie niet neem, dan laat je mij hier gewoon zitten. Besef je wel dat dat neerkomt op ontvoering? Dat is een ernstig misdrijf."

"Helemaal niet, meneer Brewer. Ik heb u niet in die tank gestopt. U bent er zelf ingeklommen."

"Ik geef je nog een laatste kans," verklaarde Kendall. "Laat me eruit en dan beloof ik dat ik deze hele affaire zal vergeten —"

"Een ogenblikje, meneer Brewer," zei Poole. "Ik zie May aankomen. Ik wil even met haar overleggen."

Vijf minuten gingen voorbij. Kendall probeerde enkele malen tevergeefs de touwladder over de rand van de tank heen te gooien, in de hoop dat die ergens aan zou blijven hangen en zijn gewicht zou kunnen dragen.

Poole sprak weer door de afvoer. "Meneer Brewer, ze heeft me de optie gegeven — op naam van ons beiden. Als u een cheque schrijft voor negenduizend dollar en die door de afvoer naar buiten duwt, dan geef ik u de overeenkomst."

"Loop naar de hel," blafte Kendall.

Poole gaf geen antwoord.

Twintig minuten gingen voorbij. Een halfuur. Plotseling verhief Kendall zijn stem. "Hé daar, Poole."

"Ja, meneer Brewer?"

"Laat me eruit. Ik denk dat we wel tot overeenstemming kunnen komen."

"Ik durf echt die ladder niet op, meneer Brewer. Ik ben doodsbang."

"Je kan mij hier niet gevangenhouden," zei Kendall.

"Ik hou u niet gevangen, meneer Brewer. U bent per ongeluk vast komen te zitten in een watertank, en ik kan u niet helpen. Morgen spreek ik die andere partij waar ik het over had, en als dat allemaal goed gaat, dan vinden we vast een manier om u hieruit te helpen."

"Ik kan niet tot morgen wachten," riep Kendall uit. "Ik heb morgen een belangrijke vergadering."

"Het spijt me, meneer Brewer. Zaken zijn zaken. Nu u weet waar de grond ligt, kan ik er niet op vertrouwen dat u niet achter mijn rug om gaat."

"Negenduizend?" zei Kendall. "Goed. Ik schrijf wel een cheque."

"Uit te betalen aan toonder graag, meneer Brewer."

Kendall schreef de cheque uit en duwde hem door de afvoer. "Haal me hieruit."

"Zo eenvoudig is dat niet, meneer Brewer. Ik moet deze cheque eerst innen. Zodra ik het geld in handen heb kom ik zo snel mogelijk terug. Ik wil maar zeggen, als u de cheque niet correct hebt uitgeschreven, of er een of ander geheim teken op hebt gezet, of uw handtekening klopt niet, dan is het alleen maar tijdverspilling."

Kendall zweeg.

"Wel, meneer Brewer? Is die cheque gedekt?"

"Nee."

"Dat dacht ik al...Dus, hoe sneller u mij een goede cheque geeft, des te sneller zijn we hier klaar. En vergeet niet dat de banken om zes uur dicht gaan. Als ik vanavond mijn geld niet heb, dan zit u hier vast tot maandag."

"Goed dan," zei Kendall met trillende stem. Een nieuwe cheque kwam door de afvoerpijp naar buiten. "Deze kan je innen."

"Mooi," zei Poole. Hij duwde een ander stuk papier door de pijp naar binnen. "Hier is uw optie. May wist niet precies hoe ze het land moest omschrijven, maar ze geeft u een optie op alle grond die ze eventueel in de hele staat bezit. Dat lijkt me redelijk, nietwaar?"

"Redelijk genoeg," zei Kendall mat. "Ga die cheque maar verzilveren.

Hoe sneller je gaat, des te sneller ben je weer terug." Plots viel hem een bittere gedachte in. "De sleutels — heb je die nodig?"

"Jawel, gooi ze maar over de rand, meneer Brewer. Hoewel ik vermoed dat ik misschien nog ergens een reservesetje moet hebben."

Kendall kwam om acht uur thuis, afgemat, besmeurd en heel, heel erg chagrijnig. De brief die even later arriveerde maakte zijn stemming alleen nog maar erger.

> *Beste Kendall:* (begon de brief)
>
> *Na langdurig nadenken heb ik besloten om het idee dat ik vorige week heb geopperd niet verder uit te werken. Niet dat ik iets heb tegen snobisme; ikzelf ben ook een snob. Maar ik heb het idee dat snobisme een staat is die men moet verdienen, waar men voor moet werken op manieren waarmee men zich werkelijk boven het maaiveld verheft. Als dat het geval is, dan is het een normale, bevredigende en zelfs prijzenswaardige toestand, de keerzijde van Beroemdheid. Nadat ik mijn lijst van mogelijke bestuursleden nog eens heb doorgenomen, ben ik tot de conclusie gekomen dat geen van de genoemde figuren het recht heeft om zich met trots een snob te mogen noemen. Ik stel voor, Kendall, dat je lid wordt van de Lions Club.*

De brief was niet ondertekend. Kendall verfrommelde hem met een woede die zijn huid deed prikkelen alsof het klamme zweet in zijn handen stond.

De telefoon ging over. Kendall nam op en een zachte vrouwenstem vroeg naar Kendall Brewer.

"Daar spreekt u mee," blafte Kendall.

"Je spreekt met Lulu, Kendall. Bedankt voor alles."

"Ik snap het," zei Kendall langzaam. "Je bent heel sluw."

"Dank je, Kendall. Weet je dat ik je vader niet vermoord heb?"

"Dat heb je wel."

"Nee. Dat heb ik niet. Ik wil heel graag weten wie het wel gedaan heeft. Ik heb nog een extra appeltje te schillen met hem — of haar."

Kendall maakte een bars geluid in zijn keel. "Je raaskalt."

"Waar was jij toen je vader werd doodgeschoten, Kendall? Weet je dat nog?"

"Binnen, in het huis."

"Alleen?"

"Ja."

"Dus je weet niet wat de anderen aan het doen waren?"

"Nee."

"Tot ziens Kendall. Geloof me maar, je bent er gemakkelijk vanaf gekomen. Veel gemakkelijker dan ik."

De verbinding werd verbroken. Kendall voelde zich helemaal leeg gewrongen. Hij liet zich slap in een stoel zakken en staarde naar de open haard, die doods en donker was.

Zijn vrouw kwam binnen. "Kendall? Je bent erg stil."

"Dat klopt," zei Kendall. "Breng me eens een glas sherry. Een groot glas."

Elizabeth gehoorzaamde verwonderd.

Hoofdstuk XIII

"Mijn tante heeft een heleboel nare karaktertrekjes," zei Lulu. "Het is dan misschien jaren geleden dat ik haar voor het laatst gezien heb, maar ze is iemand die je onmogelijk kunt vergeten."

"Met andere woorden: een opmerkelijke dame," zei Robert droogjes.

Lulu knikte. Ze nam gas terug, stuurde de auto naar de zijkant van de Great Highway en parkeerde. Het was halfvijf, op een warme namiddag. De lucht was zwaar, de Stille Oceaan rolde blauwgrijs en rustig tegen de kust ten westen van hen, verblindende stralen en scherven zonlicht doorschoten het landschap.

Lulu leunde achterover en strekte zich uitgebreid uit. "Robert, we zijn rijk. Besef je dat wel? Stinkend rijk."

"Tot nu toe zijn we erin geslaagd uit de gevangenis te blijven."

"Uiteraard. We hebben niets illegaals gedaan."

"Ha, ha. Wacht maar tot de belastingdienst langskomt!"

"Onzin. Er is elk jaar belasting betaald over dit geld, door Kendall en Oliver. Gewoon een van die kleine diensten die ze me met alle plezier bewezen hebben."

"Je zult zien dat er straks iets vreselijk mis gaat."

"Robert," zei Lulu, "je bent in een pessimistische stemming."

"Ik begin de druk te voelen van de serie meevallers die we tot nu toe gehad hebben."

"Geluk heeft er niets mee te maken. We werken volgens de Algemene Theorie van Zwendel, Oplichting en Onofficiële Inbeslagname."

Robert bromde weifelend. Lulu ging nog iets gemakkelijker zitten en keek met lome blik uit over de oceaan. "Kijk toch eens naar al dat water, Robert. Kilometers... En kijk eens naar die kleine witte wolkjes net boven de horizon. Als we daaronder zouden zitten, zouden ze een kwart van de hemel bedekken."

"Indrukwekkend."

"Met al dit geld," ging Lulu verder, "kunnen we reizen waarheen we maar willen. Tasmanië. Zanzibar. Kopenhagen."

"Misschien kunnen we maar beter vertrekken zolang we nog niet in de gevangenis zitten."

Lulu schudde haar hoofd met een nadenkende halve glimlach. "Kendall en Oliver waren slechts een vingeroefening. Tante Flora is het hoofdprogramma."

"Dat wordt een harde noot om te kraken. Ongetwijfeld is ze al gewaarschuwd door Kendall en Oliver."

"Dat maakt me niets uit. Als het de eerste keer niet lukt, dan probeer ik het nogmaals. Ik blijf haar bewerken tot ik mijn geld terug heb. Ik zal zorgen dat ze zo onzeker wordt dat ze haar huis straks niet meer uit durft."

"Je bent een wraakzuchtig monstertje, weet je dat?"

"Zeker."

Na een korte stilte zei Robert: "Ik kan het je niet kwalijk nemen."

"Ik neem mijzelf niets kwalijk."

"En hoe wil je het aanpakken? Volgens die Algemene Theorie van je?"

"Nergens voor nodig. Ik weet precies hoe ik Tante Flora moet aan-pakken."

"O, echt waar?"

"Ja, echt waar. We zullen weer gebruik moeten maken van jouw geweldige talent, je was zó overtuigend als de inhalige dommekracht."

"Dat was niet zo moeilijk, aangezien dat in de grond genomen mijn eigen aard is. Een beetje krom lopen, scheel kijken, mijn kaak los laten hangen en een beetje met mijn neus wiebelen."

"Eerst," zei Lulu, "hebben we het gebruikelijke voorwerk te doen."

Op woensdag 1 juli parkeerden Lulu en Robert midden op de dag tegenover Belvedere Street 2413 een oude zwarte bestelwagen met de volgende tekst op de zijkant:

OSCAR ANDERSON
Erkend Loodgieter

Daarbij zetten ze de auto zo neer dat ze goed zicht hadden op de voordeur.

"Dus dat is het huis van Tante Flora," zei Robert.

Lulu knikte somber. "Er is in de afgelopen dertien jaar niets veranderd, nog geen geranium. Alleen ziet alles er veel kleiner uit." Lulu dacht terug aan al die jaren geleden en zag in gedachten weer een klein, serieus kijkend meisje met blonde vlechten uit de grote zwarte auto van Oom Maurice stappen. Het huis had enorm groot geleken, als een klif die voor haar oprees, grootser dan ze ooit had gezien. "Het is zo lang geleden," zei Lulu half-binnensmonds, "maar toch — toch is het maar kort."

"Kijk," zei Robert. "Wie is dat? Tante Flora?"

"Nee," zei Lulu. "Dat is de huisjongen. Mankeer je iets aan je ogen?"

"Ik wilde het gewoon even zeker weten."

Over een pad langs het huis kwam een Filipino van middelbare leeftijd aanlopen in een net bruin pak met een zwarte hoed. "Goeie hemel," mompelde Lulu.

"Wat is er?"

"Dat is Giorgio!" zei Lulu verbijsterd. "Hij is er nog steeds, na al die jaren!"

"Wat is daar zo vreemd aan?"

"Je kunt je niet voorstellen hoeveel problemen Tante Flora vroeger had met haar personeel. Niemand kon het langer dan een week met haar uithouden."

Giorgio liep zwierig de stoep op.

"Zijn vrije middag," zei Lulu. "Noteer dat maar."

Een uur ging voorbij, en nog een uur. Een taxi stopte voor het huis van de Brewers; de chauffeur stapte uit en liep over het tuinpad naar de portiek. Hij drukte op de bel en wachtte. Twee minuten gleden voorbij. In de schaduw van de portiek stond de chauffeur ongeduldig te wiebelen. Hij drukte nogmaals op de bel, wachtte nog twee minuten en liep toen met nijdige passen terug naar zijn taxi.

Boven vloog het slaapkamerraam open. "Joehoe!" klonk het zangerig. "Een ogenblikje. Ik kom eraan."

De chauffeur keek somber omhoog, ging in zijn taxi zitten en deed de vlag omlaag.

"Die beste Tante Flora," giechelde Lulu. "Nog steeds dezelfde."

Tien minuten later kwam Flora het huis uit, rechtop en koninklijk. Ze sloot de deur, testte het slot en liep het pad af.

Lulu's hart bonsde in haar keel. De huid van haar handen en haar gezicht voelde plots verdoofd aan. "Dat is Tante Flora," fluisterde ze.

Flora stapte in de taxi, gaf heldere, gedecideerde aanwijzingen. De taxi vertrok.

Lulu zuchtte diep. "Nu weet ik hoe een holbewoonster zich voelde als er een sabeltandtijger voorbijkwam ... Ik ben nog altijd doodsbang voor haar."

"Ze is indrukwekkend," zei Robert. "En eigenlijk best wel knap om te zien, ondanks die zuinige mond."

"Tante Flora wist altijd al goed voor de dag te komen. Ze is een beetje zwaarder geworden, en mogelijk wat minder kwiek. Maar verder — nog precies dezelfde Tante Flora. Zelfs haar kleren zijn niet veranderd. Duur, en misschien een tikje ouderwets."

Robert keek de straat af in beide richtingen. "En nu? Ik neem aan dat het huis nu leeg is."

Lulu knikte. "Ga maar vast vooruit. Ik denk dat je minder opvalt als je alleen gaat."

Robert stapte uit de bestelwagen. Hij droeg een blauw-wit gestreepte overall en een zwarte pet. Hij pakte een gereedschapskist achter uit de auto, stak de straat over en liep een pad op dat naar de achterzijde van het huis van de Brewers leidde. Lulu zat stokstijf en keek hem zenuwachtig na. Tien lange minuten verstreken. De voordeur ging langzaam open. Lulu sprong uit de bestelwagen, stak over, rende het pad op, langs de portiek vol hangende potten met varens, en zo het huis binnen.

Robert sloot de deur achter haar. Ze stonden samen in de schemerige hal, en het leek wel alsof de jaren waren weggevallen. Lulu voelde zich weer acht jaar oud, voor het eerst in dit vreemde, enorme huis met de geur van kamferhout, wierook en — nog steeds — een hint van gedroogde rozenblaadjes.

Robert zei: "De deur naar de bijkeuken was niet op slot. Het kostte geen enkele moeite om binnen te komen, dus het leek me handig om meteen maar door te zetten. Zo'n kans krijgen we misschien nooit meer."

"Goed," zei Lulu. "Heb je de rest van het huis gecontroleerd?"

"Er is niemand thuis."

Lulu stond nog steeds met haar rug stijf tegen de voordeur. "Dit huis maakt me doodsbang. Ik ben helemaal van de kaart." Ze lachte. "Maar het helpt niet als ik zo blijf staan; er is werk aan de winkel." Ze liep naar de andere kant van het vertrek "Daar staat ze, naast die boeddha. Nog precies op dezelfde plek, of misschien hooguit een centimeter of twee verschoven."

Robert haalde een fototoestel uit zijn gereedschapskist en begon scherp te stellen.

"Moet ik haar ergens anders heen brengen?" vroeg Lulu.

"Ze staat daar prima…Hier is de meetlat." Hij gaf Lulu een duim-stok, en Lulu hield deze verticaal naast de vaas.

Acht keer flitste het witte licht door de hal. "Dat moet volstaan," zei Robert.

"Laten we gaan," zei Lulu. "Ik krijg de rillingen van dit huis."

"Nog even wachten," zei Robert. "Waarschijnlijk hebben we volgende keer niet de mazzel dat die deur niet op slot zit. Ik vraag me af of er niet ergens een onopvallend raam is dat we open kunnen maken, voor de volgende keer."

Lulu aarzelde. "Stel dat iemand het ziet…Maar waarschijnlijk heb je gelijk. In de kelder is vast wel een geschikt raam."

Ze ging hem voor, door de eetkamer, op haar tenen langs de grote notenhouten tafel. Ze stond even stil en wees. "Dat was vroeger mijn plek — deze stoel hier. Kendall — Oliver — Oom Maurice — Tante Flora. Een gezellig clubje."

Ze liep naar het raam aan de achterkant en keek naar de tuin. "Daar — onder die esdoorn — dat is de plek waar Oom Maurice is doodgeschoten. En dat is het huis waar mijn vriend Bones vroeger woonde. Professor Bonenstaak, en zijn kat Purr. Arme, zielige, kleine Bones." Ze staarde naar de plek die ze zich zo goed kon herinneren. "Als ik terugdenk aan de manier waarop Kendall en Oliver zich vroeger gedroegen…" Ze schudde haar hoofd. "Ik geloof dat ik te sentimenteel ben voor mijn eigen bestwil."

"Als je tante Flora ons betrapt terwijl we haar uitzicht staan te bewonderen, dan hebben we allebei redenen om sentimenteel te worden," zei Robert.

Ze namen de achtertrap naar de keuken. Robert liep naar een stoffig raam dat uitgaf op het pad. "Dit lijkt me een prima optie." Hij maakte het raam los en testte het. Het raam gleed zonder enige moeite omhoog, waarbij de touwen bijna geruisloos over de katrollen gleden. Hij deed het raam weer dicht; ze keerden terug naar de begane grond en verlieten het huis.

Terwijl Edgar Varese de dia's bestudeerde in een viewer, keek Lulu rond in zijn studio. Een interessante plek, vol fascinerende machines en materialen. Bij de muur, onder een serie ramen, stonden twee pottenbakkersschijven, een draaibank, een werkbank met een kleine verfmolen voor het vermalen van glazuur, een tweetal elektrische testovens, bakken vol klei en mineralen. Aan de andere muur hingen planken met diverse houders voor de oven, flessen met allerlei soorten vernis, beitsen, modeleerspatels, verpakkingen met zuivere chemicaliën.

Varese, de pottenbaker, was een kleine, donkere man met pezige armen en schouders. Hij vroeg: "U wilt twee van deze vazen?"

"Inderdaad," zei Lulu. "Identiek aan de vaas op deze foto's."

Varese hield weifelend zijn hoofd schuin. "Laten we zeggen: een zo goed mogelijke benadering."

"Prima. Een heel goede benadering. U kunt de maat aflezen op de duimstok op de foto."

Varese bestudeerde de foto. "Het is waarschijnlijk Chinees. Of liever gezegd, overduidelijk Chinees, vooral aangezien die boeddha ernaast staat. Wat is dat voor glazuur? Heeft u enig idee?"

"Ik zou het niet weten," zei Lulu. "Zoals u ziet is het een bleke lavendelkleur, meer blauw dan roze, en hij is glad, heel diep, heel transparant."

"Zeker geen celadon. Ik heb nooit gehoord van lavendelkleurig celadon. Groen, uiteraard. Zelfs grijs."

"Celadon, dat is het volgens mij. Mij is verteld dat dit een unieke kleur is voor dit soort glazuur."

"Dat wil ik graag geloven. Ik kan die kleur niet exact namaken. Zeker niet als er haast bij is. Als ik een jaar de tijd heb, en voor tienduizend dollar, dan kan ik waarschijnlijk wel in de buurt komen."

"Ik dacht eerder aan een klein percentage van beide," zei Lulu.

Varese knikte. "Dat dacht ik al. Welnu, ik kan aardig in de buurt komen. De vorm is eenvoudig genoeg. In de loop der eeuwen hebben we er heel wat bij geleerd. Met vallen en opstaan. Dat maakt dit beroep zo fascinerend. Je weet nooit hoe het eindproduct eruit zal zien voor je de oven opent."

"Even terugkomend op dat jaar en die tienduizend dollar — wat zijn de percentages die u in gedachten had?"

"O — een week, en tweehonderd dollar. Wat dacht u daarvan?"

"Dat klinkt redelijk. Hier is nog een foto van de vaas: de bodem. Ziet u dat merkteken? Ik wil graag hetzelfde merk op de bodem van beide vazen hebben, en verder niets. Niet uw eigen handtekening, bijvoorbeeld."

Varese keek Lulu aandachtig aan en haalde toen zijn schouders op. "Wat u maar wilt. Maar als u ze voor echt kunt verkopen, dan hoor ik het graag. Misschien kan ik er een handeltje van maken."

"Meneer Varese! Denkt u dat ik een zwendelaar ben?"

"Men komt ze zo af en toe tegen. Maar — 'oordeelt niet, opdat gij niet geoordeeld wordt'. Wie van ons is zonder zonde? Die mag de eerste steen gooien. Zolang hij zelf niet in een glazen huis woont, natuurlijk."

"Meneer Varese, u bent niet alleen een pottenbakker, maar ook nog eens een filosoof."

"Twee kanten van hetzelfde beroep, lieve dame."

De drukker keek Lulu met een glazige blik aan en wreef met een met inkt besmeurde vinger over zijn kin. "Uiteraard kan ik twaalf exemplaren drukken, maar het is niet goedkoop. Voor maar een paar dollar extra kunt u er duizenden krijgen."

"Ik heb er maar twaalf nodig," zei Lulu, "maar ik heb er wel haast mee."

De drukker bestudeerde de lay-out. "Foto van de man hier, de vaas daar, de tekst precies zoals hij hier staat. Laten we zeggen, morgen om een uur of vier."

✳

Drie dagen later vond Flora Brewer een lange, luxe envelop in haar post, met daarin een imponerende gedrukte aankondiging:

Het Instituut voor Oriëntale Studies heeft de eer een serie geïllustreerde lezingen aan te mogen kondigen, te houden door de eminente oriëntalist dr. Malcolm Cumberland, die recentelijk na een uitgebreide studiereis door Japan in San Francisco is aangekomen.

Het onderwerp van de lezingen is:

➥ *De Evolutie van Chinees Porselein* ⬅

TOEGANG UITSLUITEND NA AANMELDING.

Bovenaan de annonce stond een foto van een donkere jongeman met scherpe, ascetische trekken, een gevoelig ogende mond en diepliggende ogen onder zware wenkbrauwen. Het onderschrift luidde: 'dr. Malcolm Cumberland'. Onderaan stond nog een foto, met het onderschrift 'Vaas uit de Song-dynastie'.

"Wel, wel," dacht Flora, "ik moet zien dat ik een van deze lezingen kan bijwonen. Hij ziet er vrij jong uit voor een expert, maar vandaag de dag lijkt iedereen steeds jonger…Vreemd dat het Instituut er niet bij zegt waar of wanneer de lezingen zullen plaatsvinden. Waarschijnlijk volgt er nog een tweede bericht…"

Op dinsdagmiddag keerde Lulu terug naar de studio van Edgar Varese, meester-pottenbakker en filosoof. Op een plank in de voorkamer zag ze een identiek paar elegante vazen met een transparant, grijs-violet glazuur.

Varese kwam binnen terwijl Lulu de vazen nader bekeek. "En, zijn ze naar uw zin? Is dit wat u wilde?"

"Jazeker," zei Lulu. "U heeft heel goed werk geleverd, meneer Varese. Het glazuur is misschien een klein beetje feller dan het origineel — tenminste, dat denk ik. Maar het verschil is niet noemenswaardig." Ze keek naar de onderkant. "De merktekens —"

"Identiek, precies zoals u heeft opgedragen."

"Mooi." Lulu schreef een cheque uit, pakte een vaas in iedere hand, en vertrok.

De volgende dag was het woensdag, en de oude bestelwagen stond weer tegenover Belvedere Street 2413 geparkeerd.

Even na enen kwam Giorgio over het pad langs het huis, netjes gekleed in een streepjespak van een ietwat overdreven snit en een zachte zwarte fedora.

Er ging een uur voorbij; twee uur. Lulu werd ongedurig. "Zou ze de hele dag thuisblijven?"

"Sommige mensen doen dat," zei Robert.

"Misschien is ze vanochtend al weggegaan en nog niet thuis."

Robert schudde zijn hoofd. "Dat denk ik niet."

Lulu keek hem geïrriteerd aan. "Hoe kun je dat zo zeker weten?"

"Logica. Als ze niet thuis was geweest, zou die huisjongen dan tot na de lunch hebben gewacht voordat hij vertrok? Dat denk ik niet. Hij zou er als een speer vandoor gegaan zijn zodra ze de voordeur achter zich dicht trok."

"Dat hoeft niet," zei Lulu. "Tante Flora heeft er een handje van om takenlijsten te maken. Ze zou hem genoeg hebben opgedragen om zijn hele dag te vullen."

"We zouden kunnen telefoneren om te zien of ze opneemt," stelde Robert voor. Hij keek links en rechts de straat in. "Ik geloof niet dat er een benzinestation of iets dergelijks in de buurt is."

"Kijk," zei Lulu. "Daar komt een taxi aan. Ze gaat weg."

Vijf minuten later had Flora Brewer zich in de taxi neergevlijd en was vertrokken.

"Het huis is leeg," zei Lulu. "Robert — aan het werk!"

"Ik hoop dat dat raam nog open staat," zei Robert. "Anders — anders wordt het inbraak." Hij pakte zijn gereedschapskist, ging de auto uit, slenterde op zijn gemak naar de overkant van de straat en verdween over het pad naar achteren.

Lulu luisterde aandachtig en hoorde heel zachtjes het geluid van een raam dat werd opengeschoven.

Een ogenblik later ging de voordeur voorzichtig open. Lulu stapte uit de bestelwagen, met een kartonnen doos in haar handen. Ze ging het huis binnen, bleef even staan in de met donker hout beklede hal tot haar ogen aan het halfduister gewend waren. De staande klok sloeg het hele uur; ze schrokken er allebei van. Lulu pakte een vaas uit de doos en bracht deze voorzichtig naar de andere kant van de hal, waar de grote vergulde boeddha stond.

"Haal ze in 's hemelsnaam niet door elkaar," zei Robert.

Lulu lachte. "Wat een grap zou dat zijn. Ze zijn trouwens heel moeilijk van elkaar te onderscheiden." Ze ruilde de vazen om en deed een stap naar achter. "Volgens mij ziet niemand het verschil."

"Laten we niet te lang naar ons werk blijven staren," zei Robert. "De klok tikt door; voor hetzelfde geld is je tante alleen maar naar het postkantoor of zo."

"Je hebt gelijk," zei Lulu. Ze stopte de originele vaas in de doos en droeg haar voorzichtig naar buiten.

Diezelfde avond nog kreeg Flora Brewer een telefoontje. "Mevrouw Brewer?"

"Daar spreekt u mee."

"U spreekt met Marian Rutledge, secretaresse van het *Instituut voor Oriëntale Studies.*"

"O? Ik geloof niet —"

"Ik meen dat wij elkaar al diverse malen persoonlijk ontmoet hebben."

"Oh ja," zei Flora afstandelijk.

"U heeft waarschijnlijk bericht ontvangen dat dr. Cumberland een aantal lezingen zal geven."

"Ik heb de annonce ontvangen. Maar —"

"Het museum stelt momenteel een deel van de privécollectie van dr. Cumberland tentoon. Ik hoop dat u het mij niet kwalijk neemt, mevrouw Brewer, maar ik heb dr. Cumberland verteld over uw prachtige Song-vaas. Hij was buitengewoon geïnteresseerd en ik denk dat hij binnenkort zelf contact met u zal opnemen."

"Is dat zo," zei Flora, maar haar toon was niet echt vijandig. "Ik denk niet dat ik daar bezwaar tegen heb. Het zou mij een groot genoegen doen om dr. Cumberland te spreken, hoewel mijn eigen collectie uitermate bescheiden is."

"Dat is heel vriendelijk van u, mevrouw Brewer. Ik moet toegeven dat ik soms mijn mond voorbijpraat, en ik was al bang dat ik u in verlegenheid had gebracht."

"Nee hoor, helemaal niet," zei Flora toegeeflijk.

"Wel, dank u voor uw begrip, mevrouw Brewer, en we kijken ernaar uit om u bij de lezing te mogen begroeten."

Voordat Flora de kans kreeg om te vragen waar en wanneer die lezing dan zou plaatsvinden werd de telefoon opgehangen. En om welk instituut ging het nu precies? Het Azië-Instituut? Oriëntaalse Kunst? Zoiets moest het zijn.

Een halfuur later ging de telefoon weer. Ditmaal was het een mannenstem. "Mevrouw Brewer? U spreekt met dr. Malcolm Cumberland."

"O, ja. Dr. Cumberland. Ik begreep dat u enkele lezingen zal geven op het Instituut."

"Zeker, enkele lezingen en een seminarie aan de universiteit, voordat ik weer naar het Verre Oosten vertrek. Mevrouw Brewer, ik hoorde vandaag een buitengewoon interessant verhaal en ik moet u zeggen dat ik uitermate nieuwsgierig ben naar uw Song-vaas. Als het de vaas is die ik denk dat het is, dan — wel, dan kan ik u iets heel interessants laten zien."

"Dr. Cumberland, u klinkt wel erg geheimzinnig."

"Misschien kan ik morgen langskomen? Om een uur of elf?"

"Het zou me een genoegen zijn. Misschien kunt u blijven voor een lichte lunch?"

"Ik ben bang dat dat niet mogelijk is, maar hartelijk dank voor het aanbod. Ik zie ernaar uit om u morgen om elf uur te zien."

"Afgesproken, dr. Cumberland."

Op de afgesproken tijd parkeerde een jonge man met een somber gezicht en een enigszins ouderwets pak een fraaie zwarte sedan voor Belvedere Street 2413. Hij stapte uit, liep naar de voordeur en belde aan.

De huisjongen liet hem binnen en ging hem voor naar de huiskamer op de eerste etage, waar Flora Brewer al op hem zat te wachten.

"Dr. Cumberland? U bent een stuk jonger dan ik verwacht had."

Dr. Cumberland maakte een serieuze buiging. "Ik ben bang dat mijn leeftijd mij af en toe belemmert in mijn werk. De afgelopen twaalf jaar heb ik mij volledig gewijd aan de studie van Chinees en Japans aardewerk, en het kost mij af en toe grote moeite om oudere personen te overtuigen van mijn kwalificaties."

Flora glimlachte koeltjes. "Daar hoeft u hier niet bang voor te zijn. Ik begreep dat u kort geleden teruggekeerd bent uit Japan?"

"Ja, ik ben pas een week of twee terug in de V.S. en ik heb nu alweer heimwee."

"Ik ben zelf in Shanghai geboren," zei Flora, "dus de spirituele doctrines van de Oriënt zijn mij niet vreemd. Misschien dat ik u een kop thee mag aanbieden, doctor? Ik heb een zeer verfijnde, gerookte Lapsang Souchong. Normaal gesproken serveer ik die niet aan gasten, maar ik denk dat iemand als u hem wel weet te waarderen."

"Het zou me een waar genoegen zijn, mevrouw Brewer, maar als u het niet erg vindt — zou ik dan eerst een blik mogen werpen op uw Song? De nieuwsgierigheid wordt mij bijna te veel."

"Natuurlijk. Daarvoor moeten we weer naar beneden."

Flora leidde hem omlaag naar de entree en deed een lamp aan die de vergulde boeddha in een rechthoek van zacht geel licht hulde.

Op de tafel voor de boeddha stond de grijs-violette vaas. "Ah!" riep dr. Cumberland uitermate opgewonden. Hij snelde naar voren, pakte de vaas op en bestudeerde de bodem. "Beste mevrouw Brewer, dit is een verrassing! Wat een geweldige ontdekking!"

Flora lachte koeltjes en damesachtig. "Ik ben me ervan bewust dat de vaas erg waardevol is."

"En ik weet zeker dat er een opwindend verhaal aan vast moet zitten. Als u het goedvindt, zou ik nu graag die beloofde kop thee drinken."

"Natuurlijk." Flora verhief haar stem. "Giorgio! De thee alsjeblieft!"

Ze gingen weer naar boven. "Ik zal u eerst mijn verhaal vertellen," zei dr. Cumberland. "Het is een vreemd verhaal, en mijn aandeel is nogal dubieus — maar ik ga me niet verontschuldigen. Tenslotte zijn we allebei verzamelaars. Welnu, mijn verhaal. Uiteraard heb ik op mijn reis een bezoek gebracht aan het Keizerlijk Museum in Kyoto. Daar ben ik bevriend geraakt met een van de curatoren. En om een lang verhaal kort te maken, ik stond op het punt om naar huis terug te keren — ik was zelfs al aan boord van mijn schip — toen deze zelfde curator mij kwam opzoeken met een pakje in zijn handen. Hij was buiten zichzelf, wanhopig. Zijn dochter leed aan een terminale vorm van kanker en hij had heel dringend geld nodig. Hij vertelde mij dat hij had besloten om enkele stukken uit zijn privéverzameling te verkopen. Toen opende hij zijn pakje en tot mijn verbazing bevatte die een Song-vaas met een bijna uniek violet gekleurd celadon-glazuur. Ik vroeg naar zijn prijs en die was belachelijk laag. Ik betaalde hem. Hij liep naar buiten, maar bij de deur draaide hij zich om. 'Dr. Cumberland,' zei hij, 'u hebt het recht te weten wat het verhaal achter uw vaas is. Oorspronkelijk maakte zij deel uit van een identiek paar. Vele jaren geleden is de tweede vaas gestolen door Chinese bandieten en verkocht. Op zichzelf is deze vaas al waardevol; als complete set van twee vazen zouden ze van onschatbare waarde zijn.'

" 'Is dat zo?' vroeg ik. 'Wie is dan de eigenaar van de tweede vaas?'

" 'Dat weet niemand. Ze is verkocht aan een Engelse familie die haar heeft meegenomen naar Amerika. Daarna heeft niemand haar ooit nog gezien.'

"Uiteraard heb ik het vermoeden dat de man de vaas had gestolen uit het Keizerlijk Museum. Maar dat kan ik niet bewijzen en dus geef ik er de voorkeur aan om mijzelf voor te houden dat de vaas zijn eigendom was en dat hij het recht had haar te verkopen. Dus, mevrouw Brewer, u kunt zich wel voorstellen hoe geschokt ik was toen mevrouw Rutledge mijn vaas zag en opmerkte dat hij heel sterk leek op een vaas in uw collectie."

"Wat een buitengewoon fascinerend verhaal," zei Flora met schitterende ogen. "En waar is uw vaas nu?"

"Ik heb ze meegebracht, en ik zou haar heel graag willen vergelijken met die van u."

"Laten we dat dan doen."

Ze haastten zich weer naar beneden, en dr. Cumberland liep naar zijn auto. Hij kwam terug met een kamferhouten kist die hij met grote voorzichtigheid vasthield.

Hij opende de kist en pakte er met een teder gebaar een grijs-violette vaas uit.

"Ah!" zuchtte Flora.

Dr. Cumberland zette zijn vaas op de tafel naast de vaas die er al stond. Het leed geen enkele twijfel — de twee vazen waren identiek. Hij schudde zijn hoofd, vervuld van gelukzalige bewondering. "Dit, mevrouw Brewer, is een aanblik die iedere oriëntalist ter wereld gek zou maken van jaloezie." Ineens veranderde zijn houding abrupt. Hij kauwde op zijn onderlip. "Maar misschien overdrijf ik nu. Uiteindelijk zijn er honderden, misschien wel duizenden prachtige Song-vazen op de wereld. Deze twee zijn buitengewoon fraai, dat wel. Ik moet zeggen, mevrouw Brewer, dat ik misschien zelfs over te halen ben om de vaas van u over te nemen, als u dat zou willen. Ik ben bereid," hier dacht hij even na, met een sluwe uitdrukking op zijn gezicht, "om u vierduizend dollar te betalen."

Flora lachte spottend. "Mijn beste dr. Cumberland. U schertst. Ik denk dat mijn vaas veel meer waard is dan dat."

"Werkelijk? En wat denkt u dat ze waard is?"

"Minstens tienduizend dollar."

Dr. Cumberland schudde spijtig zijn hoofd. "Mevrouw Brewer, u hebt werkelijk te lang in de Oriënt gewoond. U onderhandelt te scherp. Ik bied u — laten we zeggen, achtduizend?" Dr. Cumberland haalde een chequeboekje uit zijn zak.

Flora lachte nogmaals, nu nog killer en metaliger. "Ik heb niet gezegd dat ik de vaas voor tienduizend zou verkopen. Ik heb u alleen gezegd dat tienduizend dollar de minimale waarde van de vaas is." Ze keek hem van opzij aan. "Wat zou u ervan zeggen als ik u achtduizend bood voor *uw* vaas?"

"Mijn beste mevrouw," sprak dr. Cumberland op licht verwijtende toon. "Het maakt altijd uit of men inkoopt of verkoopt. Zoals u al terecht opmerkte, is mijn vaas minstens tienduizend waard."

Flora liep naar de tafel en inspecteerde de vaas van dr. Cumberland nauwkeurig. Ze tilde haar op, bekeek het merkteken van de pottenbakker, fronste de wenkbrauwen, vergeleek het met het merkteken op de bodem van haar eigen vaas. "Goed dan," zei ze, "ik bied u tienduizend voor uw exemplaar."

Dr. Cumberland schudde bedroefd het hoofd. "Ik ben een verzamelaar, mevrouw Brewer. Ik vind het verschrikkelijk om stukken waarvan ik hou te verkopen." Hij dacht even na. "Ik heb een idee. Laten we het sportief houden. We gooien een munt op. Als ik win, dan koop ik uw vaas voor tienduizend, als ik verlies, dan kunt u de mijne kopen voor tienduizend."

Flora schudde haar hoofd. "Nee, dr. Cumberland, absoluut niet."

Dr. Cumberland maakte aanstalten om zijn eigen vaas te pakken, maar maakte de beweging niet af. "Ik kan u echt niet overreden om afstand te doen van uw vaas?"

"Ik vrees van niet."

"Dan zal ik degene moeten zijn die aan u verkoopt. Dit paar hoort bij elkaar, ik kan het niet verdragen om ze weer te scheiden. Maar op één voorwaarde."

"En wat is uw voorwaarde, dr. Cumberland?"

"Dat u mij toestaat om nu en dan op bezoek te komen om te genieten van de aanblik van deze twee unieke exemplaren zij aan zij."

Flora knikte welwillend. "Daar heb ik geen bezwaar tegen. Als u zo vriendelijk zou willen zijn om een koopovereenkomst op te stellen, dan schrijf ik een cheque voor u."

Dr. Cumberland sprak op droevige toon: "Mevrouw Brewer, ik verzoek u nogmaals om van gedachten te veranderen. Denkt u zich eens in wat voor vreugde deze vazen zouden kunnen geven aan de vele toonaangevende wetenschappers uit de hele wereld die ieder jaar mijn collectie komen bezichtigen."

"U vergeet, dr. Cumberland, dat ik ook een verzamelaar ben."

Dr. Cumberland hief verslagen zijn handen ten hemel. Hij pakte zijn notitieboekje en schreef een haastige verkoopovereenkomst. "Goed dan — dan moet het maar meteen gebeuren."

"Als u mee wilt komen naar boven," zei Flora, "dan zal ik een cheque uitschrijven."

Dr. Cumberland pakte de cheque aan en vertrok. Flora keek met wijd opengesperde neusvleugels naar haar twee vazen. Die arme dr. Cumberland — zo jong, en zo onverstandig. Als elke vaas op zich tienduizend dollar waard was, dan zou een identiek paar zeker vijftig- of zestigduizend dollar kunnen opbrengen. Flora gniffelde en bekeek de kwitantie die dr. Cumberland had geschreven.

16 juli 1961
Verkocht aan mevrouw Flora Brewer voor de som van
tienduizend dollar: een vaas, violetgrijs van kleur, identiek aan de
vaas die al in haar bezit was.

De handtekening was bijna onleesbaar — een haastige krabbel die van alles zou kunnen voorstellen.

"Fantastisch," verklaarde Flora. "Dit is met recht een dag met een gouden randje."

Die avond belde ze Kendall en beschreef triomfantelijk hoe ze die brutale jonge dr. Cumberland had weten in te pakken.

Kendall was echter buitengewoon sceptisch. "Tienduizend dollar? En die dr. Cumberland — hoe zag die eruit?"

Flora beschreef hem.

Kendall uitte een kort, vreugdeloos lachje. "Heeft u toevallig ook een blonde jongedame van een jaar of eenentwintig, tweeëntwintig gezien?"

"Nee," zei Flora. "Die heb ik niet gezien. Waarom wil je dat weten?"

"Ik ben bang dat u degene bent die is ingepakt."

"Dat kan niet. Het Instituut —" ze zweeg. "Een moment." Ze liep naar haar vazen, pakte er een op, en toen de ander, hield beiden tegen het licht, kneep haar ogen half dicht, fronste. "Ik weet zeker dat je het bij het verkeerde eind hebt, Kendall. De vazen zijn identiek. Ik zie geen enkel verschil." Haar stem werd nadenkend. "Ze zien er wel glimmender uit — *nieuwer*."

Kendall lachte — het klonk Flora cynisch en gemeen in de oren. "Ze hebben u bij de neus genomen. En u weet vast wel wie hier achter steekt."

"Zeker," zei Flora met opeengeklemde kaken. "Dat weet ik … Nu wel."

Hoofdstuk XIV

Lulu werd wakker van de telefoon. Ze bleef even liggen, te loom om te bewegen, ondanks dat de ochtendzon al door het raam van de woonkamer naar binnen scheen en de klok naast haar aangaf dat het halfnegen was.

De telefoon bleef dringend rinkelen. Een vervelend geluid, vond Lulu. Slecht nieuws.

Ze gleed het bed uit, strompelde op blote voeten over de koude vloer en nam de telefoon op. "Hallo?"

"Spreek ik met Luellen Enright?" klonk een afgemeten, heldere stem.

"Wel, wel," zei Lulu spottend. "Tante Flora."

"Je spreekt met Flora Brewer. Ik begrijp dat jij mijn vaas hebt."

"Goeie hemel, Tante Flora, wat een eigenaardig idee!"

"Helemaal niet eigenaardig, gezien de omstandigheden. Ik neem aan dat je dacht dat je een grap kon uithalen. Hoe dan ook, ik eis dat je mijn vaas ogenblikkelijk teruggeeft. En dat je die cheque die ik die jongeman heb gegeven zo snel mogelijk verscheurt."

Lulu lachte. "Tante Flora, u bent en blijft een fantastisch mens. Ongelofelijk gewoon. Echt, er bestaat geen enkele omschrijving die u recht kan doen."

"Ik vrees dat ik je niet begrijp, Luellen. Ik neem aan dat je mijn vaas nu meteen komt terugbrengen?"

"Ik geloof niet dat ik een vaas van u bezit," zei Lulu. "Ik weet zelfs heel zeker dat dit niet zo is. De enige vaas die ik hier heb is mijn eigen vaas, die ik zelf uit Onomichi heb meegebracht."

Flora's stem werd schriller. "Daarover wil ik niet met jou in discussie treden. Op een of andere manier die ik nog niet helemaal heb kunnen doorgronden — maar het was vast heel slim opgezet; bedrog en fraude zijn altijd listig — ben je erin geslaagd om die vaas in handen te krijgen en mij een grote som gelds af te troggelen. Als ik het geld en de vaas vanavond opnieuw in mijn bezit heb, dan zal ik deze hele zaak afdoen als een grap, zij het een heel smakeloze."

"En zoniet?"

"Ik verzeker je dat je heel veel problemen zult krijgen met de wet."

"Vast," zei Lulu. "Ik kan me er van alles bij voorstellen — als u tenminste kunt bewijzen dat de vaas uw eigendom is."

"Ik heb je verder niets meer te zeggen, Luellen. Ik verwacht je in de loop van vandaag."

De verbinding werd verbroken. Lulu haalde haar schouders op, besloot om niet meer terug naar bed te gaan en ging koffiezetten.

Er werd aangebeld. Lulu keek uit het raam, trok zonder enige haast een kamerjas aan en deed de deur open. "Een reünie van de Brewers. Wat willen jullie twee?"

"Ik denk dat wij maar eens tot een vergelijk moeten komen," sprak Kendall.

"Ik heb zojuist jullie moeder gesproken," zei Lulu. "Ze was blijkbaar met het verkeerde been uit bed gestapt."

"En?" vroeg Kendall. "Wil je hier blijven staan praten?"

"Ik wil helemaal niet praten," zei Lulu. "Maar als jullie erop staan dan mogen jullie wel binnenkomen."

Kendall stapte met ferme tred naar voren; Oliver, die half achter hem had gestaan, volgde hem met een zijdelingse blik op Lulu.

Kendall keek afkeurend om zich heen naar de rommelige huiskamer en ging op een puntje van de bank zitten. "Het lijdt geen twijfel dat je erg slim bent. Maar nu ben je te ver gegaan. Mijn moeder is vastbesloten om je aan te klagen. Ik ben erin geslaagd haar zover te krijgen dat ze wacht tot Oliver en ik met je hebben kunnen praten."

Oliver vond dat hij ook een duit in het zakje moest doen. "Om kort te gaan, we willen ons geld terug." Hij grijnsde schaapachtig.

Lulu schonk voor zichzelf een kop koffie in en leunde tegen de tafel. Ze nam een slok en bekeek Kendall en Oliver nadenkend. "Ik moet zeggen dat jullie Brewers inderdaad volkomen schaamteloos zijn. Generen jullie je niet om hier op deze manier binnen te komen vallen?"

"Het draait uitsluitend om het geld," zei Kendall kil. "Wat er ook gebeurd is — en ik verzeker je dat ik dat niet ben vergeten — heeft verder niets te maken met de centen. We willen ons geld terug en anders nemen we wettelijke stappen."

"Wat kunnen jullie bewijzen?" Ze keek minachtend opzij naar Oliver. "Jij zou het niet wagen om mij aan te klagen."

"We willen een beroep doen op je betere ik," stelde Oliver voor.

"Ach, bah!" riep Kendall woedend uit. "Helemaal niet. Ik ben van plan om een aanklacht in te dienen."

Lulu lachte. "Ga je gang maar. Zodra ik voor de rechter gedaagd word, verkoop ik het hele verhaal aan een tijdschrift. Die kunnen er ongetwijfeld een vermakelijk artikel van brouwen. De drie slimme Brewertjes."

"Maar jij hebt ons opgelicht," riep Oliver uit. "Dat is geen haar beter dan diefstal."

"Hoe kan ik mijn eigen geld stelen?" vroeg Lulu. "Jullie hadden er in de eerste plaats al helemaal geen recht op."

"Dat hadden we wel," zei Kendall. "Je lijkt de situatie niet goed te begrijpen. Jij hebt onze vader vermoord." Hij sprak nu met een beledigende directheid. "Begrijp je dat wel? Jij hebt onze vader vermoord!"

"En wij hebben recht op smartgeld!" voegde Oliver eraan toe.

"Je was weliswaar nog maar een kind," ging Kendall verder, "maar dat neemt niet weg dat je hem hebt doodgeschoten. Dus waarom zouden wij geen recht hebben op compensatie?"

"Er zit een zekere prehistorische logica in je argumenten," zei Lulu, "en je zou heel overtuigend kunnen zijn, ware het niet dat er een kleine fout in je redenering zit: ik heb je vader niet vermoord."

Kendalls wenkbrauwen schoten vol ongeloof omhoog; Oliver hield zijn hoofd schuin. Kendall leunde lichtjes voorover in haar richting. "Je durft te beweren dat je vader niet vermoord hebt? Jij hebt het schot gelost!"

"Ik heb *een* schot gelost," zei Lulu. "Hij kwam op me af, en de kogel moet zich een meter of twee links van zijn voeten in de aarde geboord hebben. Jullie vader is gedood door een schot in het achterhoofd."

Kendall liet zich langzaam terug in zijn stoel zakken.

"Onvoorstelbaar," zei Oliver.

Kendall leunde plotseling weer voorover. "Dit slaat nergens op. Als jij vader niet hebt doodgeschoten, wie heeft het dan wel gedaan?"

Lulu nam nog een slok koffie. "Ik wou dat ik dat wist. Hij, of zij, is me negen jaar van mijn jeugd schuldig — negen jaar in dat heropvoedingsgesticht. Voor iets dat ik niet gedaan heb."

Kendalls gezicht werd roze en hij keek vaag ongerust. Hij keek onzeker naar Oliver, die hartgrondig vloekte. "Allemaal onzin," zei Oliver.

Kendall sprak langzaam: "Natuurlijk is het onzin…Waarom zou iemand vader hebben willen vermoorden? Echt —" hij zweeg toen Lulu cynisch naar hem glimlachte.

"Jij," zei Lulu. "Hij wilde je dwingen om met dat meisje te trouwen. Oliver ook. Jullie vader had hem op dieet gezet, hij mocht geen zoetigheid meer, en dat was een enorme tragedie voor hem. Tante Flora ook. Oom Maurice gedroeg zich op een manier die haar absoluut niet aanstond. En de hemel weet wie er verder nog een hekel aan hem had."

Kendall staarde haar gefascineerd aan. Hij likte zijn lippen en schudde zijn smalle hoofd. "Maar je geeft toe dat je hebt geschoten. Is dat niet het enige vaststaande feit — belangrijker dan al die theorieën van je?"

"Maar ik heb hem niet geraakt," zei Lulu op zachte, redelijke toon.

Plotseling zei Oliver: "Ik weet hoe we het kunnen bewijzen. Die kleine freak van een Bonenstaak. Die zat altijd vanuit het raam naar ons te kijken. Als er iets gebeurd is, dan moet hij het gezien hebben."

Kendall fronste, schraapte zijn keel en keek Oliver van opzij aan. "Dit alles stelt de zaak wel in een ander licht…Hm…Misschien moeten we maar geen slapende honden wakker maken. Het is allemaal alweer zo lang geleden. Nou…Ik denk dat we wel kunnen toegeven dat je het recht hebt om het bedrag dat je vader je heeft nagelaten te houden. Maar de rest zul je moeten teruggeven, anders slepen we je alsnog voor de rechtbank."

"Ha!" zei Lulu terwijl ze meer koffie inschonk. "Hebben jullie nooit gehoord van rente op rente? Reclamatiekosten? Verspilde tijd? Geestelijk lijden, slijtage van de zenuwen? Jullie komen er goedkoop vanaf. En nu we het toch over hem hebben — wat is er met Bones gebeurd?"

Oliver hief zijn handen ten hemel. "Na die dag hebben we hem nooit meer gezien. Ik heb gehoord dat hij dood is."

"Arme kleine Bones." Ze keek van de een naar de ander. "Toentertijd waren jullie nog onuitstaanbaarder dan tegenwoordig."

"Afgezien van de complimenten," zei Kendall scherp, "hoe zit het met mijn geld?"

"En het mijne? En moeders vaas?"

"Wanneer garnalen leren fluiten, zoals een van onze buitenlandse vrienden het zo poëtisch uitdrukt, dan krijgen jullie iets terug."

Kendall en Oliver vertrokken, druk fluisterend terwijl ze over het pad naar het trottoir liepen.

Lulu kleedde zich snel aan in een net grijs mantelpak en reed over de brug naar San Francisco. Ze volgde de Embarcadero, voorbij Fisherman's Wharf tot aan de Marina, om vervolgens te parkeren op Sherwood Street. Deze straat lag maar een klein stukje verwijderd van Belvedere, met zijn grote herenhuizen en oude, groene tuinen, maar was niettemin zichtbaar, en zonder enige schaamte, van een mindere stand.

Nadat Lulu een minuut of vijf naar de achterkanten van de huizen langs Belvedere had gekeken, besloot ze dat Sherwood Street 2528 het huis was dat ze zocht.

Met het hart in de keel stapte ze onder de kleine, met rode pannen bedekte, quasi-Spaanse portiek, en drukte op de bel.

De deur vloog open. Een enorme man van een jaar of dertig, lang, breed en pafferig, staarde somber op haar neer. Hij droeg een grijsgroene broek en een bevlekt wit T-shirt dat grote moeite deed om zijn hele buik te bedekken. Zijn gezicht was bleek en zijn ogen waren groot, met hangende oogleden. Hij had een lange neus en een openhangende mond. Al met al, bedacht Lulu, een buitengewoon afstotelijke man. Ze zei: "Pardon, ik ben op zoek naar een familie die hier een jaar of dertien geleden woonde, en ik vroeg me af of—"

De man liep achteruit en maakte aanstalten om de deur dicht te gooien. "Ik woon hier pas een jaar."

"Bent u de eigenaar van dit huis? Kunt u mij vertellen van wie u het gekocht heeft?"

Hij schudde zijn enorme hoofd zodat zijn wangen ervan schudden. "Je moet Cardini hebben. Vic Cardini, die is de huiseigenaar."

"Waar woont hij?"

"Twee of drie huizen verderop." De deur dreunde voor Lulu's neus dicht. Boos draaide ze zich om. "Wat een weerzinwekkende walrus van een vent…" Ze liep twee huizen verder en belde aan; een rimpelig oud vrouwtje in een zwarte jurk keek om het hoekje van de deur. "Wat mot je?"

"Woont meneer Cardini hier?"

"Nee." De deur ging meteen weer dicht. Lulu liep naar het volgende huis, dat kort geleden geschilderd was in een opmerkelijk smerige kleur geel, en nog naar lijnolie en terpentine stonk. Toen ze aanbelde ging de deur vrijwel meteen open. Een bolle man met wit haar stond in de deuropening, met een brede glimlach op zijn roze babygezicht. "Hela, hola!" riep hij uit. "Wat moet deze mooie jonge deerne met een ouwe vent als ik?"

"Bent u meneer Cardini?"

"Ja, hem ben ik al zestig jaar. En ik denk dat ik hem ook blijf wezen. Blijf niet in de kou staan; kom binnen, kom binnen. Wees niet bang, ik zal u niet lastigvallen. Daar ben ik te oud voor." De joviale Cardini nodigde Lulu met een galant gebaar uit om binnen te komen. De gang rook zwaar naar olijfolie en knoflook. Cardini zag Lulu de lucht opsnuiven. "Ruikt lekker, hè? Aubergine met rode saus. Wil je ook wat?"

"Nee, dankuwel," zei Lulu. "Waar ik voor kom —"

Cardini hield quasi-ongerust zijn hand op. "Ik weet het al. U komt iets verkopen. Verzekering? Heb ik al meer dan genoeg. Boeken? Ik lees niet veel. Ik heb geef geld aan het sociaal fonds, en meer kan ik niet doen."

"Nee, hoor," zei Lulu. "Ik verkoop niets. Ik wilde alleen iets weten over uw huis verderop in de straat."

Cardini's ogen blonken als de ogen van een slimme papegaai. Hij bekeek haar van top tot teen. "Mijn huis, hè? Wat wilt u daarmee? Wilt u er wonen? Ik kan dat varken dat er nu woont op straat zetten. Zo'n grote vent, en weet u wat hij doet? Hij runt een sigarenwinkel. Verkoopt kranten. Hij zou de visserij eens moeten proberen. Ik was vroeger visser. Dat is pas hard werken."

Lulu vroeg: "Kunt u zich de mensen nog herinneren die er een jaar of dertien geleden woonden?"

Cardini tuitte zijn oude mond nadenkend. "Dat is lang geleden. Hoe heetten ze?"

"Dat weet ik niet. Ik ben op zoek naar het jongetje dat daar toen woonde. Hij was ziekelijk."

"Ja, ja, ik weet wie u bedoelt." Hij stommelde naar een tafel en hield een fles omhoog. "Misschien lust u een glaasje wijn? Dit is goede wijn. Mijn neef maakt hem."

Lulu nam een glas wijn aan, en op aandringen van Cardini volgde ze hem naar de keuken, waar ze aan de keukentafel ging zitten wachten terwijl Cardini voorzichtig de oven opende om te kijken. "Dit wordt lekker," zei Cardini. "Honger?"

"Nee, dank u," zei Lulu. "Nog even over die mensen —"

"Ja." Cardini knikte nadrukkelijk. "Ik probeer na te denken. De vader was automonteur of zoiets. De kleine jongen was ziekelijk. Zag eruit als een klein, wit vogeltje. Volgens mij hebben ze hem ergens heengebracht."

"Hoe heetten ze?"

Cardini dronk een slok van zijn wijn en schudde het hoofd. "Ik weet het niet meer. Smith? Jones? Ze hebben vaak dat soort namen. Italiaanse namen onthoud ik wel."

"Heeft u nog oude kwitanties? Een huurcontract?"

"Nee. Dat soort dingen bewaar ik niet. Dat ligt alleen maar in de weg."

"Waar werkte de vader?"

"Hij was een monteur, ik denk dat hij in een garage werkte. Best een slimme man, maar zei niet veel. Anders dan ik. Ik praat veel, ik ben dom. Maar ik ben wel goeie kok."

"U weet niet welke garage?"

Cardini schudde heftig en gedecideerd met zijn hoofd. "Ik weet het niet."

"Ik vraag me af hoe ik te weten kan komen waar ze nu zijn... Hebben ze nog iets achtergelaten toen ze vertrokken? Boeken, papieren, meubels? Bagage? Kleding?"

Cardini schudde ontkennend op iedere vraag. "Ik geloof niet dat ze veel hadden. Alleen de kleine jongen — allemaal speelgoed en spelletjes. En andere dingen, zoals vleermuizen en hengels, terwijl hij niet eens goed kon lopen. Wat vindt u daar dan van? Grappig, toch?"

"Was er een dokter die voor de kleine jongen zorgde?"

"Ik denk het. Ik kijk niet, ik bemoei me met mezelf. De huurders vinden het niet fijn als je altijd in en uit, in en uit loopt." Cardini sprak op een malle, hoge toon: " 'U knoeit inkt op de muren, wat een rommel! U laat baby op de grond plassen, u zou voorzichtig moeten zijn. U slaat hard met de deuren, zo gaan scharnieren stuk.' " Cardini grinnikte. "Nee, dat vinden ze niet leuk."

"Hadden ze vrienden in de buurt?"

"Ik weet het niet. Ik zag ze zelden. Een of twee keer per maand."

Lulu dacht na. "En gas en licht? Wie betaalde dat?"

"Ik. Het zit in de huur."

"Hoe zat het met de telefoon?"

"Die betaalde hij zelf."

Lulu zei: "Heeft u er bezwaar tegen als ik hiervandaan de maatschappij bel om te vragen of ze misschien een archief hebben?"

"Uiteraard niet. Gaat uw gang. U bent mijn gast."

Lulu liep naar de telefoon in de gang, belde de centrale en werd doorverbonden met de telefoonmaatschappij. "Ik vroeg mij af of u mij zou kunnen helpen om iemand te vinden," zei Lulu. "Het gaat om een familie die dertien jaar geleden op Sherwood Street 2528 woonde."

"Het spijt me," zei de toonloze stem. "Die informatie hebben wij niet beschikbaar."

"Heeft u geen archief? Oude telefoonboeken?"

"We archiveren niet op straatnummer."

Lulu hing op en dacht na. Ze bladerde in het telefoonboek en belde de Vakbond voor Automonteurs en Garagepersoneel. "Dertien jaar geleden woonde een van uw leden op Sherwood Street 2528. Is het mogelijk om zijn naam te achterhalen? Het is heel belangrijk dat ik hem vind."

"Het spijt me, mevrouw. Ik zou niet weten hoe we daar achter zouden kunnen komen. We hebben duizenden leden. Ik betwijfel of er archieven zijn van zo lang geleden."

Lulu kwam met een somber gezicht terug naar de keuken. Cardini had twee borden klaargezet met een grote berg aubergine met tomaat en kaas, en hij was bezig om een gebakken vloerbrood aan te snijden. Zonder een woord te zeggen ging Lulu aan tafel zitten.

"Niet te vinden, hè? Bent u een advocaat of zo? Te jong voor een advocaat. U bent nog maar een jong ding. Ikzelf, ik ben zestig en ik ben geen advocaat; en u ook niet."

"Daar heeft u gelijk in," zei Lulu.

"U bent van het incassobureau? Dat geeft niet. Het maakt mij niet uit. We moeten allemaal eten. Zelfs deurwaarders. Wat vindt u van de aubergine? Lekker, ja?"

"Zeker," zei Lulu, "het is heel lekker. Maar er zit niet genoeg knoflook in."

Cardini stopte met zijn vork halverwege zijn bord en zijn mond. "Hoe bedoelt u, niet genoeg knoflook? Er zit een heleboel knoflook in."

Lulu schudde nuffig haar hoofd. "Je kan geen knoflook met aubergine klaarmaken met zoveel aubergine erin. En dan al die tomaten."

Cardini gniffelde. "Dit is niet knoflook met aubergine, het is aubergine met knoflook. Ziet u al dat groene spul? Dat is basilicum, vers uit de tuin. Knoflook met aubergine, ha!"

"Het is echt heel erg lekker," zei Lulu. "Jammer dat uw geheugen niet zo goed is als uw kookkunst."

"Ja, dat is jammer."

Het bleef een paar tellen stil. Toen stopte Lulu plotseling met kauwen.

"Wat is er nu weer?" vroeg Cardini. "Te veel knoflook? Of te veel aubergine?"

"Ik zat te denken dat ik heel graag een paar minuten in dat huis zou willen rondkijken."

Cardini schudde zijn grote hoofd. "Onmogelijk. Het zijn rare mensen. Hij is een grote, vette viezerik, en zij is fanatiek gelovig. Altijd in de kerk, en overal waar je kijkt in dat huis staan kerk-dingen." Hij stak zijn vork omhoog. "U zegt: mijn geheugen, het is niet goed. Ik zeg u iets anders. Ziet u daar in de straat dat kleine parkje? Hildreth Park heet het. Wel, de man ging daar iedere zondagochtend heen met zijn kleine jongen. Dan ging hij domino spelen met de ouwe kerels en de kleine jongen zat toe te kijken. Sommige van de mannen komen daar al jaren, elke dag als het mooi weer is. Waarom gaat u daar niet heen, vraag het hen. Misschien weten zij wel iets."

Lulu schraapte de laatste restjes aubergine van haar bord, weigerde een volgende portie en stond toe dat Cardini haar vriendelijk op de

schouder klopte. Ze bedankte hem voor de wijn, de aubergine, de knoflook en de informatie en vertrok.

Bij de stoeprand keek ze even om in de richting van Sherwood Street
2528 en ze zag dat de lange dikbuikige man zijn huis verliet. Hij droeg
een loszittend zwart pak en een vormeloze grijze hoed. Lulu keek hem
na toen hij met een vreemde, heupwiegende, bijna rollende tred in de
richting van de bushalte liep.

Lulu aarzelde even, draaide zich toen om en liep in tegengestelde
richting naar Hildreth Park.

Het was inmiddels ongeveer halftwaalf; Hildreth Park zag er groen en
fris uit. Aan een stuk of twaalf tafels op het centrale vierkante plein werd
geschaakt, gedamd, en domino gespeeld. Lulu bleef even staan kijken en
liep toen in de richting van een lange, magere man in een keurig tweed
pak, die zojuist een spelletje domino had beëindigd en nu opstond.

"Pardon," begon Lulu, "ik vroeg me af of u mij eventueel zou kunnen
helpen."

"Ik kan in ieder geval mijn best doen."

"Een jaar of dertien geleden kwam hier op zondagochtend vaak
een man met zijn zieke zoontje om een potje domino te spelen. Ik zou
graag willen weten of hier iemand is die zich hem herinnert."

De magere man strekte zijn nek en wees. "Zie je ouwe Tige daar?
Die vent met dat rode gezicht en dat bruine jasje. Vraag het hem."

Lulu liep naar de man met het blozende gezicht en het bruine colbert. Hij zag eruit als een ruwe, goedgehumeurde, vriendelijke kerel.
Nadat Lulu haar vraag had gesteld kneep hij zijn ogen half dicht en leek
diep na te denken. Ineens knipte hij met zijn vingers. "Ik weet wie u
bedoelt. Een ziek kind zei u toch?"

"Ja. Hij was toen een jaar of elf."

Tige knikte. "Zei nooit veel, zag er altijd moe uit. Maar dat was ook
geen wonder: hij had geen vrouw en dan dat zieke kind…"

"Weet u nog hoe hij heette?" vroeg Lulu opgewonden.

"Ik geloof dat we hem Zig noemden. Hij had een of andere Slavische
naam. Waar zit Ouwe Slade? Hij is er niet. Slade is zelf een Polak, en
vroeger spraken ze veel samen — in het Pools, of wat voor taal ze daar dan
ook spreken. Als er iemand was die de man kende, dan was het Slade."

"En waar kan ik meneer Slade vinden?"

"Dat weet ik niet. Zijn voornaam is Alexander; hij staat vast in het telefoonboek."

"Dankuwel," zei Lulu.

Ze zocht de naam op in het telefoonboek van de dichtstbijzijnde telefooncel: 'Alexander Slade. MYrtle 4-6795 — Trevelyan Street 1935'.

Lulu draaide het nummer. Er werd niet opgenomen.

Geërgerd verliet ze de cel en bleef ongeduldig in de middagzon staan, terwijl de zeemeeuwen vanaf de baai over haar hoofd scheerden. Trevelyan Street was maar een enkel blok bij haar vandaan; nummer 1935 kon nooit ver weg zijn. Ze zette er de pas in en vijf minuten later stond ze inderdaad voor de deur van 1935: een appartementencomplex met vijf etages. Ze las de lijst van bewoners en drukte op de bel met de tekst #5 — A. Slade.

Niemand antwoordde. Lulu keek omlaag langs het koperen bord met namen: #6 — Margaret Nesbitt. Ze drukte op de bel; een kalme stem vroeg: "Wie is daar, alstublieft?"

"Ik ben op zoek naar meneer Slade," zei Lulu.

"Die woont in appartement nummer 5," klonk de stem, nu koeltjes en droog.

"Ja, dat weet ik, maar blijkbaar is hij niet thuis. Ik vroeg me af of u soms weet waar ik hem zou kunnen vinden."

"Nee, ik ben bang van niet. Hij is vaak weg, maar ik weet niet waar hij heen gaat."

"Wel verdraaid," mompelde Lulu.

De stem vroeg op een toon die zowel voorzichtig als betrekkelijk scherp was: "Gaat het hier om een persoonlijke zaak, of is het iets zakelijks?"

"Persoonlijk," zei Lulu hoopvol. "Absoluut persoonlijk."

"Ik hoor hem meestal binnenkomen. Kan ik misschien een boodschap aan hem doorgeven?"

"Ja, heel graag, als u zo vriendelijk zou willen zijn. Mijn naam is Lulu Enright."

"Hoe spel ik dat?"

Lulu spelde haar naam. "Mijn telefoonnummer is TRaverse 6-1380. Kunt u hem vragen om mij zo snel mogelijk te bellen? Het maakt niet uit op welk tijdstip, dag of nacht."

"Ik zal de boodschap doorgeven," zei de kalme, droge stem. "Hij drinkt stevig en het is iemand waar je niet altijd van op aan kunt, dus ik kan niet garanderen dat u ook iets van hem zult horen."

Lulu bedankte de vrouw en ging terug naar de auto. Ze bestudeerde het huis waar Professor Bonenstaak zo lang geleden gewoond had. Wat was ze zoal te weten gekomen? Eigenlijk niets dat ze niet al wist... Maar het idee waar ze al eerder mee gespeeld had bleef maar terugkomen. Het was zo verleidelijk... Lulu stapte uit de auto. De man met de dikke buik was weggegaan, maar zijn vrouw moest nog thuis zijn. Ze stond even stil om na te denken, draaide zich weer om naar de auto, rommelde wat in het handschoenenkastje en vond daar een notitieblok. Met het blok duidelijk zichtbaar in haar hand beende ze het trottoir over, liep over de tegels van de nep-Spaanse portico, en drukte op de bel.

Even gebeurde er niets, maar toen bewoog het kanten plissé achter de glazen deur. De deur ging open en deze keer kwam een jonge vrouw naar buiten. Ze was niet veel ouder dan Lulu zelf en had een smal gezicht met een weifelige mond en bruine haren in krulspelden.

"Hallo," zei Lulu op zonnige toon. "Ik kom namens de tv kijkcijfer-enquête. Kijkt u televisie?"

"Jazeker," zei de vrouw met een hint van belangstelling. "Ik ben er dol op."

"O, schitterend! Onze kijkcijfers bepalen welke programma's volgend jaar uitgezonden worden, en zoals u misschien wel weet vragen wij niet zo heel veel mensen om hun mening. Heeft u misschien een paar minuutjes?"

"Ja, ik denk het wel."

Lulu deed zelfverzekerd een pas naar voren en de vrouw stapte automatisch achteruit.

"Tjonge," zei Lulu bewonderend. "Wat een prachtig huis hebt u. Ik ben hier nog nooit binnen geweest, hoewel ik als klein meisje de mensen kende die hier woonden."

De vrouw keek Lulu aan met een matte uitdrukking van beleefde belangstelling. "Werkelijk? Wat is de wereld klein, nietwaar?"

"Ja, dat is zeker het geval. En dit is uw televisie? Wat een mooie."

"Ja," sprak de vrouw. "We hebben zonder op het geld te letten meteen de allerbeste gekocht; het is zo'n belangrijk apparaat, toch? We spenderen er zoveel tijd aan. Hoewel ik moet zeggen dat ik het met een groot aantal programma's helemaal niet eens ben, als u begrijpt wat ik bedoel."

"O, ja, ik begrijp u helemaal," zei Lulu. "Maar ik word natuurlijk geacht om mijn eigen mening voor me te houden." Ze sloeg het notitieblok open. "Uw naam is —"

"Ik ben Evelyn Degan. Mijn echtgenoot zit in de uitgeverij."

"Dat is een buitengewoon interessant beroep." Lulu keek om zich heen in de huiskamer, die vol stond met lichtgroene meubels met overdreven bol gestoffeerde leuningen en kussens. Er stond een tweetal enorme lampen met lavendelkleurige kappen, en natuurlijk de televisie. "Ik had geen idee dat het huis er vanbinnen zo uit zou zien. Ik kende natuurlijk alleen de kleine jongen die hier vroeger woonde en die heel erg ziek was. Ik woonde vroeger in het huis daar bovenaan de heuvel en ik sprak soms uren met hem terwijl hij in het raam zat." Lulu sprong overeind. "Ik vraag me af — zou het heel erg brutaal zijn om u te vragen of ik de kamer van Bones mag zien? Ik heb de afgelopen jaren zo vaak aan het arme, zieke ventje gedacht..."

Evelyn Degan sprak met enige tegenzin: "Dat kan... Maar die kamer is erg rommelig, we gebruiken hem nooit, behalve — nu ja, eigenlijk gewoon helemaal nooit."

"Daar stoor ik mij allerminst aan. Uw huis is zoveel opgeruimder dan het mijne." Met doelbewuste passen beklom Lulu de trap.

"Het huishouden is geen eenvoudige taak," zei Evelyn Degan instemmend, terwijl ze achter haar aan liep. "Mannen hebben er geen voorstelling van wat een vrouw allemaal moet doen om een huis schoon te houden. Mijn echtgenoot komt thuis en verwacht dan een goede maaltijd op tafel, en als er iets mis mee is, dan krijg ik het echt wel te horen, gelooft u mij maar... Dit is onze slaapkamer aan de voorzijde. Ik denk dat dit de kamer is die u bedoelt, met uitzicht over de achtertuin." Ze deed de deur open. Lulu liep naar binnen en keek uit het raam. "Ja, dit is hem."

Herinneringen, beelden. De tuin was nog precies hetzelfde als toen: twee esdoorns, het gazon, aan weerszijden hekken met rozenstruiken. Vanuit zijn raam had Bones de zon en de maan gezien, en had hij de geel verlichte ramen van het huis van de Brewers bestudeerd. Door dit raam was Purr naar binnen en naar buiten gelopen, via een smalle dakrand meer dan zes meter boven het beton. Het gazon achter het hek was een schouwtoneel geweest voor Bones, een toneel waarop drie kinderen hadden gelopen: Kendall, Oliver en Lulu…Waar was Bones nu? Wat had hij destijds vanuit zijn raam gezien?

Lulu keek de kamer rond, die nu in gebruik was als opslagruimte voor allerlei huishoudelijke apparaten. Het bed was verdwenen; alle foto's, posters en trofeeën van Bones waren weg en de muren waren kaal.

Lulu liet zich op haar knieën vallen. Evelyn Degan staarde haar verbijsterd aan. "Mijn excuses," zei Lulu, "maar ik moet bidden. Voor de ziel van de arme kleine jongen die in deze kamer woonde en die nu is overleden." Ze boog het hoofd en begon binnensmonds te mompelen. Evelyn Degan keek even doelloos en ongemakkelijk, en begon daarna onrustig heen en weer te dribbelen.

"Het spijt me dat ik zoveel van uw kostbare tijd in beslag neem," zei Lulu, "maar als u zelf godsdienstig bent, dan kent u de kracht van het gebed."

"Dat is absoluut waar," verklaarde Evelyn Degan. Ze liep onwillig naar de deur. "Ik ga naar beneden, u kunt mij daar vinden wanneer u klaar bent." Ze verliet de kamer.

Lulu luisterde en hoorde hoe Evelyn met duidelijke tegenzin de trap af ging. Ze sprong overeind en rende naar het raam. Zou het geheime paneel nog altijd werken? En zou er dan in de schuilplaats…Ze duwde. Het paneel gleed naar achteren. Haar hand stuitte op iets hards. Ze trok een zwaar, koud aanvoelend voorwerp naar buiten: een filmcamera. Ze stak haar hand nogmaals in het gat: het Boek der Dromen, dat dertien jaar verborgen was gebleven. En waar kon Bones zijn? Waarom was hij nooit teruggekomen om zijn kostbare schatten op te halen?

Lulu liep de trap af. "Mevrouw Degan?"

Evelyns hoofd verscheen uit de keukendeur. "Ja?" vroeg ze op kille toon.

"Ik voel me vandaag niet helemaal mijzelf. Kunnen we het interview uitstellen?"

Evelyn snoof. "Uiteraard, als u zich niet goed voelt."

"Dank u hartelijk voor uw begrip," zei Lulu.

Terug in haar auto maakte Lulu haar handtas open en pakte de camera. Ze keek naar het raampje van de teller en wreef het stof van jaren van het glaasje. Twaalf meter film was belicht. Lulu beet nadenkend op haar onderlip. Wat gebeurde er met film die dertien jaar in een camera had gezeten?

Ze legde de camera neer en keek naar het Boek der Dromen. Heel voorzichtig, bijna beschroomd, pakte ze het op. Het omslag zag er precies zo uit als ze zich herinnerde, met de titel in rode letters omrand met zwart, en omgeven door groene takken met paarse en blauwe bloemen.

Dit boek was met grote toewijding gemaakt, bedacht Lulu. Bones had een heleboel liefde in zijn Boek der Dromen gelegd... Ze aarzelde en sloeg toen langzaam het krakende omslag open. Nette alinea's in een keurig handschrift. Een landkaart — van welk land? Het was geen gebied dat Lulu herkende: een mythisch koninkrijk, met rivieren en bergen, gehuchten, dorpen, steden, en een hoofdstad met de naam Waldemar. Hier lag het Tartarenwoud, Kasteel Drakenvuur, en daarachter de Woeste Leegte... Lulu draaide de bladzijde om en zag een tekening van Kasteel Drakenvuur, op een onheilspellende rots, met dennen op de achtergrond. Op de tegenoverliggende pagina waren een aantal houterige figuurtjes getekend, met zorgvuldig gedetailleerde kleding en onderschriften als: 'Heraut', 'Butler', 'Ridder in Hofkledij', 'Knecht', 'Page', 'Zwaardvechter'.

Op de daaropvolgende pagina's was Bones begonnen aan een romantisch verhaal over de belevenissen van de jonge held Heer Mervyn, de boosaardige Heer Chastain, Prinses Valisande, tovenaars, heksen en tientallen ridders. Hij had twee hoofdstukken geschreven en was toen halverwege een bladzijde opgehouden. Op de onderste, lege helft van de pagina had Bones, blijkbaar in een speelse bui, geschreven: "Mijn goede vriend, Prins Purkin van de Meervalburcht, is vandaag langs gekomen, en bracht als geschenk een dozijn kisten van de beste oesters." En daaronder: "Prinses Valisande: zij is een fijnbesnaard, gracieus en droevig meisje, met prachtig gouden haar. De twee ogers die haar bewaken heten Kendool en Oliphant, en ze zijn oerlelijk en afschrikwekkend. Haar echte naam is Valisande, maar haar goede vrienden noemen naar Lulu, wat een leuke naam is die ze als afkorting gebruiken."

Lulu bladerde glimlachend verder door het Boek der Dromen. Ze kwam een gedicht tegen met de titel 'Ode aan Purkin' en pauzeerde om het te lezen:

> Purkin jaagt niet op muis of rat,
> Purkin is een beschaafde kat.
> Purkin zal nooit met zijn eten klieren,
> Hij heeft een hekel aan slechte manieren.
> Purkin houdt zijn staart gebogen,
> En kijkt de wereld recht in de ogen.
> Hopelijk wordt Purkin nooit bejaard,
> En blijft honger en ziekte hem bespaard,
> Want Purkin is zijn gewicht in goud waard.

Blijkbaar was Bones hierna begonnen met het bijhouden van een dagboek waarin hij opschreef wat hij meemaakte. Lulu bekeek de diverse aantekeningen vluchtig. Er waren een paar paragrafen die ze kon thuisbrengen, maar ze begreep lang niet alles.

> Vandaag zijn we met de auto naar Sausalito gegaan, waar heel mooie boten zijn. Als ik beter word, dan bouw ik een boot en dan zeil ik daarmee de wereld rond. Purkin kan scheepskat worden en een blauw jasje dragen. Morgen is het zondag, dus ik neem aan dat we naar het park zullen gaan om daar domino te spelen. Ik kan bijna iedereen daar verslaan. Het gaat goed met mijn been vandaag, ik hoop dat ik beter word.

Er stond nog een paragraaf, deze keer geschreven met wilde, bijna hysterische pennenstreken.

> Vandaag heeft mijn goede vriend Prins Purkin van de Meervalburcht dapper strijd geleverd tegen de beestmensen van Fort Tenigor. Slechts met de hulp van de magische Prinses wist hij het er levend af te brengen. Prins Purkin is bang en ongelukkig, en als ik groot en machtig ben, dan zal ik de beestmensen op hun beurt laten schrikken en ze net zo veel pijn doen als zij Prins Purkin hebben gedaan.

Nog een passage, bijna aan het eind.

Vandaag ben ik jarig. Ik voel me niet zo lekker, maar ik heb
wel een nieuwe camera. Mijn vader heeft film voor me gekocht
en me laten zien hoe ik de camera moet gebruiken. Als we gaan
kamperen, dan neem ik het volgende mee: 1. Camera, 2. Geweer,
3. Vishengel, 4. Kompas, 5. Zakmes, 6. Horloge. Ik zou het fijn vin-
den als Lulu ook kon komen. Ik haat Kendall en Oliver, die twee
doen net alsof de hele wereld van hen is. Als zij —

Hier hield de aantekening om onverklaarbare redenen op. En daarna
volgde de laatste passage in het Boek der Dromen.

10 juni. Een schitterende, zonnige dag, en ik ben buiten. Lulu
kijkt door het hek en ik schrijf. Ze is ongelukkig, en dat begrijp ik
best. Ze woont bij Kendall en Oliver. Ik kijk naar Purr. Ik denk dat
ik hem mee naar binnen neem en mijn camera ga halen. Dan ga
ik Lulu filmen.

En meer was er niet.

Lulu keek naar de camera die naast haar op de stoel lag. Een raadsel-
achtige zwarte doos die de geheimen van leven en dood bevatte...
Een hoofd keek de auto in vanaf de stoep, een verwrongen, woedend
gezicht: Evelyn Degan. "Wat heb je meegenomen uit mijn huis? Jij
doet helemaal geen onderzoek! Je bent een dievegge!" Evelyn Degan
stapte naar achter, een hand voor haar bleke gezicht geklampt, alsof ze
geschrokken was van haar eigen woorden. Ze keek de stoep af in beide
richtingen. "Ik zou de politie moeten bellen!"

Lulu startte de auto. Met bonzend hart reed ze Sherwood Street
uit. In haar achteruitkijkspiegel werd Evelyn Degan geleidelijk aan een
klein, in het groen gehuld, springend en gesticulerend figuurtje, om
uiteindelijk helemaal te verdwijnen.

Lulu reed over de Bay Bridge terug naar Berkeley en parkeerde voor
de deur van een camerawinkel. Met de camera in de hand ging ze naar
binnen en weldra kwam een van de medewerkers naar haar toe. "Kan ik
u ergens mee helpen?"

Lulu liet de camera van Professor Bonenstaak zien. "Jazeker. In deze camera zit een film die dertien jaar gelden is opgenomen. Kan ik die nu nog laten ontwikkelen?"

De medewerker hield weifelend het hoofd schuin. "Ik betwijfel of er nog iets te zien zal zijn…Om u de waarheid te zeggen, weet ik het eigenlijk niet…" Hij overlegde met zijn collega, die al even weifelend keek. "Misschien dat je met een of andere geforceerde ontwikkelaar nog beeld zou kunnen krijgen, als de film tenminste niet uit elkaar valt. Maar echt goede kwaliteit kun je niet meer verwachten."

"Wie zou dat voor mij kunnen doen? Onmiddellijk?"

Schouders werden opgehaald. "Onmiddellijk — hoe snel is dat?"

"Nu."

Nog meer schouderophalen en vertoon van desinteresse. "De commerciële laboratoria doen er twee dagen over."

"Maar is er dan niemand die de film nu direct kan ontwikkelen?"

"U kunt Harry Coleman proberen, aan Acton Street. Die werkt op bestelling."

Lulu noteerde het adres en verliet de camerawinkel.

Hoofdstuk XV

Harry Coleman van het fotografisch laboratorium leek zo belachelijk jong, zo blozend, gladgeschoren en onschuldig, dat Lulu even twijfelde of ze hem de camera wel durfde te geven.

"Wees alstublieft heel voorzichtig," zei ze.

Hij glimlachte beleefd, maar beloofde niets. Met haar hart in de keel van spanning keek Lulu toe hoe hij de camera meenam naar een achterkamer. Het wachten leek eeuwig te duren, maar uiteindelijk kwam hij naar buiten met een spoel in de hand. Lulu bestudeerde zijn gezicht, dat nog altijd dezelfde kalme, beleefde glimlach vertoonde. "Is het — gelukt?"

De laborant tuitte oordeelkundig de lippen. "Niet al te best. Het beeld is bewogen en ik geloof niet dat de filmer veel ervaring had —"

"Maar er is wel iets te zien?"

"Jazeker. Er is beeld."

"Kan ik het bekijken?"

"Natuurlijk. Kom maar hier, naar dit kleine montagetoestel."

Hij legde de film over de tandjes en draaide een knop om. Lulu staarde in de felle, knipperende lens, leunde wat meer voorover. De film stopte abrupt. "Kan ik het nog een keer zien?"

Weer werd de tijd teruggedraaid en de kleine figuurtjes, levensecht maar toch niet levend, verrichtten handelingen die enerzijds reëel waren, maar die anderzijds reeds lang verleden tijd waren.

"Dankuwel," zei Lulu op bedrukte toon. "Dank u heel hartelijk. U heeft geweldig werk verricht."

Ze reed langzaam naar haar flat, parkeerde de auto, zette de motor uit en bleef enkele minuten zitten voordat ze het portier opende en langzaam de stoep afliep. Eenmaal binnen liet ze zich op de bank zakken en bleef daar met opgevouwen benen zitten terwijl ze zonder iets te zien naar buiten staarde, naar de overwoekerde kleine tuin. De kamer was warm en stil. Lulu liet haar gedachten afdwalen over het pad der herinnering, en het verleden leek even werkelijk als het heden. Uiteindelijk keek ze naast zich naar de kleine filmspoel. "Wat zal ik doen?" mompelde ze. "Wat zal ik doen?"

De telefoon ging schel over; Lulu sprong overeind maar liep vervolgens langzaam de kamer door. "Hallo?"

"Je spreekt met Kendall Brewer."

"O," zei Lulu. "Kendall. Wat kan ik voor je doen?"

Kendall sprak, maar Lulu kon er haar aandacht niet bij houden. De stem van Kendall leek van heel ver te komen en de woorden hadden geen enkele betekenis. Uiteindelijk onderbrak ze hem. "Wat zei je allemaal? Ik heb je niet verstaan."

"In het kort," galmde de verontwaardigde stem van Kendall, "komt het erop neer dat ik probeer om je te vragen of je bereid bent tot een ontmoeting met ons. We wilden een aanklacht indienen, maar de heer McHugh heeft ons weten over te halen om voor de laatste keer te proberen —"

"Wie is die meneer McHugh?"

"Luister je eigenlijk wel?" vroeg Kendall bits. "Meneer McHugh is de Openbaar Aanklager. Hij bemoeit zich persoonlijk met deze zaak en ik denk dat je er verstandig aan zou doen als —"

"Wat wil je precies, Kendall?"

"Ik wil dat je het gesprek met ons aangaat en dat je luistert naar wat meneer Goble te zeggen heeft."

"En wie is dan die meneer Goble?"

"Een assistent van de Openbaar Aanklager. Hij vindt, net als ik, dat —"

"Het kan me niet zo veel schelen wat jullie vinden. Ik heb er helemaal geen zin in om met jullie te praten."

De stem van Kendall werd scherp en streng. "Ik zal je vertellen wat er gebeurt als je niet met ons in gesprek gaat; dan ga je terug naar de gevangenis, waar je thuishoort."

Lulu lachte zwakjes. "Goed dan Kendall. Als je erop staat."

"We zijn er over een halfuur."

De verbinding werd verbroken. Lulu bleef nadenkend, met gebogen hoofd staan terwijl haar vingers afwezig met de draaischijf van de telefoon speelden. Toen nam ze een besluit, pakte de hoorn van de haak en draaide een nummer.

Een vertrouwde stem klonk aan de andere kant van de lijn. "Hallo."

"Met Lulu. Kun je alsjeblieft een filmprojector zien te vinden en die zo snel mogelijk hierheen brengen?"

"Een filmprojector? Waarom?"

"Ik heb een film die ik de Brewers wil laten zien."

"Goed dan," zei Robert toonloos. "Wat is het? Acht millimeter? Of zestien?"

"Acht."

"Ik ben er zo snel mogelijk."

"Huur er een. Leen er een. Koop er een. Maar zorg dat je mij er een brengt — zonder fout."

"Het klinkt allemaal nogal geheimzinnig."

"Ja," beaamde Lulu. "Alles was bijzonder geheimzinnig — tot vanmiddag."

"Ik kom eraan," zei Robert. Hij verbrak de verbinding.

Lulu liep naar de badkamer en borstelde haar haren. Ze onderzocht haar spiegelbeeld — een bleek, knap gezicht met loshangende blonde haren, ogen die leken te schitteren met te veel intelligentie — en probeerde zich het weifelende gezichtje van dertien jaar geleden voor de geest te halen. Ze lachte droefgeestig. "Ik ga helemaal opnieuw beginnen. Ik ga dit allemaal vergeten. Ik zal een nieuwe vrouw worden. Want weldra zal alles opgehelderd worden en afgehandeld zijn — voorgoed, deze keer."

Ze keerde terug naar de huiskamer en keek ontevreden om zich heen. Een of ander diepgeworteld vrouwelijk instinct spoorde haar aan de kamer op orde te maken.

Een grote zwarte auto kwam bijna onhoorbaar voor het appartementencomplex tot stilstand. Er zaten vier mensen in. Lulu keek toe vanachter het raam. Ze spraken geanimeerd met elkaar, bijna verhit.

De twee voorin — Kendall en een lange, zwaargebouwde man in een grijs pak — stapten uit; de twee achterin bleven zitten. Kendall en de man in het grijs liepen het pad op. Kendall drukte met een nijdig gebaar op de bel. Lulu slaakte een diepe zucht, ging naar de deur en deed open. "Kom binnen."

Kendall knikte stijfjes. "Dit is meneer Clyde Goble, Assistent Openbaar Aanklager."

Lulu aanvaardde de introductie en stapte achteruit. De twee mannen kwamen voorzichtig de kamer binnen. Goble bekeek Lulu met een keurende blik. "U ziet er niet uit als een wanhopige crimineel, juffrouw Enright."

"Ik ben in ieder geval niet wanhopig," zei Lulu.

"Onderhandelen bij familieruzies is absoluut niet iets dat ik normaal gesproken doe — maar toen ik het verhaal van mevrouw Brewer hoorde, leek het iedereen, inclusief het kantoor van de Openbaar Aanklager, wenselijk dat er een informele regeling getroffen wordt."

"Daar ben ik het mee eens," zei Lulu. "Toen ik er voor het eerst achter kwam dat de Brewers hadden besloten mijn geld te stelen —"

"Laten we de zaken helder houden," sprak Kendall met toonloze stem. "Het was niet jouw geld. Er was een zekere som gelds overgemaakt naar mijn moeder, die zij naar eigen inzicht kon gebruiken — om te helpen met de kosten van levensonderhoud. Toen jij onze vader vermoordde, is dat geld gebruikt om ons te compenseren voor ons verlies en alle ongemakken die wij dientengevolge hebben ondervonden."

Lulu lachte spottend. "Jij en Oliver zien er echt uit alsof jullie zwaar geleden hebben. Trouwens, waarom komen Oliver en Tante Flora niet naar binnen? Zijn ze verlegen? Of schamen ze zich?"

Kendall kleurde lichtroze. "Geen van beide."

"Vraag dan alsjeblieft of ze binnenkomen. Meneer Goble wil dat we een vriendelijk, informeel gesprek voeren. En zij zitten daar buiten als een stel karkassen in een slagersauto, en ten slotte —"

"Het is nergens voor nodig om de zaak te vertroebelen," snauwde Kendall. "Jij hebt ons opgelicht — en ik geef toe dat je dat handig hebt gedaan, maar het blijft oplichting. Als je het geld en de vaas van mijn moeder teruggeeft, dan doen we geen aangifte, en als je het mij vraagt is dat heel vergevingsgezind van ons. Dat is ons uitgangspunt, en ik denk niet dat we daar iets aan willen veranderen."

"Ik denk echt dat iedereen binnen moet komen," zei Lulu. "Er zijn enkele omstandigheden — bijzaken, misschien, maar aangezien we allemaal voor het eerst in dertien jaar weer bij elkaar zijn —"

Goble begon zijn geduld te verliezen. Hij keek ongedurig op zijn horloge. "U kunt ons toch zeker wel vertellen of u van zins bent om tot een redelijke overeenkomst te komen."

Lulu leunde achterover op de bank en bekeek de toppen van haar tenen. "De zaken liggen gecompliceerder dan u denkt, meneer Goble. Kendall beweert bijvoorbeeld dat ik mijn oom heb doodgeschoten. En dat is een leugen."

Kendall snoof. "Je denkt toch niet serieus —"

"Ik kan heel eenvoudig laten zien wat er gebeurd is."

Goble keek haar een ogenblik lang strak in de ogen. "Wilt u beweren dat er sprake is van een ongeluk — of —" hij aarzelde.

"Bah!" zei Kendall vol afkeer. "Meneer Goble, ik mag hopen dat u zo verstandig bent om uzelf niet op deze schaamteloze manier om de tuin te laten leiden."

"Dit is allemaal erg verwarrend," gaf Goble toe.

"Ik zal u laten zien wie nu precies wie om de tuin leidt," zei Lulu. "En wie zich werkelijk zou moeten schamen. Maar —" ze wendde zich tot Goble "— moeten we daar niet allemaal bij aanwezig zijn?"

"Ik zie geen enkele reden waarom zij buiten zouden moeten blijven." Goble wendde zich met tegenzin tot Kendall. "Misschien is het uiteindelijk toch beter om uw moeder en uw broer ook naar binnen te laten komen. De zaak lijkt ingewikkelder te liggen dan ik dacht."

"Daar komt alleen ruzie van," wierp Kendall tegen. "We zijn hier gekomen om een enkele zaak te regelen —"

"Maar we hebben hier ook te maken met een dode," zei Lulu mild. "Jouw vader."

Goble draaide zich om en beende naar de auto. Na enkele ogenblikken serieuze discussie liep hij terug over het pad met Oliver en Flora voor zich uit. Lulu keek ongerust de straat in. Waar bleef Robert?

Flora kwam de kamer in, knikte stijfjes naar Lulu en nam zwijgend plaats op de stoel die Goble haar behulpzaam bracht. Ze nam de hele kamer met een snelle, keurende blik in zich op en bleef daarna zwijgend zitten, haar blik strak gericht op Lulu.

"Goed dan," zei Goble. Hij haalde diep adem. "Ik denk dat we er allemaal zijn, dus ik hoop dat we deze hele ongelukkige toestand nu kunnen ophelderen."

Lulu keek nogmaals uit het raam. Nog steeds geen Robert. Ze liep naar haar bureau met al het vertoon van zelfvertrouwen dat ze kon opbrengen en pakte een envelop die ze aan Goble overhandigde. "Dit is een brief van mijn vader. Ik wil graag dat u die leest."

Goble las de brief vluchtig door, fronste, en stopte hem met een ongemakkelijk gebaar terug in de envelop. "Uiteraard is het niet aan mij om een oordeel te vellen, maar het is een feit dat de rechtbank over het algemeen de rechten van kinderen beschermt als de intenties van de ouder duidelijk zijn."

"En hoe gaan de rechtbanken om met aantoonbare misdaden?" vroeg Flora scherp. "Moedigen zij aan tot diefstal en afpersing, de meest geniepige, onbetamelijke handelingen die men zich maar kan voorstellen?"

"Het recht van een persoon om zijn of haar eigendommen terug te halen is wettelijk vastgelegd," zei Goble. "Vooropgesteld dat de wet hierbij niet wordt overtreden. Of juffrouw Enright hierin schuldig of niet schuldig is, is niet aan mij om te beslissen." Hij klonk nu duidelijk geërgerd. "Vergeet alstublieft niet dat ik hier niet ben gekomen om te oordelen over de standpunten van beide partijen, maar slechts om u te helpen om nader tot elkaar te komen en een passende oplossing te vinden."

"Onder de huidige omstandigheden," sprak Kendall, "zie ik geen enkele reden waarom wij een poging zouden doen om nader tot elkaar te komen. Deze jongedame heeft een aantal misdrijven begaan jegens ons. Wij willen restitutie, en zoniet, dan maken we er een rechtszaak van. Zo simpel is het."

"Goed gezegd, Kendall," verklaarde Flora. De blik waarmee ze Lulu aankeek werd zo mogelijk nog scherper. "Ik wil mijn vaas, en ik wil ze nu meteen."

Goble keek Lulu nieuwsgierig aan. "Hoe zit het met die andere zaak? Heeft u ons iets nieuws te vertellen? Of—"

Lulu keek wanhopig uit het raam. Waar, o waar bleef Robert nu toch? Het was al zo lang geleden dat ze hem gebeld had... Improviseren, tijdrekken.

Flora stond op. Ze droeg een prachtig donkergrijs, wollen man-
telpakje, met een sjaal van lavendelkleurige organza; Lulu bedacht
afwezig dat Flora de afgelopen dertien jaar niet veel was veranderd.
Haar huid was gaaf en romig wit, haar haren waren even donker en
even netjes gekapt als vroeger. Flora zei: "Ik zie niet in waarom we nog
meer tijd zouden verspillen."

"Een ogenblik nog," zei Lulu. "Het gaat om de dood van Oom
Maurice. Jullie beweren dat ik hem vermoord heb, en dat ik daarom
geen recht heb op mijn eigen geld. Is het niet?"

Flora staarde haar met ijzige onverschilligheid aan. "Niet helemaal,
maar goed genoeg."

"Ik wil jullie laten zien dat ik niets te maken had met de dood van
Oom Maurice." Kwam Robert nu maar. Lulu haalde diep adem. "Ik
neem aan dat jullie je de kleine jongen nog herinneren die in het huis
aan de voet van de heuvel woonde."

Oliver gniffelde. "Professor Bonenstaak."

"Ik ben op zoek gegaan naar Bones. Niemand lijkt te weten hoe
het hem vergaan is. Maar op zijn verjaardag had hij een filmcamera
gekregen —"

Even werd het donker toen een figuur langs het raam liep; Lulu
rende naar de deur. "Robert! Waar bleef je!"

Robert hield de projector omhoog. "Ik moest de hele stad door om
dit apparaat te pakken te krijgen. Ik hoop maar dat hij het doet."

"Ik hoop het ook. Je bent precies op tijd. Hang eens een laken op."

Kendall vroeg: "Waar ben je nu eigenlijk mee bezig?"

"Ik ga jullie een film laten zien," zei Lulu, die zich plotseling zwierig, bijna uitgelaten voelde. "Een oud melodrama op stomme film,
geproduceerd door een zekere Professor Bonenstaak. De acteurs zijn
allemaal amateurs en ze spelen allemaal zichzelf — en dat doen ze uitstekend, trouwens. Robert, waar ben je?"

"Ik weet niet waar jij je lakens bewaart."

"Ik pak er een. Laat jij de rolgordijnen maar naar beneden, en doe de
stekker van de projector in het stopcontact."

"Dit is belachelijk," zei Kendall vol afkeer. "Ik ga."

"Je doet maar. Maar dan mis je een geweldige productie. Hoewel
de kwaliteit van de opname niet denderend is. De film is pas vandaag

ontwikkeld. De laborant heeft iets gebruikt dat hij 'geforceerde ont- wikkelaar' noemde. Er zijn vage plekken, vlekken en strepen — maar ik ben ervan overtuigd dat we ons allemaal zullen vermaken."

"Schiet nu maar op."

Lulu zette de projector aan; een bundel wit licht priemde naar het laken dat Robert aan de ene kant van de kamer had opgehangen. "Laat mij even wat achtergrondinformatie geven aan meneer Goble. Professor Bonenstaak — niemand lijkt te weten hoe hij echt heet — woonde in een huis met uitzicht op de tuin waar oom Maurice is doodgeschoten. Hij leed aan een of andere botziekte, en had waarschijnlijk ook nog eens pernicieuze anemie. Hij was in ieder geval erg zwak en had veel moeite met lopen. Als Kendall en Oliver zich verveelden dan amuseer- den ze zich met het pesten van Professor Bonenstaak en zijn kleine katje."

"Schiet nu maar op met je film," zei Oliver vermoeid.

Lulu begon de film in de projector te leiden. "De dag waarop deze film is geschoten, begon heel onplezierig. Ik kan het me nog levendig herinneren. Kendall had op een of andere manier, hij wist zelf blijkbaar niet zo goed hoe precies, een meisje zwanger gemaakt. Het meisje wilde trouwen, maar Flora en Kendall voelden daar niets voor. Oom Maurice stond er echter op dat het gebeurde. Volgens hem was dit de gewoonte in de familie Brewer. Oliver zat ook in de problemen. Hij was weerzinwekkend dik en Oom Maurice had het zielige cherubijntje verboden om nog pudding, taart, vla, zuurtjes of andere snoep te eten. Oliver dacht dat de wereld verging. Tante Flora en Oom Maurice had- den ook nog ruzie om andere zaken, die met mijn persoontje te maken hadden."

Flora siste iets onverstaanbaars.

"Schiet op," sprak Oliver verveeld. "Straks is het onze beurt om met beledigingen te strooien."

"Die film is hoogstwaarschijnlijk nep," zei Kendall.

Lulu ontkende dit op beleefde toon. "Dat is hij zeker niet. Er is zelfs een getuige is die kan verifiëren dat hij authentiek is."

Oliver lachte ongemakkelijk. "Professor Bonenstaak?"

"Professor Bonenstaak is een mysterieuze figuur," gaf Lulu toe. "Niemand lijkt te weten wat er van hem geworden is. Maar ik stel me zo voor dat meneer Goble zich zal inspannen om daar achter te komen."

"Laten we die film maar eens bekijken," zei Goble kortaf.

"Prima. Lichten uit, Robert. Dit is de eerste en tevens ook de laatste film die Professor Bonenstaak heeft geschoten met de camera die hij voor zijn verjaardag had gekregen."

De kamer werd schemerig; slechts een smal streepje licht scheen langs de gordijnen. Op het laken verscheen plotseling een lichtvlek die een veelkleurig vierkant tekende waarover vage, onbestemde vormen heen en weer bewogen.

Oliver gniffelde zenuwachtig maar viel stil toen Lulu het beeld scherpstelde. Op de vensterbank stond Purkin de kat. Hij stond stil, kromde zijn rug, gaf delicaat een kopje tegen het raamkozijn en sprong toen abrupt de kamer in. Einde! En daar was Purkin weer, drinkend uit een kommetje melk in een vierkantje zonlicht. Hij keek op, likte verrukt met een roze tongetje langs zijn bek en dronk toen verder. Einde! Een snel bewegend beeld van Purkin die door het raam dook en op het dak sprong. De camera bewoog naar voren, het raam uit, en volgde Purkin terwijl hij wegliep. En nu — een oogverblindend oranje en geel licht terwijl een overbelicht deel van de film langs de lens schoot, gevolgd door een duizelingwekkend beeld van fladderende zwarte objecten tegen een blauwe hemel.

"Ik denk dat Bones een meeuw wilde filmen," zei Lulu. "Maar er zaten takken en bomen en huizen in de weg." Plotseling werd het beeld stabieler. De film toonde het gazon, een tintje blauwer dan het in werkelijkheid was geweest. Een klein meisje in een roze jurk stond van opzij te kijken naar twee jongens die omhoog tuurden langs de stam van een esdoorn.

"Dat ben ik," zei Lulu. "Kendall en Oliver zijn er zojuist in geslaagd om Bones aan het huilen te maken, en nu zijn ze van plan om iets gemeens uit te halen met zijn kat." De film sputterde met vage zwarte, bruine en gele vlekken. "Ik heb ze tegengehouden, de akelige rotjongens; ik heb ze bedreigd met het geweer van Kendall. Ze renden naar hun vader." Het beeld was weer helder en scherp. "Daar komt hij — goeie ouwe Oom Maurice. Hij vindt het niet erg om zijn handen op mij te gebruiken."

Een verontwaardigde uitroep van Flora. "Hou onmiddellijk op met deze beledigende vertoning."

Niemand besteedde aandacht aan haar.

"Hier wordt het pas echt leuk," zei Lulu. "Oom Maurice is duidelijk geen aardige man. Hier is het nog even vaag — maar nu is het beeld weer scherp. Hij geeft me een pak slaag op mijn blote billen... Nu ren ik weg... Let nu goed op. Hier komt het moment dat ik geacht word Oom Maurice dood te schieten."

Op het scherm deinsde het kleine meisje in de roze jurk achteruit, raapte het vuurwapen op, en nog terwijl ze het optilde schokte het geluidloos met een flinke terugslag. Maurice, die op dat moment op haar af kwam, stond stokstijf en gooide beide handen omhoog in consternatie. Het kleine meisje wierp het wapen neer en rende blindelings weg over het gazon.

"Let op," zei Lulu zachtjes. "Oom Maurice kijkt haar na. Hij voelt zich niet zo jofel, maar hij is niet neergeschoten. Zo veel is duidelijk. Oom Maurice voelt zich heel benauwd. Schijnbaar heeft hij een hartaanval. De opwinding, een geweerschot, een pak billenkoek — niet zo goed voor de rikketik.

"Daar gaat Oom Maurice. Hij gaat op het bankje zitten en vervolgens tuimelt hij voorover op het gazon." Het beeld verschoof een klein stukje. "Bones is uiteraard helemaal in de ban van de fantastische film die hij aan het maken is... Nu, hier komt een heel sinistere figuur." Lulu zweeg.

Flora kwam over het gras aanlopen. Ze zag de gestrekte figuur van Maurice en rende op snelle kleine voeten naar hem toe. Ze boog zich voorover, leek de schouder van Maurice te schudden, hoewel het beeld hier niet helemaal duidelijk was. Ze ging rechtop staan, waarbij de zon haar knappe profiel plots helder en scherp verlichtte. Haar neusvleugels stonden wijduit, haar bewegingen waren kwiek, als van een vogel. Ze keek naar rechts, naar links en over het tuinpad.

"Is Maurice dood?" vroeg Lulu zachtjes. "Hij beweegt niet meer. Misschien kunnen we het niet goed zien. Maar Flora heeft er weinig zin in om een invalide te verplegen. En ze kan het gedrag van Maurice echt niet goedkeuren; de laatste tijd heeft hij het haar zó lastig gemaakt. Eigenlijk —" Flora boog zich gracieus voorover en raapte het geweer op.

Met een bijna Victoriaans, dramatisch, zwierig gebaar hield ze het geweer tegen het bewegingloze lichaam. Het wapen schokte door de terugslag.

"Oef," klonk het onwillekeurig uit de mond van Oliver.

"Goeie God," mompelde Kendall.

"En nu is Maurice dood," zei Lulu.

Kendall sprong overeind en liep naar de projector. Goble en Robert versperden hem de weg. Het beeld vervaagde en kantelde van het scherm. Lulu zette de projector uit.

"Hou op met deze farce," riep Kendall uit. "Jullie zien toch wel waar ze mee bezig is? Ze houdt ons voor de gek. Deze film is een vervalsing!"

"Als dat zo is," sprak Goble op holle toon, "dan heeft ze dat opmerkelijk knap gedaan."

Flora bewoog zich. Haar stem klonk nauwelijks heser dan normaal. "Dit is onzin. Het is je reinste laster. Ik heb dat wapen enkel opgeraapt."

"En het ging af," voerde Lulu aan.

"Dat ontken ik. En als jij beweert dat dat wapen afging, dan zal ik je aanklagen wegens smaad."

"Duidelijke trucage," mompelde Kendall onzeker.

"Laten we dat gedeelte nogmaals bekijken," zei Goble.

Lulu spoelde de film een stukje terug en startte de projector opnieuw. Alle ogen waren op het scherm gericht. Weer kwam Flora aangelopen door de tuin, keek naar rechts, naar links, langs het pad, leunde over het lichaam, pakte het geweer en toen — met een delicaat gebaar, alsof ze met een croquethamer zwaaide — richtte ze het wapen op het achterhoofd van Maurice.

De telefoon in de keuken ging over. Lulu liep erheen om hem op te nemen. De film liep nu verder, met op de achtergrond het onderdrukte stemgeluid van Lulu. Flora legde het wapen neer en raapte bedachtzaam de patroonhuls op… Iets leek haar aandacht te trekken. Ze zette een stap achteruit, keek over het hek omhoog, recht in de camera. Tien seconden lang staarden de koude ogen direct in de lens, en leken door de jaren heen dwars door het scherm in de ziel van alle aanwezigen te priemen. Toen, nog altijd met de blik omhoog gericht, liep ze zachtjes en kalm naar de schutting toe. Hier werd het beeld abrupt wit. De nu blanco film tikte verder langs de tandwielen.

"Meer is er niet," zei Lulu, die de kamer weer binnengekomen was.

"Dit is een ernstige zaak," zei Goble, die vanuit zijn ooghoek naar Flora keek. "Uitermate ernstig. We moeten deze, eh, Professor Bonenstaak zien te vinden."

"Ik heb hem gevonden," zei Lulu. Ze deed de lichten aan, en de bleke gezichten keken elkaar met knipperende ogen aan, waarbij een enkel ijzig gelaat angstvallig gemeden werd. "De man aan de telefoon was meneer Alexander Slade. Hij kende de zogenaamde Professor Bonenstaak heel goed. Zijn echte naam was Steven Hovic. Omstreeks het middaguur, op zondag 10 juni 1948, viel hij uit het raam van zijn slaapkamer op de betonnen patio. Een val van zes meter, waarbij hij beide sleutelbeenderen brak, zijn bekken en zijn rug. Hij is diezelfde avond gestorven in het St. Mary's Hospitaal."

In de kamer hing een stilte, zwaarder dan wat voor geluid dan ook. De seconden gleden voorbij — vijf, tien. Toen kwam iedereen gelijktijdig in beweging — een licht geschuifel van handen en voeten, pogingen om ongemerkt van houding te veranderen. Kendall en Oliver zagen er plotseling afgetrokken en miserabel uit.

"Goeie God," sprak Kendall hees. "Dit is afschuwelijk." Hij keek heel even naar Oliver en richtte zijn ogen toen op de muur.

Flora vermande zich. "Wat is er zo afschuwelijk?" vroeg ze met een stem als een trompet. "Al deze beweringen, deze insinuaties en dubbelzinnigheden, zijn niet alleen vals en beledigend, ze zijn rond-uit — schandelijk!"

Goble vroeg aan Lulu, "Deze man — wat is zijn naam precies?"

"Alexander Slade. Zijn adres is Trevelyan Street 1935."

"Hij is zeker van zijn feiten?"

"Absoluut zeker. Hij verklaarde dat hij bij de vader van Bones was toen ze hem vonden. Hij had veel pijn en wat hij zei was niet te verstaan."

Kendall haalde diep adem. "Er is nog altijd geen enkel werkelijk sluitend bewijs voor deze aantijgingen. En de enige getuige die zou kunnen bevestigen dat deze filmbeelden niet gemanipuleerd zijn is blijkbaar per ongeluk uit het raam gevallen."

Lulu schudde bedroefd het hoofd. "Nee, Kendall...Er is nog iets in de film dat jou blijkbaar is ontgaan. Ik zal hem nogmaals afspelen."

Ze wond de spoel terug. Flora stond op. "Ik ben niet van plan om nog een seconde langer in dit huis te blijven."

Goble zei beleefd: "Alstublieft, mevrouw Brewer, ik denk dat het beter is dat u nog even blijft. Dit is een heel ernstige zaak en we kunnen de implicaties van hetgeen we gezien hebben niet negeren."

"Let goed op," zei Lulu. Weer bewogen de figuren zich zwijgend door de nu grotesk lijkende choreografie van het melodrama van Bones. "Kijk. Zien jullie de achterdeur? Die witte schim? Dat is een gezicht. Er stond iemand bij de achterdeur te kijken. Daar — nog een keer... Die korte flikkering."

"Wat een onzin," zei Kendall. "Wie zou het kunnen zijn? Ik was het in ieder geval niet."

"Ik was het ook niet," verklaarde Oliver zelfverzekerd. "Die oude film is zo versleten dat hij bijna uit elkaar valt. Overal zitten gaten."

"Er is iets dat ik me kort geleden nog heb afgevraagd," zei Lulu. "Met betrekking tot Giorgio, de huisjongen. Vroeger bleven de meeste bedienden nog geen week voordat ze het niet meer uithielden. Giorgio is er echter al dertien jaar. Ik vraag me af of dat hier iets mee te maken kan hebben."

Flora sprong overeind. "Dit is me allemaal te veel. Kendall, breng me naar huis."

Goble vroeg aan Lulu: "Mag ik gebruik maken van uw telefoon?"

"Jazeker," zei Lulu vermoeid.

"Wie gaat u bellen?" vroeg Kendall dwingend.

"De politie van San Francisco, uiteraard," zei Goble. "Ik denk dat zij Giorgio aan de tand zullen willen voelen."

Oliver was naar de andere kant van de kamer geslopen. Nu nam hij quasi-terloops een stap in de richting van de projector. Robert ging ervoor staan. Hij en Oliver keken elkaar even recht in de ogen, en toen draaide Oliver zich om en liep de deur uit. Flora volgde, langzaam, stijfjes. Kendall draaide zich om en maakte aanstalten hen te volgen.

"Meneer Brewer," zei Goble.

Kendall aarzelde. "Ja?"

"Waar gaat u heen?"

"Naar huis natuurlijk."

"Ik stel voor dat u bij uw moeder blijft. Het gebeurt weleens dat

mensen onder druk van onverwachte omstandigheden, welnu, plotseling een ongeluk krijgen dat voorkomen had kunnen worden."

"Volkomen belachelijk!" verklaarde Kendall woedend. Hij draaide
zich om en schreed met grote passen de flat uit.

HOOFDSTUK XVI

FLORA BREWER WERD de moord op Maurice Brewer ten laste gelegd, en daarnaast — om tactische redenen — de moord op Steven Hovic. Tijdens de hoorzitting deed haar advocaat zijn uiterste best om de authenticiteit van de film die de aanklager als bewijsmateriaal aanbracht te bestrijden.

De aanklager had als getuigen twee criminologen, een deskundige van de Eastman Kodak Corporation, en Harry Coleman, die de film ontwikkeld had, om aan te tonen dat de film een getrouwe en onbewerkte weergave was van de gebeurtenissen van zondag, 10 juni 1948.

Het was een tegenvaller voor de aanklager dat Giorgio Asuncion, die de afgelopen dertien jaar in dienst was geweest van Flora Brewer, onvindbaar bleek. Men nam algemeen aan dat Flora hem naar Mexico gestuurd had, of mogelijk naar de Filipijnen. Er werd zelfs gespeculeerd over andere, meer sinistere mogelijkheden. Er waren echter geen bruikbare aanwijzingen. Giorgio Asuncion, levend of dood, werd nooit meer teruggezien in San Francisco.

De aanklager riep Alexander Slade op om plaats te nemen in de getuigenbank. Hij verklaarde dat hij om twaalf uur 's middags op 10 juni 1948, de dag waarop Steven Hovic was overleden, naar Sherwood Street 2528 was gegaan om Steven naar Hildreth Park te brengen. Toen hij het huis naderde, had hij een vrouw over het pad naar de achtertuin zien lopen. Hij had deze vrouw nooit eerder gezien, maar haar verschijning had een diepe indruk achtergelaten: vooral toen hij vijf minuten later de jongen had gevonden die krimpend van de pijn op het beton lag. Hij beschreef de vrouw en haar kleding aan de politie: zowel de vrouw als de kleding kwam overeen met de filmbeelden van Flora

Brewer. Men confronteerde hem met een rij van elf vrouwen, en hij pikte er Flora Brewer zonder enige aarzeling uit.

De jury verklaarde Flora Brewer schuldig aan de moord op Maurice Brewer, maar vond dat er gerede twijfel bestond in de zaak betreffende Steven Hovic. Flora Brewer werd veroordeeld tot levenslang, en overgebracht naar de Tehachapi Staatsgevangenis.

Een dag of wat daarna werd Lulu benaderd door een vertegenwoordiger van de Japanse Consul, die beleefd informeerde naar de Song-vaas. Hij beweerde dat het voorwerp gestolen was uit de keizerlijke schatkamer, maar dat de Japanse regering niettemin bereid was om een behoorlijk honorarium te betalen als de vaas veilig terugbezorgd zou worden. Lulu vroeg hoeveel men eventueel bereid was te betalen, en uiteindelijk kwamen ze een bedrag overeen van vijfentachtighonderd dollar.

De vaas werd aan de Japanse Consul overhandigd, en Lulu ontving een cheque van de San Francisco vestiging van de Bank van Tokyo.

"Nu we zoveel geld hebben," zei Lulu tegen Robert, "zouden we wel gek zijn als we hier bleven. Iedere dag vertrekken er schepen naar exotische bestemmingen, en wij kunnen zó meevaren."

Robert protesteerde. "Ik kan dat geld niet uitgeven. Het heeft jou te veel gekost. Negen jaar van je jeugd."

"Dat slaat helemaal nergens op," verklaarde Lulu. "Het geld is een erfenis, en zonder jouw hulp had ik helemaal niets gehad."

Robert schudde somber het hoofd. Lulu herinnerde hem aan het 'huwelijk' in Reno: het geld viel onder de gemeenschap van goederen.

"Huwelijk?" was het honende antwoord van Robert. "Met een vervalste vergunning en een nep-bruidegom?"

"Niettemin was het een wettig huwelijk," zei Lulu. "Tenminste, dat denk ik wel. We zullen het natuurlijk moeten overdoen, met alle juiste formaliteiten."

"Wil je echt met mij trouwen?" vroeg Robert. "Een oplichter, een zwendelaar?"

"Ik ben geen haar beter," zei Lulu. "En trouwens, we kunnen ons voornemen om nooit meer te liegen of te bedriegen, tenzij het echt niet anders kan."

Robert lachte. "Goed dan, Lulu. Je hebt me overgehaald."

"Je bent een moeilijk geval, Robert." Lulu zuchtte diep. "Ik begon waarachtig te twijfelen aan — nu ja, aan mijn persoonlijk magnetisme."

"Dat heb je dus wel degelijk."

"Dat is dan afgesproken." Ze pakte zijn beide handen. "Waar zullen we heen gaan? Oost? West? Noord? Zuid? De wereld ligt naar alle kanten voor ons open."

"Laten we aan boord gaan van een vrachtschip en gewoon maar zien waar we uitkomen."

"Dat is een goed idee…" Ze zuchtte nogmaals. "Het is geweldig om zo gelukkig te zijn. Het is alleen zielig voor Tante Flora dat ze nu achter tralies zit."

"Arme Tante Flora."

"Ik geloof niet dat ze ooit bewust onder ogen heeft gezien wat ze gedaan heeft. Ik had geschoten, ik was weggerend; voor Tante Flora was het dus eenvoudig om mij de schuld te geven. Toen ze die film van Bones bekeek — het moet de herinnering aan een nachtmerrie geweest zijn." Ze lachte een beetje zenuwachtig. "Maar dat is nu verleden tijd. Ik wil er niet meer aan denken. Kom, laten we naar vrachtschepen gaan kijken."

Jack Vance werd in 1916 geboren in een welgesteld Californisch gezin dat tegen het einde van zijn kindertijd moeilijke tijden doormaakte. Als jonge man probeerde hij een aantal onbevredigende baantjes uit alvorens aan de Universiteit van Californië in Berkeley mijnbouwkunde, natuurkunde, journalistiek en Engels te gaan studeren. Hij ging van school toen de oorlog uitbrak en werd matroos op de koopvaardij. Later werkte hij als rolbrugmachinist, landmeter, keramist en timmerman, voordat hij zich door het produceren van een gestage stroom aan SF, mysterieromans en korte verhalen als voltijds schrijver vestigde.

Hij was meer dan zestig jaar actief als schrijver, en voor zijn werk ontving hij onder andere drie *Hugo Awards*, een *Nebula Award*, een *World Fantasy Award* œuvreprijs, en een *Edgar* van de *Mystery Writers of America*. De *Science Fiction & Fantasy Writers of America* kroonden hem tot Grootmeester, en hij werd opgenomen in de roemruchte *Science Fiction Hall of Fame*.

In zijn werk overschreed Jack Vance vaak de grenzen van het genre: van weemoedige fantastiek (de zeer invloedrijke *Stervende Aarde* verhalen) tot interstellaire space opera (de vijfdelige *Duivelsprinsen* reeks), van heldhaftige fantasy (de *Lyonesse* trilogie) tot de mysterieuze moorden die een sheriff in landelijk Californië moet oplossen (de *Joe Bain* boeken).

Toen hij reeds op leeftijd was, vormde zich een internationale groep van Vance-fans die zich tot doel stelde om het complete œuvre van Vance in de oorspronkelijke staat te herstellen, daarbij tientallen jaren van redactionele ingrepen en ongewenste wijzigingen ongedaan makend. Dit resulteerde in de toonaangevende Engelse *Vance Integral Edition* die als 44 hardcover delen in een beperkte oplage verscheen.

In 2013, kort nadat hij zijn eerste jazz-album had opgenomen, overleed Jack Vance op 96-jarige leeftijd in het huis dat hij eigenhandig had gebouwd in de beboste heuvels buiten Oakland. In het jaar van zijn honderdste geboortedag begint Spatterlight met het uitgeven van een nieuwe Nederlandse editie. In 62 paperbacks verschijnen zowel alle Vance verhalen die al eerder zijn uitgegeven, alsook alle titels die nog niet eerder in het Nederlands verkrijgbaar waren.

Colofon

Dit boek is gezet uit 11,5 pt Adobe Arno Pro.

De tekst van deze uitgave is ontleend aan het digitale archief van de *Vance Integral Edition*, een reeks van 44 boeken die onder auspiciën van de schrijver geproduceerd werden door een wereldwijde groep van zijn lezers. Onze dank gaat uit naar Norma Vance voor haar onschatbare redactionele hulp, en naar het *Department of Special Collections* van de Boston University die ons met hun *John Holbrook Vance* collectie geweldig hebben geholpen.

Omslagontwerp: Howard Kistler

Typografisch ontwerp: Joel Anderson

Zetwerk: Joel Anderson

Management: John Vance, Koen Vyverman

www.ingramcontent.com/pod-product-compliance
Lightning Source LLC
Chambersburg PA
CBHW020842260626
47169CB00003B/1102